인생에
대하여

이강은 옮김　　　　　◆　　　　　바다출판사

톨스토이

인간은 자연에서 가장 연약한 한줄기 갈대에 불과하다. 그러나 인간은 생각하는 갈대이다. 그를 박멸하기 위해 전 우주가 무장할 필요는 없다. 그를 죽이려 한다면 한 방울의 물이나 증기 한 번으로도 충분하다. 그러나 전 우주가 그를 파멸시켜버린다 해도 그는 자신을 죽이는 우주보다 훨씬 더 고귀하다. 인간은 자신이 죽어가고 있다는 것을 알고 우주가 자기보다 우월하다는 것을 알기 때문이다. 하지만 우주는 아무것도 모른다. 결국 우리의 모든 존엄함은 생각에 있다. 우리는 생각으로 자신을 고귀하게 만들어야 한다. 우리가 결코 채울 수 없는 시간과 공간에 의해서가 아니다. 잘 생각하는 법을 배우려고 노력하자. 그것이 도덕의 근본이다. —**파스칼**

생각하면 생각할수록 언제나 새롭게 증대하는 경탄과 외경심으로 내 영혼을 가득 채우는 것이 두 가지가 있다. 내 머리 위에 있는 별이 빛나는 하늘과 내 마음의 도덕 법칙이 바로 그것이다. …… 전자는 외적 감각 세계에서 내가 차지하고 있는 지점에서 시작되어 내가 서 있는 연결점을, 세계들의 세계와 체계들의 체계들과 비교하면 무한하기 그지없는 크기로 확장하며, 더욱이 자신의 주기적 운동, 그 시작과 지속을 무한한 시간 속으로 확장한다. 후자는 나의 보이지 않는 '나', 나의 개체로부터 시작되고, 진정으로 무한성을 지닌 세계 속에서, 오직 오성에 의해서만 파악될 뿐인 세계 속에서 나를 드러나게 한다. 오성을 가지고 오성을 통해서, 그리고 다른 모든 가시적 세계들과 함께 나는 나 자신을 인식하는 바, 나는 그 속에서 우연적인 연관 속에 있을 뿐만 아니라 보편적이고 필연적인 연관 속에 있다. —**칸트의 《실천이성비판》 결론**

"새 계명을 너희에게 주노니 서로 사랑하라."

—〈요한복음〉 13장 34절

목차

물레방아가 유일한 생계수단인 방앗간 주인이 있었다. 그의 아버지와 할아버지도 물레방아로 먹고살았다. 그래서 그는 가루를 잘 빻으려면 물레방아의 모든 부품들을 어떻게 다루어야 하는지 어려서부터 확실히 들어 알고 있었다. 기계의 구조 자체에 대해서는 모르지만 물레방아의 각 부분들을 최대한 잘 조절하여 곱고 품질 좋은 가루를 만들어냈고, 그는 그걸로 먹고살았다.

그러나 방앗간 주인은 우연한 기회에 물레방아의 기계구조에 대해 생각이 미치게 되었다. 그는 궁금한 것에 대해 다른 사람에게 물어보고 다녔지만 분명한 설명을 들을 수 없었다. 그는 직접 물레방아가 돌아가는 원리를 찾기 시작했다.

제동기에서 맷돌로, 맷돌에서 회전축으로, 회전축에서 물레

바퀴로, 물레바퀴에서 수문으로, 저수지로, 강으로 더듬어 간 그는 모든 것이 바로 저수지와 강에 달려 있다고 확연히 깨닫게 되었다. 이 발견에 그는 너무나 기뻤다. 그리하여 그는 이전처럼 가루의 품질을 살피면서 맷돌을 올리고 내리고 다듬거나, 벨트를 죄고 늘이는 대신 강에 대해 연구하기 시작했다. 그러는 사이 정작 그의 물레방아는 엉망이 되어가고 있었다. 사람들은 그가 일을 잘못하고 있다고 말하기 시작했다. 하지만 그는 사람들의 말에 반박하며 강에 대해서만 생각했다. 그렇게 그는 아주 오랫동안 강에 대해 수없이 생각하고 또 생각했으며, 그의 사고법이 옳지 못하다고 하는 사람들과 수없이 열띤 논쟁을 벌였다. 급기야 그는 강이야말로 물레방아 자체라는 확신에 사로잡히게 되었다.

그 생각이 잘못되었다는 증거를 아무리 제시해도 이 방앗간 주인은 이렇게 대답했다. "물이 없이는 어떤 물레방아도 돌아갈 수 없다. 따라서 물레방아를 알기 위해서는 물을 어떻게 끌어들이는지, 물이 흐르는 힘과 방향을 알아야 한다. 결국 물레방아를 알기 위해서는 강을 알아야만 한다."

방앗간 주인의 판단은 논리적으로 반박하기 어렵다. 그의 잘못된 판단을 고쳐주는 유일한 방법은, 어떤 판단을 내릴 때 중요한 것은 판단 자체가 아니라 그 판단이 위치해 있는 자리라는 것을 가르쳐주는 것이다. 즉 유용하게 생각하기 위해서는 무엇을 먼저 생각하고 무엇을 나중에 생각해야 하는지를 알아야만 한다. 이성적인 활동은 그 중요성에 따라 어떤 판단이 첫

번째가 되고, 어떤 판단이 두 번째, 세 번째, 열 번째가 되어야 하는지 순서를 잘 정하는 것임을 일러줘야만 한다. 그런 순서가 없는 판단들로 이루어진 것은 비이성적 활동에 지나지 않는다. 그리고 또한 이런 순서는 아무렇게나 주어지는 것이 아니라 어떤 판단을 내리는 목적 자체에 따르는 것임도 깨우쳐주어야 한다.

어떤 판단이든 그 목적에 따라 순서를 세우고 그 순서 속에서 개별적 판단의 합리성 여부를 분별해야만 한다. 어떤 개별적인 판단이 전체적 판단의 공통 목적과 관련이 없다면 그 판단이 아무리 논리적이라 할지라도 불합리한 것이다.

방앗간 주인의 목적은 좋은 가루를 빻는 것이다. 이 목적을 잊지 않는다면 그는 맷돌이나 물레바퀴, 저수지, 강 등에 대해 판단할 때, 무엇을 먼저 생각해야 하는지 그 분명한 순서를 알 것이다.

목적과 판단의 이런 관계를 망각한다면 방앗간 주인의 판단이 아무리 멋지고 논리적이라 할지라도 결국 잘못된 것이며 무엇보다 쓸모없는 것이다. 그것은 마치 고골의 작품 《죽은 혼》에서 키파 모키예비치가 코끼리가 새처럼 알에서 부화한다면 껍질 두께는 얼마나 될지 계산하는 것과 같다. 내가 보기에 생명에 관한 현대 과학의 많은 판단들도 그와 마찬가지다.

생명이란 방앗간 주인이 탐구하고 싶은 물레방아와 같다. 물레방아가 좋은 가루를 빻기 위해 필요한 것처럼 생명이란 훌륭한 것이 되기 위해서만 필요한 것이다. 징벌을 받을 각오를 하

지 않고서라면 인간은 바로 이 목적을 단 한순간도 내던져버릴 수 없다. 그 목적을 내던져버린다면 인간의 판단은 필시 그 판단이 위치한 자리를 상실하게 될 것이고, 결국 코끼리 알의 껍질을 깨기 위한 화약의 양을 계산하고 있는 키파 모키예비치의 생각과 다름없을 것이다.

인간은 생명을 탐구하되 오직 더 훌륭한 생명이 되도록 탐구한다. 지식의 길에서 인류를 이끌었던 사람들은 오직 그런 목적에서 인간의 생명, 즉 인생을 탐구했다. 하지만 인류의 진실한 스승과 은인들이 있음에도 불구하고, 생각의 목적을 내던지고 대신 인간 생명이 어디에서 오는 것인지, 왜 물레방아가 돌아가는지 따위의 문제나 생각하는 사변가들이 언제나 존재했고 지금도 존재하고 있다. 어떤 사람은 물레방아가 도는 원인을 물 때문이라고 하고 어떤 사람은 그 기계 구조 때문이라고 한다. 논쟁은 가열되고 판단의 대상은 점점 더 멀리 나아가서 완전히 다른 대상으로 바뀌어버린다.

유대인과 기독교인의 논쟁에 관한 오래된 일화가 하나 있다. 유대인의 복잡 미묘한 논법에 응대하다가 기독교인이 손바닥으로 유대인의 대머리를 철썩 때리고는 "왜 소리가 났는고? 내 손바닥 때문인가, 아니면 네 대머리 때문인가?"하고 물었다. 그리하여 신앙에 대한 문제는 다시 해결될 수 없는 새로운 문제로 바뀌었다는 것이다.

생명에 대한 문제에서도 아주 오랜 옛날부터 그와 유사한 논의가 있어 왔다.

잘 알다시피 생명의 기원은 무엇인가, 비물질적 기원에서 오는가, 물질의 다양한 결합에서 오는가 하는 논의가 고대로부터 존재해 왔다. 지금도 이런 논의는 끝없이 이어지고 있지만 원래의 목적에서 너무 멀어져 이제 그 목적과는 관계없는 곳에서 논의가 진행되고 있다. 그리하여 생명이라는 말은 이제 생명이 아니라 그것이 어디에서 오는가, 아니면 그것에 수반되는 것은 무엇인가라는 질문을 가리키고 있을 뿐이다.

오늘날 과학서적에서뿐만 아니라 일상 대화에서 생명은 우리 모두가 알고 있는, 즉 내가 두려워하고 증오하는 그런 고통으로 인식되는 생명, 내가 갈망하는 그런 쾌락과 기쁨으로 인식되는 생명이 아니라, 어떤 물리법칙들의 우연한 작동의 결과, 혹은 그 속에 내재한 어떤 신비스러운 원리를 가리키는 말이 되어버렸다.

오늘날 '인간 생명'이라는 말은 고통과 쾌락, 행복에의 욕망과 같은, 인생의 주요한 징후들과는 무관한 어떤 논쟁적인 것을 가리키는 말이 되었다.

"생명은 죽음에 저항하는 기능들의 결합이다. 생명은 일정한 시간 동안 하나의 유기체에서 지속되는 여러 현상들의 집합이다."

"생명은 보편적이며 동시에 지속적인 것의 분해와 결합의 이중과정이다. 생명은 순차적으로 이루어지는 다종다양한 변화들의 결합이라는 것은 잘 알려진 사실이다. 생명은 행위 속에 있는 유기체이다. 생명은 유기체의 특수한 활동이다. 생명

은 내부적 관계들의 외부적 관계들에 대한 순응이다."

그 부정확함이나 동어반복은 논외로 하더라도 생명에 대한 이런 정의들은 본질상 모두 동일하다. 즉 여기서 정의되는 생명은 사람들이 모두 두말없이 이해하고 있는 그런 생명이 아니라 생명이나 다른 여러 현상들을 동반하는 어떤 과정을 정의하고 있는 것이다.

대부분의 이런 정의들은 생명 형성 과정에서의 어떤 결정結晶 작용에 주목한다. 어떤 정의들은 발효와 부패 작용에 주목하고 내 몸의 세포 하나하나의 활동에 주목한다. 물론 거기에는 좋은 것도 나쁜 것도 없다. 여기서 생명은 결정체, 원형질, 원형질 세포액, 나와 남의 육체 세포 속에서 발생하는 어떤 과정들을 지칭하는 말일 뿐이고, 행복에의 지향과 불가분한 결합으로서의 생명과는 무관하다.

생명의 몇몇 특정 조건을 생명 자체라고 생각하는 것은 강이 물레방아 자체라고 생각하는 것과 같다. 때로는 그런 논의도 어떤 다른 목적을 위해 필요할지 모른다. 하지만 그런 논의는 실제 다루고자 하는 대상을 다루는 것이 아니다. 결국 그런 논의들이 내리는 생명에 대한 결론은 거짓된 것이 아닐 수 없다.

'생명'이라는 말은 아주 간명한 것으로 누구나 그 말이 무엇을 의미하는지 알고 있다. 바로 그렇기 때문에, 즉 모두가 그 의미를 알고 있기 때문에 우리는 그 말을 누구에게나 이해되는 의미로 사용해야만 한다. 알다시피 이 말이 모두에게 이해되는 것은 다른 말과 다른 개념에 의해 매우 정확하게 정의될 수 있

기 때문이 아니라, 그 반대로 많은 다른 개념들을 (전부는 아니라 해도) 도출해내는 기본 개념이기 때문이다. 따라서 이 개념으로부터 결론을 도출하기 위해서 우리는 무엇보다도 먼저 이개념을 모든 사람에게 논쟁의 여지가 없는 핵심적 의미로 수용해야만 한다. 내가 보기에, 생명의 개념에 대해 논쟁을 벌이는 사람들 모두는 바로 이 점을 간과하고 있다. 생명의 기본 개념이 처음부터 그 핵심적 의미로 사용되지 않았기 때문에, 논쟁을 거듭하면서 모두에 의해 인정되는 그 기본적이고 핵심적 의미에서 점점 더 멀리 벗어나 마침내 그 기본적 의미를 상실하고 전혀 다른 의미로 사용되는 사태가 벌어지게 된 것이다. 그림을 그릴 때 중심을 방치하다가 새로운 중심으로 옮겨가버린 꼴이다.

사람들은 인간 생명이 세포나 원형질 속에 있는지, 아니면 더 저급한 무기질 속에 있는지 논쟁을 한다. 그러나 그런 논쟁이전에 우리는 과연 생명의 개념을 세포로 보아도 되는지를 먼저 자문해야 하지 않을까?

이를테면 우리는 세포 속에 인간 생명이 있고 세포는 생물이라고 말하곤 한다. 하지만 생명이라는 개념과 세포 속에 존재하는 생명이라는 개념은 전혀 다른 개념일 뿐만 아니라 결코 결합될 수 없는 두 개의 개념이다. 이 두 개념은 서로 배타적이다. 나는 나의 육체가 전적으로 세포로 구성되어 있다는 것을 알고 있다. 사람들은 이 세포가 나와 마찬가지로 생명의 속성을 가지고 있으며, 또 나와 마찬가지로 살아 있는 생물체라고

말한다. 그러나 나는 나를 구성하고 있는 모든 세포와 분리 불가능한 하나의 생물체로 나 자신을 의식할 때에만 자신을 살아 있다고 인정한다. 전적으로 나는 살아 있는 세포로 구성된 존재인 것이다. 그렇다면 나는 내 생명의 본질을 세포에 두어야 하는가, 나 자신에게 두어야 하는가? 만일 세포가 생명을 지니고 있다면, 나는 이 생명의 개념에서 내 생명의 중요한 특징, 즉 나 자신이 단일한 생물체라는 의식을 도출해야만 한다. 그러나 만일 개별적인 생물체처럼 내가 내 자신의 생명을 가지고 있는 것이라면, 그 생명의 본질을 결코 세포에서 찾을 수 없다는 것은 명백하다. 비록 나의 육체는 전적으로 세포로 구성되어 있지만 나는 그 세포가 어떤 의식을 가지고 있는지 모르고, 그 속성이 어떤 것인지도 전혀 알지 못하는 것이다.

나는 살아 있고 그 속에 세포라고 불리는 무생물 분자들이 있는 것인가, 아니면 살아 있는 세포의 군집이 있을 뿐이고 생명에 대한 나의 의식은 생명이 아니라 단지 환영에 지나지 않는 것인가.

우리는 세포 속에 소위 '세포액'이라는 것이 있다고 하지 않고 '생명'이 있다고 말한다. '생명'이라는 단어를 어떤 알 수 없는 미지수 X가 아니라 확실하게 정해진 일정한 크기를 의미하는 것으로 사용하기 때문에 그렇게 말한다. 하지만 생명은 우리 모두가 똑같이 알고 있는 것이고, 자기 자신으로부터만 알 수 있는 것이다. 즉 우리는 육체를 가진 자기 자신을 불가분하고 단일한 존재로서 의식하고 그로써만 생명을 의식할 수 있

다. 따라서 생명이란 개념은 육체를 구성하는 개별 세포들과는 전혀 무관한 것이다.

우리가 어떤 연구나 관찰을 할 때 모두에게 동일하게 이해되는 용어를 사용해야지, 자신에게만 이해되고 기존의 모든 기본적인 개념들과 전혀 부합하지 않는 개념을 구사해서는 안 된다. 만일 세포와 세포로 구성된 동물을 똑같이 '생명'이라는 말로 무차별적으로 사용한다면 그것은 대상 전체의 속성과 그 대상의 구성 요소들이 지닌 전혀 다른 속성들을 동시에 지칭하는 것에 다름없다. 그것은 이를테면 모든 사상이 단어로 구성되어 있고, 단어는 문자로, 문자는 다시 선으로 구성되어 있기 때문에 선을 긋는 것이 바로 사상을 표현하는 것이고, 따라서 결국 선을 사상으로 부를 수 있다고 말하는 것이나 마찬가지다.

예컨대 '생명'이 물리적이고 기계적인 힘들의 작용으로부터 발생하는 것이라는 논리는 요즘 학계에서 가장 흔하게 들을 수 있는 논리이다. 거의 대다수 학자라는 사람들이 바로 이런, 뭐라고 말해야 좋을지 난감하지만, 견해라고 볼 수도 없고, 일종의 역설이라고도 할 수 없는, 차라리 농담이나 수수께끼 같은 그런 논리를 고수하고 있는 것이 현실이다.

생명이 물리적이고 기계적인 힘들의 작용에서 오는 것이라고 확신하지만, 사실 물리적이라거나 기계적이라는 말은 생명 개념에 정확히 반대되는 경우에만 사용하는 말들이다.

전혀 해당되지 않는 개념에 잘못 적용된 '생명'이라는 말은 점점 그 기본적인 의미에서 멀리 벗어나게 된다. 그리하여 결

국 의미의 핵심에서 멀리 벗어나 이제 생명은, 우리 생각에 전혀 생명이 있을 수 없어 보이는 곳에 존재하는 것으로 설정된다. 그런 논리는 마치 원이나 구의 중심이 그 테두리 바깥에 있다는 주장과 같다.

사실 나는 악에서 선으로의 지향 외에 달리 생명을 생각할 수 없다. 그런데 이제 선도 악도 볼 수 없는 그런 곳에서 생명의 발생이 운위되고 있는 것이다. 그 중심이 완전히 다른 곳으로 옮겨간 것이다. 게다가 나는 생명이라고 불리는 것들에 대한 연구를 지켜보면서, 그 연구들이 내가 알고 있는 생명 개념에 대해서는 전혀 어떤 것도 다루지 않고 있음을 알고 있다. 학문 용어로서 아주 제한적인 의미를 가진 일련의 새로운 개념과 용어들이 제시되고 있지만 그것들 역시 실재하는 생명의 개념과는 아무런 공통점을 지니고 있지 못하다.

생명 개념은 모두가 이해하는 바대로, 또 내가 알고 있는 바대로 이해되지 않고 있다. 그리고 그 생명 개념으로부터 파생되어 나온 개념들도 일상적으로 이해되는 개념들과 다르게 사용되고 적당히 고안된 새로운 명칭이 붙은 개념들로 변용되고 있다.

인간의 고유한 언어 자체가 학술 연구에서 점점 밀려나고 있다. 존재하는 대상과 개념들을 표현하는 수단으로서의 언어 대신에 학문적 외계어가 판치고 있는 것이다. 진정한 인간의 언어가 존재하는 대상과 개념들을 일반적인 공통의 단어로 지칭하는 데 반해 학문적 외계어는 실재하지 않는 개념을 실재

하지 않는 용어로 지칭한다는 점에 두 언어의 본질적 차이가 존재한다.

사람들의 정신적 소통의 유일한 수단은 말이고, 이 소통을 가능하게 하려면 모든 사람들이 그에 부합하는 정확한 개념을 떠올리도록 단어를 사용해야 한다. 만일 우리가 제멋대로 되는 대로 단어를 사용한다면 차라리 말보다 기호로 보여주는 편이 나을 것이다.

실험과 관찰을 도외시하고 이성의 추론만으로 세계의 법칙을 규명하려는 것은 참된 지식을 얻을 수 없는 거짓되고 비과학적인 방법이라는 점을 나는 인정한다. 그러나 세계의 현상들을 실험과 관찰을 통해 연구할 때, 모두에게 공통적인 기본적인 개념들을 사용하지 않고 그 결과들을 서로 다른 의미의 언어로 기술한다면 그것은 훨씬 더 나쁜 것이 아닐까? 만일 약병에 라벨을 내용물에 따라 붙이지 않고 약사가 편리한대로 붙인다면 가장 좋은 약국이 가장 위험한 약국이 될 것이다.

혹자는 내게 과학이란 생명 전체(의지, 선에 대한 욕망, 정신세계 등등을 포함하여)를 연구하는 것을 과제로 삼지 않는다, 과학은 실험적 연구에 적합한 현상들을 생명 개념에서 추출할 뿐이다 라고 말할지 모른다.

아주 멋진 말이고 당연한 말이다. 그러나 우리는 현대 과학자들이 전혀 그렇게 생각하지 않는다는 것을 알고 있다. 만일 과학이 모든 사람들이 이해하고 있는 생명 개념의 핵심을 분명히 인정하고, 여타의 측면들을 배제하고 오직 외부적 관찰에

속하는 측면들만 대상으로 하여 과학적 연구방법을 적용하고자 한다면, 그것은 참으로 좋은 일이고 전혀 문제되지 않았을 것이다. 그랬다면 과학이 차지했을 위상도, 과학의 토대 위에 우리가 도달했을 결론들도 전혀 다른 것이 되었을 일이다. 하지만 우리는 우리 모두가 알고 있는 사실을 감추지 말고 있는 대로 말해야 한다. 생명에 대해 연구하는 대다수의 실험과학자들이 자신들이 생명의 한 측면이 아니라 전체 생명을 연구하고 있다고 확신하고 있는데, 과연 우리가 그것을 모르고 있다는 말인가.

천문학이나 기계학, 물리학이나 화학, 그리고 그 밖의 다른 모든 분야의 과학은 생명 일반에 대한 어떤 결론에도 도달하지 못한 채 모두 제각각 개별적으로 자신의 분야에 해당하는 생명의 한 측면만을 연구한다. 미개한 시대에만, 즉 모든 것이 불명료하고 불확실했던 시대에만 일부 과학이 자기의 관점에서 생명의 일체 현상을 포괄하려고 시도한 바 있지만 자신만의 새로운 개념과 용어들을 만들어내면서 혼란에 빠지고 말았다. 천문학의 전신인 점성술이 그러했고, 화학의 전신인 연금술이 그랬다. 그런데 오늘날 실험적, 진화론적 과학에서도 그와 똑같은 일이 벌어지고 있다. 이런 과학은 생명의 한 측면이나 몇몇 측면만을 다루면서 생명 전체를 연구한다고 공언하는 것이다.

자신의 과학에 대해 그렇게 잘못된 견해를 가진 사람들은 자신들의 연구가 생명의 아주 일부 측면들만을 다루고 있다는 점

을 절대로 인정하지 않고, 오히려 생명의 모든 현상들이 외적인 실험의 방법으로 모두 연구될 수 있다고 확신한다. 그들은 이렇게 말한다. "아직 우리에게 '심리'(그들은 이런 모호한 외계어를 좋아한다)라는 것이 알려져 있지 않다 하더라도 언젠가는 알려질 날이 올 것이다. 생명 현상의 하나, 혹은 몇몇 측면을 연구함으로써 우리는 그 모든 측면을 알게 될 것이다. 즉 다시 말해 어떤 대상을 한 측면에서 아주 오랫동안 열심히 고찰하면 우리는 그 대상을 전 측면에서, 심지어 그 내부에서까지 파악할 수 있게 될 것이다."

미신적인 광신으로밖에는 설명할 길이 없는 이 기괴한 학설이 그저 놀라울 뿐이다. 하지만 그것은 실제로 존재하면서 야만적이고 광신적 교리처럼 인간의 사상적 활동을 거짓되고 무용한 것으로 이끌며 파괴적인 영향을 미치고 있다. 성실한 사람들이 거의 쓸모없는 연구에 생명을 바치고, 아무 짝에도 쓸모가 없는 일에 사람들의 육체적 힘이 소진되고 있다. 젊은 세대 사람들이 키파 모키예비치의 헛된 활동과 같은 것을 인류에 대한 최고의 봉사라고 추앙하며 파멸해가고 있는 것이다.

과학은 생명을 전면적으로 연구한다고 쉽게 말하는데, 바로 여기에 문제가 있다. 하나의 구球에 반경이 무수히 많이 존재하듯이, 어떤 대상이든 무수히 많은 측면을 지니고 있어 그것을 전면적으로 연구한다는 것은 불가능하다. 다만 우리는 어느 측면이 더 중요하고 더 필요한지, 어느 측면이 덜 중요하고 덜 필요한지를 알아야 한다. 하나의 대상에 즉각 전면적으로 다가

갈 수 없듯이, 생명 현상도 단번에 모든 면에서 연구한다는 것은 불가능하다. 원하든 원하지 아니하든 어떤 순서를 따를 수밖에 없다. 바로 이 순서에 문제의 핵심이 존재하는 것이며, 그 순서는 생명에 대한 이해를 통해서만 주어지는 것이다.

생명에 대한 올바른 이해만이 생명에 대한 의미의 중요성에 따라 과학 일반과 개개의 특정 과학들을 분류하면서, 거기에 정당한 의미와 방향을 부여할 수 있다. 만일 생명에 대한 이해가 우리 모두가 이해하고 있는 바의 그것이 되지 못한다면 그런 과학은 거짓된 과학이 될 것이다.

우리가 과학이라고 부르는 것이 생명을 규정하는 것이 아니라, 생명에 대한 우리의 개념이 무엇을 과학으로 불러야 하는지를 규정하는 것이다. 따라서 과학이 과학이기 위해서는 무엇보다 먼저 무엇이 과학이고 무엇이 과학이 아닌지에 대한 문제가 해결되어야만 하는데, 이를 위해서는 생명의 개념이 분명해져야만 한다.

나는 나의 모든 생각을 솔직하게 말할 것이다. 이 거짓된 실험과학 신앙의 기본적인 도그마를 우리 모두 잘 알아야 하기 때문이다.

물질과 물질 에너지가 존재한다. 에너지는 움직임을 낳는데 거기서 발생하는 기계적 운동은 분자운동으로 변형되고 분자운동은 열이나 전기, 신경 활동, 대뇌 활동 등으로 나타난다. 이렇게 생명의 모든 현상은 예외 없이 에너지의 관계로 설명된다. 모든 것이 아주 멋지고 단순 명료하다. 더구나 아주 편리한

설명이 아닐 수 없다. 우리가 우리의 생명을 단순화해서 설명하기를 원하는 마당에 그런 설명이 없다면 어떻게든지 꾸며내기라도 해야 할 것 아닌가.

좀 더 대담하게 말하자면, 실험과학 활동이 열정적으로 매달리는 에너지라는 것은 아주 편리한 관념을 확립하기 위해 필요한 모든 것을 꾸며내려는 욕망을 실현하는데 중차대한 역할을 하는 개념이다.

과학의 이런 모든 활동에는 생명 현상을 연구하려는 바람이 아니라 근본적인 도그마의 정당성을 증명하려는 초조함만이 엿보인다. 유기물이 무기물에서 발생하고 유기체의 작용에서 심리 활동이 발생한다고 설명하기 위해 얼마나 많은 노력이 허비되고 있는가? 유기물은 무기물로 전환되지 않는다. 바다 밑바닥을 찾아보라. 우리가 핵·원생동물이라 부르는 것을 보면 알 수 있다. 그곳에 그런 것이 없다 해도 우리는 발견되리라고 믿는다. 게다가 우리에게는 무한한 시간이 있다. 우리 믿음에 따르면 반드시 있어야 하는데, 그것이 아직 현실에 없다면 그것이 나타날 때까지 무한한 시간에 맡겨두면 된다. 유기체 활동으로부터 심리 활동의 전환도 마찬가지이다. 아직 존재하지 않는다고? 그러나 우리는 믿고 있으며 조금의 가능성이라도 증명하기 위해 모든 지적 노력을 기울이고 있다.

생명의 기원을 다룬다고 하면서 정작 생명에 대해서는 다루지 않는 그런 논쟁들이다. 애니미즘이라든가 바이탈리즘이라든가, 아니면 아주 특수한 어떤 힘에 대한 개념 따위는 정작 생

명 개념의 가장 중요한 문제를 사람들 눈앞에서 사라지게 만들고 있지 않은가. 다른 사람들을 이끌어가야 하는 과학자들이 그런 개념들을 통해 조금씩 다른 곳으로 이끌려 간다. 마치 어딘가로 가면서, 그것도 아주 서둘러 가면서 도대체 어디로 가고 있는지를 잊어버린 사람이 되어버리는 것이다.

하지만 혹시 나는 현대적 흐름 속에서 과학이 제공하는 거대한 성과들을 고의로 외면하고 있는 것은 아닐까? 그러나 그 어떤 성과가 있다 하더라도 잘못된 방향 자체를 수정하지는 못하는 법이다. 불가능한 일이겠지만 오늘날 생명과학이 인식하고자 하는 모든 것, 현대 과학이 단정하는 모든 것(이것은 과학 자체도 믿고 있는 것이 아니지만)이 모두 다 밝혀지게 되었다고 가정해보자. 그리하여 모든 것이 백일하에 분명하게 드러났다고 하자. 무기물의 변화에서 유기물이 생성되었다는 점도 밝혀지고, 물리 에너지가 감정과 의지와 사상으로 전환된다는 점도 밝혀지고, 그리고 이런 모든 과학 지식들이 중고등학생뿐만 아니라 시골의 초등학교 학생도 다 아는 사실이 되었다고 하자.

나도 어떤 감정과 사상이 어떤 운동을 통해 발생한다는 사실을 안다. 그러나 그것이 어쨌다는 것인가? 그래서 내가 어떤 사상을 내 마음속에 일어나도록 그 운동을 좌우할 수 있기라도 하다는 말인가? 내가 내 자신과 타인들에게 어떤 감정과 어떤 사상을 불러일으켜야 하는가에 대한 문제는 여전히 미해결일 뿐만 아니라 전혀 제기되지도 않는다.

과학을 한다는 사람들이 이런 질문을 받고 전혀 곤란해 하

지 않는다는 것을 나는 알고 있다. 그들에게 이 문제의 해결은 아주 간단해 보인다. 어려운 문제라도 그 문제를 이해하지 못하는 사람에게는 언제나 아주 간단해 보이기 마련이다. 생명이 우리 눈앞에 유지되고 있을 때 그 생명을 어떻게 다루어 나가야 하는지에 대한 문제 해결은 과학자들에게 아주 간단하다. 그들은 이렇게 말할 것이다. "사람들이 각자 자신의 욕구를 충족할 수 있도록 하라. 과학은 첫째, 욕구 충족을 올바르게 배분하도록 그 수단을 만들어내고, 둘째, 그 수단을 풍부하고 쉽게 생산하여 모든 욕구가 쉽게 충족되도록 한다. 그리하여 사람들은 행복해질 것이다."

욕구란 무엇이며 그 한계는 어디인가라고 묻는다 해도 과학자들은 간단히 대답할 것이다. "욕구를 육체적 욕구, 지적 욕구, 미적 욕구, 심지어 도덕적 욕구까지 분류하고, 어떤 욕구가 어느 정도까지 합리적이고 어느 정도까지 불합리한 것인지를 명확히 규정하는 것이 바로 과학이 할 일이다."

머지않아 과학은 이것을 규정할 것이다. 욕구의 합리성과 불합리성을 규정하는 것이 어떻게 가능한가라고 묻는다면, 과학자들은 '욕구들의 연구를 통해서'라고 용감하게 대답할 것이다. 그러나 욕구라는 말은 두 가지 의미로만 사용될 수 있다. 하나는 생존 조건으로서의 욕구인데, 이 경우 어떤 존재의 생존 조건들은 무수히 그 양이 많기 때문에 모든 조건을 연구해 낸다는 것은 불가능하다. 다른 하나는 생물체의 행복에 대한 요구로서의 욕구인데, 이것은 오직 의식에 의해서만 인식되고

규정되는 것이기 때문에 더더욱 실험과학이 연구해낼 수가 없는 것이다.

세상에 각종 기관이나 협회, 연합회 같은 것들이 있는데, 사람들 모임이거나 어떤 지식을 둘러싸고 만들어진 것으로 일종의 무오류를 보증하는 것으로 그것 자체가 과학으로 여겨진다. 이런 단체가 머지않아 그 모든 것을 규정할 것이다.

그런 식으로 문제를 해결하는 것은 변용된 메시아의 왕국에 지나지 않는다는 점은 너무나 명백하지 않은가. 메시아의 역할을 과학이 떠맡고 있을 뿐이다. 그와 같은 설명이 무엇이든지 설명하는 것이 되기 위해서는 유대인들이 메시아를 믿듯이 정통 과학의 도그마들을 무조건 믿는 것이 필요하다. 차이가 있다면 유대인들은 메시아를 신의 사도로 보고 메시아가 뭐든 다 해줄 수 있다고 믿는 것뿐이다. 그러나 정말로 진정한 정통 과학이라면 생명에 대한 유일하고 중요한 문제가 욕구들에 대한 외적 연구로써 해결되리라고 믿어서는 안 된다.

1. 인간 생명의 근본적 모순

모든 인간은 오직 자신이 잘 되고 행복하기 위해 살고 있다. 행복에의 소망을 느끼지 못한다면 인간은 살아 있다고 느끼지 못한다. 인간은 행복에의 소망이 없이는 생명을 상상할 수조차 없다. 모든 인간에게 산다는 것은 행복을 원하고 성취하는 것이고, 행복을 원하고 성취하는 것은 산다는 것과 같다.

인간은 생명을 자기 자신 속에서만, 자기 개체 속에서만 느낀다. 따라서 처음에 인간은 자기가 바라는 행복이 오직 자기 개인의 행복이라고 생각한다. 처음에 인간은 자기만이 살아 있고 진정 살아 있는 것은 자기 자신뿐이라고 여기고, 다른 타자의 생명은 자기의 생명과는 전혀 다른 것으로 여긴다. 타자의 생명은 기껏해야 생명의 유사품 정도로 생각될 뿐이다. 인간은 다른 존재의 생명을 그저 관찰할 뿐이며, 다른 존재가 살아 있

다는 것은 그 관찰을 통해서만 알게 된다. 이렇게 인간은 다른 사람의 생명에 관해서는 그에 대해 생각하고자 마음먹을 때만 알게 되지만, 자신의 생명에 대해서는 언제나 '알고 있고', 자신이 살아 있다는 사실을 '아는 것'을 단 한순간도 멈출 수 없다. 따라서 모든 인간은 자신의 생명만을 진정한 생명으로 여긴다. 인간의 주위에 있는 다른 존재의 생명은 인간에게 자신의 생존을 위한 조건 중의 하나로 여겨진다. 인간이 다른 사람의 불행을 바라지 않는다면, 그것은 오직 다른 사람의 고통받는 모습이 자신의 행복을 저해하기 때문이다. 다른 사람에게 좋은 일이 생기기를 바라는 희망도 자기 자신에 대한 희망과는 전혀 다른 것으로, 좋은 일이 다른 사람에게 진정으로 생기기를 바라는 희망이 아니라 다른 사람의 행복이 자기 자신의 행복을 증대시켜줄 것이라는 희망인 것이다. 모든 인간은 자신의 것으로 느끼는 그 생명 속에서의 행복, 즉 자신의 행복만을 필요로 하고 중요하게 여긴다.

그런데 보라. 인간은 자신의 행복을 성취하고자 애를 쓰면서 자신의 행복이 다른 존재들에 의존해 있다는 것을 깨닫는다. 다른 존재들을 관찰하고 지켜보면서 인간은 그들 모두, 사람뿐만 아니라 동물까지도 생명에 대해서 자기와 똑같은 관념을 가지고 있다는 것을 알게 된다. 모든 생물체가 똑같이 오로지 자신만의 생명과 자신만의 행복을 느낄 뿐이며, 오로지 자신의 생명만을 진정 중요한 것으로 여기고, 다른 존재들의 생명은 자신의 행복을 위한 수단이라고 보고 있다. 또한 인간은 모든

생물적 존재들이 인간 자신과 마찬가지로 언제든 자기의 작은 행복을 위해서 다른 생물들의 보다 큰 행복과 심지어 생명까지도 제거할 태세를 취하고 있다는 것을 알게 된다. 그렇게 사고하는 인간 자신까지 포함해서 말이다. 이런 사실을 알고 나면 인간은 어쩔 수 없이 이렇게 생각하지 않을 수 없다. 만일 사실이 그렇다면, 그것이 의심할 바 없는 사실이라면, 하나도 아니고 수십도 아닌 무수히 많은 세상 존재들이 각자 자신의 목적을 달성하기 위해 매 순간 나를 제거할 태세를 갖추고 있다는 말이다. 그리고 자신만을 위해 생명이 존재한다고 생각하는 것은 나 역시 마찬가지다. 이런 사실을 알고 나면 인간은 자신의 생명에만 기초하는 개인으로서의 행복이 쉽게 얻을 수 있는 것이 아닐 뿐만 아니라 다른 존재에 의해 박탈당할 수 있는 것임을 확실하게 깨닫게 된다.

오래 살수록 인간은 경험을 통해 이런 판단을 더욱 확실하게 체득한다. 그리하여 인간은 자신도 그 일원으로 참여하고 있는 이 세상의 생명계가 서로 파괴하고 잡아먹으려는 개체들로 연결되고 구성되어 있다는 것을 알게 된다. 그런 생명계가 그에게 행복을 줄 수 없을 뿐만 아니라 오히려 커다란 해악이 되리라는 것을 분명히 알게 되는 것이다.

그뿐이 아니다. 혹시라도 인간이 자기 생명에 대한 두려움 없이 다른 개체들과 성공적으로 싸울 수 있는 유리한 조건을 차지하고 있다 하더라도 인간은 곧바로 이성과 체험을 통해, 그가 자신의 쾌락을 위해 다른 생명으로부터 뜯어낸 행복은 결

코 진정한 행복이 아니라 행복의 유사품에 불과하다는 것을 알게 된다. 이 행복의 유사품은 쾌락에 수반되기 마련인 고통을 더욱 생생하게 느끼도록 해줄 뿐이다. 나이가 들수록 인간은 쾌락은 점점 줄고 외로움과 권태, 노역과 고통은 점점 커져간다는 것을 더욱 또렷하게 알게 된다. 그뿐만이 아니다. 육체의 힘이 소진되고 병에 자주 걸리기 시작하면서, 그리고 다른 사람들의 질병과 노쇠, 죽음을 지켜보면서 인간은 오직 진정하고 충만한 생명만을 느끼던 자기 자신의 존재 자체가 한순간 한순간, 일거수일투족에서 노약과 죽음으로 다가가고 있다는 것을 인정하지 않을 수 없게 된다. 게다가 인간의 생명은 그와 싸우는 다른 존재들로 인해 수천 가지의 우연한 파멸적 사건들과 거듭 증대되는 고통들에 처해 있다. 인간 생명은 그 본질적 속성상 죽음으로의, 개체의 생명과 더불어 개체의 그 어떤 행복일지라도 확실하게 파멸되어버리는 그런 상태로의 중단할 수 없는 접근일 뿐이다. 한 개체로서, 오직 자신의 생명밖에 느끼지 못하는 한 개체로서 인간은 자신이 싸워서는 안 되는 전 세계와 싸우고 있다는 것, 그저 행복과 유사한 형태만을 주고 항상 고통으로 끝나는 그런 쾌락을 추구하고 있다는 것, 붙잡을 수 없는 생명을 붙잡으려 하고 있다는 것을 인정하지 않을 수 없다. 인간은 그 자신만을 위한 행복과 생명을 희구하지만 한 개체로서 그는 결코 어떤 행복도 어떤 생명도 소유할 수 없는 존재임을 깨닫는다. 인간이 얻고자 바라는 그 행복과 생명을 가지고 있는 것은 그가 모르는 낯선 타자들뿐이다. 그런데 인

간은 그 타자들에 대해 느끼지도, 느끼고 싶어 하지도 않고, 타자들의 생존에 대해서는 알 수도 없고, 알고 싶어 하지도 않는 것이다.

자신에게 가장 중요하다고 생각되는 것, 이것만이 필요하다고 여겨지는 단 하나의 것, 자기 생각에 이것만이 참으로 살아 있는 것이라고 여겨지는 것, 그것은 죽어서 뼈만 남거나 구더기가 되는 것으로, 사실은 결코 그가 아니다. 반면 자신에게 필요하지 않다고 여겨지고 중요하지 않다고 여겨지던 것, 자신이 살아 있음을 느끼게 하지 못하던 것, 싸우고 교체되는 존재들의 전 세계, 바로 그것이 진정한 생명이고 영원히 살아남아 존재하는 것이다. 인간이 유일하다고 느끼는 생명, 인간의 모든 활동의 원동력이라고 믿어온 생명은 사실은 일종의 속임수이고, 있을 수 없는 것이며, 그의 바깥에 있으며 그에 의해 사랑받지도 느껴지지도 못하는 생명, 그에게 알려지지 않은 생명, 바로 그것이 유일하고 진정한 생명이다.

그가 느끼지 못하는 바로 그것이야말로 그가 정말로 갖기를 바라는 그런 속성들을 갖고 있다. 그것은 답답한 순간에 우울한 기분에서 그저 생각나는 그런 것도 아니고, 갖고 있지 않아도 되는 그런 관념도 아니다. 아니 그 반대로, 그것은 한번 머릿속에 떠오르거나, 혹은 다른 사람들이 어쩌다 슬쩍 일깨워주기라도 하면, 그 후로는 결코 거기서 빠져나올 수 없고 그 무엇으로도 의식 속에서 지워버릴 수 없는 의심의 여지가 없는 명백한 진리다.

2.   인생의 모순은 아득한 옛날부터
인류가 의식해 왔다. 현자들은 이 내적 모순을
해결할 인생의 정의를 밝혀주었지만,
율법학자와 현학자들은 그것을 감추고 있다

인간이 생명, 즉 인생[1]의 목적으로 가장 먼저 떠올릴 수 있는 유일한 것은 한 개체로서 자신의 행복이지만 개체의 행복은 있을 수가 없다. 행복과 유사한 그 무언가가 있다하더라도 인생은, 개체로서의 인간의 생명은 한 번 움직이고 숨을 쉴 때마다 고통을 향하여, 악을 향하여, 죽음과 파멸을 향하여 불가항력적으로 끌려들어가고 있다.

---

1 러시아어 '지즌жизнь'은 '생명, 삶, 생애, 인생' 등을 모두 포함하는 단어이다. 하지만 이 단어의 우리말 번역어가 될 수 있는 '생명'이나 '인생, 생애, 삶'은 약간씩 의미와 어감이 다르다. 용어의 혼동을 막기 위해 가능하면 '생명'으로 번역하지만, 톨스토이가 인간의 생명에 대해, 인간의 생명 활동으로서의 삶의 문제에 보다 강조점을 두고자 할 때는 '인생', 혹은 '삶'이라고 번역했다. 따라서 내용을 좀 더 풍부하게 이해하기 위해서 생명이라는 단어에 때로는 인생이나 삶을 대입시키거나, 혹은 그 반대로 대입시키며 읽어보기를 권한다. ―옮긴이

이것은 생각이 있는 사람이라면, 노인이든 젊은이든, 교육받은 사람이든 일자무식이든, 누구나 알고 있는 너무나 분명하고 확고한 사실이다. 이런 판단은 몹시 간명하고 자연스러운 것이어서 이성을 가진 사람이라면 누구나 생각할 수 있고 고대로부터 인류가 널리 알고 있는 것이다.

"개체로서 한 인간의 인생은 오직 자신의 행복만을 지향하며, 서로를 파멸시키고 스스로 파멸하는 무수한 다른 개체들 가운데 존재하는 바, 그런 인생은 악이자 무의미이다. 진정한 인생은 그런 것일 수 없다."

아주 오랜 고대로부터 인간은 이렇게 말해 왔다. 인생의 이런 내적 모순을 특히 비범하고 선명하게 드러낸 것은 인도와 중국, 그리스, 그리고 유대의 현자들이다. 고대부터 인간의 이성은 여러 존재들간의 상호 투쟁과 고통, 죽음 등으로 파멸되지 않는 행복을 찾고자 노력해 왔다. 우리가 인류의 삶을 인식하기 시작한 이래 인류를 앞으로 이끌어온 모든 운동은 바로 투쟁과 고통과 죽음에 의해 파괴되지 않는 확고한 행복을 더욱 확실하게 밝혀내는 방향으로 움직여 왔다.

고대로부터 여러 민족들 속에서 인류의 위대한 스승들은 보다 확실한 정의를 통해 인생의 내적 모순을 해명하고 진실한 행복과 진실한 인생의 의미를 가르치기 위해 노력해 왔다. 그들은 무엇보다 이 세상의 모든 사람들이 처한 입장은 모두 동일하다는 것을 설파하고 있다. 모든 사람은 다 자신의 개인적 행복을 추구하지만 그것을 성취하는 것은 불가능하다는 모순

속에 존재한다. 그에 따라 진실한 행복에 대한 모든 정의와 그에 따른 진정한 인생의 정의는 본질적으로 모두 다 동일하다는 것, 그것이 인류의 위대한 지성이 내린 진실인 것이다.

기원전 600년 경 공자는 "인생이란 인류의 행복을 위해 하늘에서 내려온 광명의 전파"라고 말한 바 있다.

거의 같은 시대에 브라만교는 "인생이란 언제나 보다 큰 행복을 구하는 영혼의 순례이자 완성이다"라고 설파했다. 또한 공자와 동시대를 살았던 부처는 "인생이란 극락열반에 이르기 위해 자신을 버리는 것"이라고 가르쳤다. 역시 공자와 동시대인이었던 노자는 "인생은 행복에 이르기 위한 겸양의 길"이라고 말했다. 또한 유대의 현인은 "인생이란 신의 율법을 지키면서 행복을 얻도록 신이 인간의 콧구멍에 불어넣은 입김"이라고 보았다. 그런가 하면 스토아학파의 한 철학자는 "인생이란 인간에게 행복을 주는 이성에의 복종"이라고 고찰했다. 인생에 대한 이런 모든 정의들을 수렴하여 그리스도는 "인생이란 신과 이웃에 대한 사랑이며 그 사랑은 인간에게 행복을 가져다준다"라고 설파했다.

현대에 이르기까지 수천 년 동안 이와 같은 인생의 정의를 통해 인류의 현자들은 사람들에게 개인의 거짓되고 불가능한 행복 대신에 불멸의 참된 행복을 가르치고, 인생에 이성적 의미를 부여하고 그 모순을 해결하고자 하였다. 이런 정의에 동의하지 않을 수도 있고 정의가 좀 더 정확하고 분명해야 한다고 생각할 수도 있다. 그러나 이러한 정의들이 인생의 모순을

제거하고, 결코 도달할 수 없는 개인의 행복이 아니라 고통이나 죽음에 의해서도 파괴되지 아니하는 행복을 구하도록 인생에 이성적인 의미를 부여하고 있다는 점은 누구도 부인할 수 없다. 그리고 이론적으로 확실한 이러한 정의들이 인생의 경험에 의해서도 확인되고 있다는 사실, 그러한 정의를 인정하는 수백만의 사람들이 개인의 행복 추구를 고통이나 죽음에 의해서도 파괴되지 아니하는 그런 행복의 추구로 전환할 가능성을 이미 보여주었고, 지금도 보여주고 있다는 사실을 인정하지 않을 수 없다.

인생에 대한 인류의 위대한 현자들의 정의를 이해하고 그에 따라 살아가는 사람들이 있지만 세상에는 훨씬 더 많은 대다수 사람들이 인생의 모순을 풀어줄 이런 정의들을 이해하지 못한 채 살아간다. 그들은 인생에 그런 모순이 있다는 사실조차 모른 채 한 시기, 혹은 전 생애에 걸쳐 오직 동물적인 삶을 살아가고 있다. 게다가 이런 사람들 중에는 언제나 특별한 사회적 지위를 이용하여 자신을 인류의 지도자로 자처하는 자들이 있기 마련이다. 이들은 인생의 참뜻을 알지 못하면서 인생이란 개체로서 개인에게 존재하는 것에 지나지 않는다고 다른 사람들을 가르치려 들기까지 한다.

그런 그릇된 교사들은 어느 시대에나 존재했고 우리 시대에도 존재한다. 그들은 입으로는 인류의 스승들의 가르침을 설교하지만(그들은 그 속에서 양육되었던 것이다!), 실제로는 그 합리적 의미를 이해하지 못하고 과거와 내세에 대한 초자연적

인 계시를 내세우며 오로지 형식적인 의례의 수행만을 요구한다. 가장 넓은 의미에서 율법학자들의 교리 해석이 그러하다. 이들은 외부적인 의례를 수행함으로써 다른 인생에 대한 신앙을 획득하면 그것으로 비이성적 인생이 교정될 수 있다고 설교한다.

눈앞에 보이는 인생 외에는 그 어떤 다른 인생의 가능성도 있을 수 없다고 보는 또 다른 사람들은 그 어떤 기적이나 초자연적인 것도 부정하고 인생이란 태어나서 죽을 때까지 오직 동물적으로 생존하는 것에 다름없다고 과감하게 주장한다. 동물로서의 인간의 생활에 비합리적이랄 것은 어떤 것도 없다고 가르치는 현학자들이 그들이다.

이들 두 사이비 교사들은, 그들이 주장하는 교의가 똑같이 인생의 근본 모순에 대한 조잡한 몰이해에 기초하고 있음에도 불구하고, 언제나 서로 적대적으로 싸워 왔다. 이 두 부류의 교의는 오늘날에도 서로 싸우면서 자신들의 논쟁으로 세계를 어지럽히며 지배하고 있다. 그러한 논쟁들은 사람들 눈을 흐리게 만들어 수천 년 동안 전해져 오는 진실한 행복으로의 가르침을 제대로 바라보지 못하게 만드는 것이다.

율법학자들은 자신들이 배워 온 선지자들의 인생의 정의를 제대로 이해하지 못한 채 그것을 내세에 대한 사이비 해석으로 왜곡해버리곤 한다. 동시에 그들은 인생에 대한 인류의 다른 스승들의 정의도 아주 완전히 조잡하게 왜곡해서 가르침으로써 사람들을 호도하고 자신들이 해석하는 교리에 절대적인 권

위를 부여하고자 한다.[2]

현학자들 역시 율법학자들의 교리 해석이 발생할 수밖에 없었던 합리적 근거에 대해서는 생각해보지도 않고 내세에 대한 교리라면 뭐든지 정면으로 부정한다. 그들은 그런 교리들의 본질은 무지에서 비롯되는 조잡한 관습의 잔재일 뿐이며, 인간의 동물적 생존 외에 인생에 대한 어떤 문제도 제기하지 않는 것이 인류의 진보에 도움이 된다고 과감한 주장을 펼친다.

---

2 인류의 다른 스승들이 인생에 대한 정의를 합리적으로 일관되게 내리고 있다는 점도 그 교의의 진실성을 증명하는 것으로 그들은 여기지 않는다. 그걸 인정하는 순간 교리의 본질을 대체하는 비합리적 사이비 해석이 붕괴되기 때문이다.

3.　　　현학자들의 미망迷妄

　그런데 참으로 놀라운 일이 아닌가! 인류의 위대한 현자들의
가르침은 너무나 위대하여 사람들로 하여금 경외심을 갖지 않
을 수 없게 하는 바, 일부 무지한 사람들은 그 가르침에 초자연
적 성격을 덧붙이고 그들을 거의 반쯤 신으로 섬긴다. 사실 그
런 신격화는 그 가르침의 의미가 얼마나 큰가를 반증하는 주요
한 특징이라고 말할 수 있다. 하지만 현학자들이 보기에 그것
은 그 가르침의 오류와 진부함을 보여주는 가장 좋은 증거였
다. 아리스토텔레스, 베이컨, 콩트 등등 크게 중요하지 않은 학
설들은 언제나 소수의 독자와 숭배자들에만 위대한 업적이고,
잘못되었다한들 대중에 크게 영향을 줄 리 없는 것들이다. 따
라서 이런 학설들은 미신의 대상으로 왜곡되거나 군더더기가
덧붙여질 여지도 없다. 그런데 의미가 크지 않기 때문에 획득

되는 바로 이런 특징을 현학자들은 오히려 그 학설의 진실함을 보여주는 증거라고 생각한다. 반면 브라만, 부처, 조로아스터, 노자, 공자, 이사야, 그리스도의 가르침은 수많은 사람의 인생을 변화·발전시킨다는 오로지 그 이유 때문에 현학자들은 그것을 미신이요 미망으로 간주한다.

미신이라는 이런 가르침들은 아주 왜곡된 상태에서도 인생의 진실한 행복에 대해 해답을 주는 바가 있기 때문에, 수십억의 사람들은 바로 그런 미신을 믿으며 살아왔고 살아가고 있다. 이런 가르침들은 여러 가지로 분기될 뿐만 아니라 가장 훌륭한 사람들의 사상의 토대가 되기도 한다. 하지만 현학자들이 인정한다는 이론이라는 것은 항상 논쟁을 야기하고 오직 그들 자신들에 의해서만 인정되는 것으로, 간혹 수십 년을 살아남기도 하지만 대체로 어떻게 발생한 것인지조차 모를 정도로 쉽게 잊혀진다. 하지만 이런 사실에도 현학자들은 전혀 흔들리지 않는다.

인류가 이제까지 살아오며 배우고 또 배워왔던 위대한 현자들의 인생에 대한 가르침들이 오늘날 어떤 상황에 처해있는가를 보면 현대 사회가 나아가고 있는 지식의 방향이 잘못되었다는 점이 더할 나위 없이 극명하게 드러난다. 여러 통계연감에 따르면 현재 지구상에는 무려 1,000여 종에 이르는 종교가 있다. 여기에는 물론 불교와 브라만교, 유교, 도교, 기독교가 포함되어 있다. 요즘 사람들은 완전히 이 통계를 그대로 신뢰한다. 그리고 '종교가 1,000종이라니, 모두 다 헛소리인 게지, 그러니

들여다볼 필요가 뭐 있겠어?'라고 생각한다. 그리하여 요즘 사람들은 스펜서나 헬름홀츠 등이 말한 최신의 한두 마디를 모르는 것은 수치로 여기면서 브라만이나 부처, 공자, 맹자, 노자, 에픽테토스, 이사야 등에 대해서는 간혹 그 이름조차 모르는 경우가 허다하다. 사람들은 쉽게 잊고 있지만 사실 오늘날 신앙되고 있는 종교가 결코 1,000종이 아니라 단 세 가지, 중국과 인도의 종교, 그리고 유대 – 기독교(그 파생으로 이슬람교를 포함하여) 종교뿐이다. 그리고 이런 종교의 경전은 단돈 5루블이면 살 수 있고 이주일이면 독파할 수 있다. 우리가 모르는 7퍼센트를 제외한 전 인류가 바로 이 경전들과 함께 살아왔고, 인류의 현재 이 모습을 만들어준 그 모든 인간적 지혜가 바로 그 경전들 속에 담겨 있다. 그럼에도 불구하고 몽매한 군중뿐만 아니라 배웠다는 학자들도 전문분야가 아니라면 그런 사실을 잘 알지 못한다. 직업으로서의 철학자들은 이런 경전들을 들여다볼 필요가 있다고 생각하지 않는다. 이성을 가진 사람이라면 인지할 수밖에 없는 인생의 모순에 대해 답을 내려주고 인생과 인생의 진정한 행복을 정의해준 그런 사람들을 도대체가 연구하려고 하지 않는 것이다. 현학자들은 합리적 인생의 기본을 이루는 이런 모순을 이해하지 못하면서, 자신들의 눈앞에 보이지 않기 때문에 그런 모순이란 어디에도 존재하지 않으며 인생이란 그저 동물적 생존일 뿐이라고 대담하게 단언하고 있는 실정이다.

눈이 좋은 사람은 제 앞에 보이는 것을 이해하고 그것이 무

엇인지 정의를 내리지만 앞을 보지 못하는 사람은 지팡이로 자기 앞을 더듬어보고 지팡이가 더듬더듬 보여주는 것 이외에는 아무것도 없다고 확신한다.

4.   현학자들은 인간의 동물적 존재로서의
현상들을 눈으로 보면서 그것을
인간 생명의 전부라고 생각하고,
거기에서 인생의 목적에 대한 결론을 내린다

"생명, 그것은 태어나서 죽을 때까지 하나의 생물체 속에서 이루어지는 것이다. 인간과 개와 말 모두 태어나되 제각각 특수한 육체로 태어나 그 특수한 육체로 살아간다. 그리고 죽는다. 죽으면 육체는 분해되어 다른 존재로 떠나고 이전의 존재는 존재하지 않는다. 생명이 있었다, 그리고 생명이 끝났다. 심장이 뛰고 폐가 숨 쉬고 육체가 분해되지 않는 상태라면 그 인간, 개, 말이 살아 있다는 뜻이다. 하지만 심장의 고동이 멈추고 호흡이 정지하고 육체가 분해되기 시작했다면 그것은 죽었다는 것, 생명이 존재하지 않는다는 것을 의미한다. 동물과 마찬가지로 인간의 육체에서 출생과 죽음 사이의 시간에 일어나는 바로 그것이 생명이다. 무엇이 이보다 더 분명할 수 있다는 말인가?"

동물적 상태에서 거의 벗어나지 못한 무지하고 몽매한 자들
은 언제나 생명을 이렇게 바라보았고 지금도 그러하다. 오늘날
소위 과학이라는 이름 아래 현학자들은 생명에 대한 이런 아주
조잡하고 원시적인 표상을 유일하게 진실한 것이라고 주장한
다. 이런 거짓된 주장은 인류가 성취한 모든 외적 지식을 무기
로 악용하여 인류를 무지의 암흑 속으로 체계적으로 몰아넣고
자 한다. 인류가 수천 년 동안 그토록 열심히 힘겹게 벗어나고
자 했던 바로 그 무지몽매함 속으로 말이다.

이런 학설은 우리가 생명을 우리 자신의 의식 속에서 정의할
수 없다고 주장한다. 우리가 생명을 자신의 의식 속에서 찾고
자 하면 혼란에 빠지기 마련이라는 것이다. 즉 행복에 대한 지
향이 우리 의식 속에서 우리의 생명을 구성하고 있다는 그런
행복의 개념은 속기 쉬운 환영이며, 그렇게 의식 속에서 생명
을 이해해서는 안 된다는 것이다. 또한 이런 학설은 생명을 이
해하기 위해서는 물질 운동처럼 생명 현상을 관찰해야만 한다
고 주장한다. 이런 관찰과 관찰로부터 이끌어낸 법칙들 속에만
생명의 법칙, 인간 생명의 법칙을 찾아낼 수 있다는 것이다.[3]

---

3 참된 과학이란 자신의 자리를 알고 있고, 그에 따라 자신의 대상도 알고 있다.
또한 겸허함으로써 더욱 강력한 힘을 가지는 참된 과학은 결코 그와 같이 말한 적
이 없다. 물리학은 힘의 법칙과 관계를 논하지만, 힘이란 무엇인가를 묻지 않고 힘
의 본질을 설명하려고 애쓰지 않는다. 화학은 물질의 관계를 논하지만, 물질이 무
엇인지, 그 본질이 무엇인가를 정의하려고 애쓰지 않는다. 생물학은 생명의 형태에
대해 논하지만 생명이 무엇인지, 그 본질이 무엇인지를 정의하려고 애쓰지 않는다.
진정한 과학은 힘이나 물질, 생명 그 자체를 연구대상으로 삼지 아니한다. 그것은

거짓된 학설들은 이처럼 인간이 의식 속에서 알고 있는 생명의 온전한 개념을 눈에 보이는 가시적 부분, 즉 동물적 존재의 개념으로 바꾸어버리고, 이 가시적 현상들을 처음에는 동물적 인간 속에서, 그리고 이어서 동물 일반 속에서, 그리고 또 더 나아가 식물과 물질 속에서 연구하기 시작한다. 그러면서도 그들은 일부 현상이 아니라 생명 자체를 연구하고 있다고 늘 확신한다. 그 관찰이라는 것이 너무나 복잡다단하고 다종다양하고 앞뒤를 알기 어려울 정도로 혼란스럽고 엄청난 시간과 노력을 수반하는 것이다 보니, 사람들은 대상의 일부를 대상 전체로 인식했던 맨 처음의 실수에 대해서 조금씩 망각하기 시작한다. 그리하여 결국 사람들은 물질과 식물과 동물의 가시적 속성들을 연구하는 것이 바로 생명 자체를 연구하는 것이라고 완전히 확신하기에 이른다. 생명 그 자체는 바로 인간의 의식 속에서만 인식되는 것임에도 불구하고 말이다.

이것은 마치 어떤 자가 그림자를 가리켜 진짜라고 말하며 사람들을 혼란스런 상황으로 몰아가는 행태와 똑같다. 그런 자들은 이렇게 말한다.

다른 지식 영역에서 일종의 자명한 공리로 얻어진 토대 지점인 바, 그 위에 모든 개별 과학이라는 건축물이 세워진다. 진정한 과학은 대상을 이처럼 바라본다. 이러한 과학은 대중을 몽매하게 만드는 해로운 영향을 끼치지 않는다. 그러나 거짓된 과학은 대상을 그렇게 보지 않는다. 똑똑한 체하는 거짓된 과학은 이렇게 말하곤 한다. "우리는 물질도 힘도 생명도 연구한다. 우리가 그것들을 연구한다는 것은 우리가 그것들은 인식해낼 수 있다는 것이다." 하지만 정작 그들이 연구하는 것은 물질도, 힘도, 생명도 아니고 그저 그들의 관계들과 형식들뿐이다.

"그림자가 있는 곳 외에 다른 쪽은 절대 봐서는 안 됩니다. 특히 사물 자체를 보지 않는 것이 중요합니다. 원래 사물이란 존재하지 않는 것이고, 있다면 오직 그 그림자뿐입니다."

우리 시대 현학자들의 거짓된 과학은 몽매한 대중에 영합하며 이와 똑같은 일을 저지르고 있다. 그들은 생명을 고찰하면서 행복에 대한 지향이라는 생명에 대한 핵심적인 정의가 오직 인간의 의식 속에서만 개진되는 것임을 고려하지 않는다.[4] 거짓된 과학은 생명을 행복에 대한 지향과 무관한 것으로 정의하고 모든 생물체의 목적을 관찰한 뒤, 거기서 인간과는 아무런 관계가 없는 목적을 찾아낸 다음 그것을 인간에게 강제로 덧씌운다.

이러한 외적 관찰의 결과 개체의 자기 보존과 종족 보존, 종족의 재생산과 생존경쟁 등과 같은 것만이 생물체의 목적으로 열거되곤 한다. 생명에 대한 공상에 가까운 이런 목적이 바로 인간에게도 그대로 적용된다는 것이다.

거짓된 과학은 출발부터 진부한 생명관념에 사로잡혀 있고 인간 생명의 중요한 본성인 모순성에 대해서는 조금치도 고려하지 못한다. 이런 사이비 과학은 인류의 몽매한 다수가 요구하는 것에 영합하는 방향으로 최종 결론을 내리는 바, 한 개체로서의 생명의 행복이 가능하며, 인간에게 필요한 것은 동물적 존재로서의 행복뿐이라는 것이다.

---

4 **부록**1 참조.

거짓된 과학은 이런 근거를 대중의 욕망과 관련시켜 설명하고자 하지만 심지어 대중의 욕망보다 더 나아가 인간의 생명은 다른 모든 동물과 마찬가지로 오로지 개체와 종족 보존 투쟁 속에 있다는 결론으로 나아간다. 하지만 그것은 인간의 이성적 의식이 반짝이는 그 최초의 순간에조차 부정되는 그런 확신에 지나지 않는다.[5]

---

5 **부록 2** 참조.

5.   율법학자와 현학자들의 사이비 가르침은
        진정한 인생의 의미를 설명해주지 못하고
        인생의 지침을 제시하지도 못한다.
        그저 살아온 습성만이 그들에게 인생의
        유일한 지침일 뿐이다. 그들은 그에 대해
        어떤 이성적 설명도 하지 못한다

"인생을 정의할 필요는 없다. 누구나 인생이 어떤 것인지 알고 있다. 그럼 되지 않았는가. 그대로 살아가면 된다."

거짓된 가르침의 미망에 빠진 사람들은 이렇게 말하곤 한다. 인생이 무엇이며 행복이 무엇인지 알지 못하면서 그들은 자신들이 살아가고 있다고 생각한다. 하지만 그것은 파도 위에서 아무런 방향도 없이 떠다니는 사람이 자기가 가야 할 방향으로, 가고 싶은 방향으로 가고 있다고 생각하는 바와 다를 바 없는 일이다.

한 어린아이가 가난한 집에서든 부유한 집에서든 태어나 율법학자나 현학자의 교육을 받는다고 하자. 어린아이나 청년에게는 아직 인생의 모순과 그 문제의식이 존재하지 않기 때문에 인생에 대한 율법학자의 설명이나 현학자의 설명이 필요하지

않고 그에 따라 인생이 좌우되지도 않는다. 어린아이는 그저 주변 사람들이 살아가는 모습을 따라 배울 뿐이다. 그런데 그 살아가는 모습에서 보면 율법학자나 현학자나 다 똑같다. 그들 모두 개체적 삶의 행복을 위해서만 살아가고, 그렇게 살아가라고 어린아이에게 보여주고 있을 뿐이다.

만일 부모가 궁핍하다면 아이는 부모로부터 인생의 목적이란 더 많은 빵과 돈을 얻는 것이라고, 가능하면 일은 적게 하고 동물적 개체로서의 욕망은 더 많이 충족하는 것이라고 배울 것이다. 그러나 부유한 부모 밑에서 태어난다면 아이는 인생의 목적이 가능한 좀 더 즐겁고 유쾌하게 시간을 보내기 위해 부와 명예를 얻는 데 있다고 배울 것이다.

가난한 사람이 획득하는 모든 지식은 자신의 행복 수준을 높이기 위한 수단으로서만 필요한 것이고, 부자가 획득하는 과학과 예술의 모든 지식은 그 의미에 대한 고상한 언사에도 불구하고 단지 권태를 물리치고 유쾌하게 시간을 보내기 위해서만 필요한 것이다. 두 부류 모두 나이가 들어갈수록 세상의 지배적인 견해가 그들 속에 더욱더 강하게 스며드는 법이다. 결혼을 하고 가정을 꾸리면 동물적 욕망의 충족을 향한 탐욕이 가족이라는 이름으로 더욱 정당화된다. 다른 사람들과의 싸움은 더욱 가혹해지고 오로지 개인의 행복을 위해서만 살아가는 습관(타성)이 고착되고 마는 것이다.

그들이 그런 인생의 합리성에 대해 의문을 품는다 하더라도, 나의 자식들도 계속하게 될 이 목적 없는 생존 투쟁은 도대체

무엇을 위한 것인가, 혹은 도대체 나에게도 나의 자식들에게도 고통으로 끝나고 마는 이 기만적인 쾌락의 추구는 도대체 왜 계속되는가 하는 의문을 품는다 하더라도, 이미 수천 년 전 그들과 같은 처지에 놓여있던 인류의 위대한 스승들이 내린 바 있는 인생에 대한 정의를 깨달을 가능성은 그들에게 거의 존재하지 않는다. 율법학자와 현학자들이 온갖 설교로써 그 위대한 가르침을 완전히 차단하고 있어 그것을 제대로 보기가 힘들기 때문이다. '인생은 대체 무엇 때문에 이렇게 참담한 것입니까'라고 묻는 질문에 어떤 율법학자는 이렇게 대답한다. "인생은 원래 참담한 것이다. 언제나 그래왔고 또 영원히 그럴 수밖에 없는 것이다. 인생의 행복은 현생이 아니라 생명이 주어지기 이전의 전생과 죽음 이후의 내세에 있다." 브라만교나 불교, 유교, 유대교, 기독교 등 모든 종교의 율법학자들은 항상 이렇게 똑같은 말만 한다. "현생의 삶은 악이며 이 악은 과거 속에서, 세계와 인간이 출현한 태초에서 그 원인을 찾을 수 있다. 현존하는 악의 극복은 미래에, 죽음 이후에 가능하다. 현생이 아니라 내세에 행복을 얻기 위해 인간이 할 수 있는 일이란 오직 우리가 설교하는 가르침을 믿고 우리가 부과하는 의례를 수행하는 것뿐이다."

이런 설명이 진실이 아니라고 의문을 품는 사람은 개체의 행복을 위해 살아가는 다른 모든 사람의 인생을 보고, 그리고 율법학자들 역시 남다를 것 없이 개체의 행복을 위해 살아가고 있다는 점을 보고 율법학자들의 대답의 의미를 깊이 천착하지

않고 곧바로 불신하고 이번에는 현학자들의 주장에 귀를 기울인다. 현학자들은 이렇게 주장한다.

"우리가 동물의 생명 활동에서 보는 것과 다른, 생명에 대한 그 어떤 학설도 모두 무지의 산물이다. 너는 너의 인생의 합리성에 대해 여러 가지로 의심하지만 그것은 밑도 끝도 없는 몽상일 뿐이다. 이 세계와 지구의 생명, 인간과 동식물의 생명 모두 자기 나름의 법칙을 가지고 있는 바, 우리는 그것을 연구한다. 우리는 세계와 인간, 동식물과 온갖 생물의 기원을 탐구한다. 우리는 세계의 앞날이 어떠할지, 태양은 언제 식어버릴지에 대해서도 연구하고, 인간과 온갖 동식물이 과거에는 어떠했고 미래에는 어떠할지에 대해서도 연구한다. 우리는 모든 것의 과거와 미래가 우리가 말한 바와 전혀 다르지 않다는 것을 보여주고 증명할 수 있다. 그 외에도 우리의 연구는 인간의 행복 수준을 개선하는 일에도 기여한다. 하지만 행복을 향한 지향으로 가득한 너의 인생에 대해서는 네가 지금 알고 있는 것 외에 우리가 말해줄 수 있는 것이라고는 아무것도 없다. 우리가 해줄 말이라고는 지금 살아가고 있듯이 그대로, 가능한 더 잘 살아라하는 것뿐이다."

이리하여 의심에 처한 사람은 그 누구로부터도 제대로 된 대답을 얻지 못한 채 개인의 욕망 충족 외에 인생에 대한 아무런 지침도 없이 예전과 다름없는 상태에 머물러 있을 수밖에 없다.

의심에 처한 사람들 중 어떤 사람들은 파스칼의 견해처럼 '저 율법학자들이 말하는 것을 행하지 않으면 벌을 받는다는데

혹시 사실이 아닐까?'하고 혼자 생각하고는 시간이 날 때 율법학자들이 가르치는 바를 모두 그대로 실천해 본다(손해 볼 건 없고 어쩌면 크나큰 득이 될 지도 모를 일 아닌가). 또 어떤 사람들은 현학자들의 말을 따라 현세의 인생 외에 다른 삶의 존재와 모든 종교적 의례를 덮어놓고 거부해버리고는 이렇게 속삭인다. '나만 그런 게 아니야. 다들 그렇게 살아왔고 그렇게 살아가고 있어. 어쨌든 다 될 대로 되겠지.' 이런 두 부류의 사람들에게 어떤 우열이나 차이가 있다고 말할 수 없다. 둘 다 여전히 자신들의 현재 인생의 의미에 대해서는 어떤 설명도 하지 못하고 있는 상태인 것이다.

하지만 살아가야 한다.

삶이란 아침에 일어나 침대에 누울 때까지 발생하는 일련의 행동들이다. 인간은 매일 수백 가지의 가능한 행동 중에서 하고자 하는 행동을 끊임없이 선택해야 한다. 천국의 삶의 비밀을 늘어놓는 율법학자의 가르침도, 세계와 인간의 기원을 연구하고 그 미래의 운명을 탐구한다는 현학자들의 가르침도 행동의 지침을 제공하지는 못한다. 하지만 인간은 행동의 지침이 없이는 살아갈 수 없는 법이다. 그리하여 결국 인간은 인생에 대한 이성적 판단이 아니라 모든 사회에 언제나 존재해 왔던 외적 지침을 따를 수밖에 없게 된다.

이런 지침은 아무런 합리적 근거도 없는 것이지만 어쨌든 대다수 사람들의 거의 모든 행동을 지배한다. 사람들이 모여 사는 사회의 관습이 바로 그것이다. 이런 지침은 사람들이 인생

의 의미를 잘 이해하지 못하면 못할수록 더욱더 강하게 사람들을 지배한다. 이런 지침은 시공간적으로 아주 다양한 사건과 행동으로 구성되는 것이기 때문에 명시적으로 정의하기 힘들다. 이를테면 중국인들은 부모의 위패 앞에 촛불을 켜고 이슬람교도들은 성지 순례를 하고 아메리카 인디언들은 엄청난 양의 기도문을 외운다. 군인은 군기軍旗에 충성을 맹세하고 제복의 명예를 소중히 여긴다. 사교계 사람들은 결투를, 산악민[6]들은 피의 복수를 한다. 정해진 날에 정해진 음식을 먹고 특정한 자식 교육 방법을 선호한다. 친지 방문, 집안 장식에도 특정한 방법이 만들어진다. 출산이나 결혼, 장례도 특정한 방법으로 기념한다. 이렇게 인생을 가득 채우고 있는 수많은 사건과 행동들이 바로 관습에 의해 이루어진 인생의 지침들이다. 그것은 예의라든가 풍습이라고 불리기도 하지만 무엇보다 일종의 의무로, 심지어 신성한 의무로까지 여겨진다.

수많은 사람들이 인생에 대한 율법학자나 현학자들의 설명 외에도 바로 이런 지침들에 의탁하여 살아가고 있다. 이미 어려서부터 인간은 자기 주위 사람들이 굳건한 신념을 가지고 아주 근엄한 의례와 함께 이런 관습을 수행하고 있다는 것을 보고 자란다. 나아가 인간은 자기 인생에 대한 어떤 합리적 설명도 해주지 않는다는 것을 알면서도 그런 관습을 따라할 뿐만

---

6 코카서스 지역의 이슬람 주민들을 주로 가리킨다. 톨스토이는 젊은 시절 군복무 중 이런 산악민들의 삶을 관찰할 기회를 가졌고 여러 문학 작품에서 그들의 행동 관습을 묘사하고 있다. —옮긴이

아니라 거기에 나름대로 합리적 의미를 부여하려고 노력한다. 그는 그런 관습을 행하는 사람들이 자신들이 행하는 일의 의미와 목적을 알고 있다고 믿고 싶어 한다. 그리하여 그는 그런 관습들이 이성적 의미를 지니고 있는데, 자신이 비록 그 의미를 완전히 다 해명하지 못한다 해도 다른 사람들은 다 잘 알고 있을 것이라고 스스로를 납득시키고자 한다. 그러나 인생에 대한 합리적 설명을 하지 못하는 다른 수많은 사람들도 완전히 그와 똑같은 처지에 놓여 있다. 그들 역시 아무런 근거 없이 다른 사람들이 그렇게 하도록 요구하고 있다고 여겨지기 때문에 그런 관습을 행하고 있을 뿐이다.

이렇게 사람들은 저도 모르는 사이에 서로를 기만하며 아무런 합리적 근거도 없는 관습들에 점점 더 얽매이고, 나아가 거기에 자신도 모르는 신비한 의미까지 덧붙여 간다. 그들이 행하는 관습의 의미를 잘 알지 못하면 못할수록, 그 관습에 대해 의심이 들면 들수록 그들은 그것을 더욱더 중대한 것으로 받들고 더욱 엄숙한 예를 갖추어 그것을 실행한다. 주위 사람들이 행하는 바를 따라하는 데에는 부자든 가난한 자든 차이가 없다. 그들은 저렇게 많은 사람들이 그렇게 높이 평가하며 오랫동안 행하여 온 것을 보면 그런 관습은 인생의 참된 일이 아닐 수 없다고 자신을 안심시키며 그에 따르는 것을 하나의 의무로, 신성한 의무로 여기는 것이다. 이리하여 사람들은 왜 사는지 자신은 전혀 모르지만 다른 사람들이 알고 있을 것이라고 애써 믿으면서 늙어 죽을 때까지 살아간다. 하지만 정작 그 다

른 사람들도 살아가는 의미에 대해 아는 바는 거의 없다.

새로운 사람들이 생명을 얻어 태어나고 자라난다. 그들은 주변의 존경을 한 몸에 받는 백발의 노인들이 함께 존재하는, 인생이라고 불리는 이 생존의 혼란함을 보고, 이런 무의미의 혼란함이 바로 인생이고 다른 인생이란 존재하지 않는다고 확신하며 인생의 문 옆에서 잠시 서로 밀치다가 떠나버린다. 집회를 한 번도 보지 못한 사람이 입구에 몰려들어 소란을 피며 왁자지껄한 군중을 보고 이것이 바로 집회라는 거구나, 라고 생각하고는 문 옆에서 잠시 군중과 밀고 당기다가 아픈 옆구리를 붙잡고 집으로 돌아가며 집회에 다녀왔다고 확신하는 그런 경우와 같은 것이다.

우리는 산을 뚫고 세계를 날아다니기도 한다. 전기와 현미경, 전화, 전쟁, 의회, 박애, 당파싸움, 대학, 학회, 박물관을 만들어 다양한 활동을 하기도 한다. 이런 것들이 과연 인생일까?

상업과 전쟁, 교통망과 과학, 예술 등 인간의 그 모든 복잡다단하고 맹렬한 활동은 대체로 인생의 문 옆에서 벌어지는 우매한 군중의 야단법석에 지나지 않는다.

6.　　　현대인의 의식의 분열

"진실로 진실로 너희에게 이르노니 죽은 자들이 하나님의 아들의 음성을 들을 때가 오나니 곧 이 때라 듣는 자는 살아나리라."[7]

그렇다, 바로 그때가 다가오고 있다. 오직 죽음 이후에만 행복과 이성적인 삶이 가능하다거나, 아니면 오로지 개체의 욕망 충족만이 인생의 행복이요 합리적인 것이라고 자신을 설득하고, 또 그렇게 주장하는 사람들이 아무리 많다 해도, 인간은 그런 말을 믿을 수가 없다. 인간은 제 영혼의 깊은 곳에, 인생이란 행복이며 합리적 의미를 가지고 있어야 한다는 지울 수 없는 욕구를 지니고 있다. 무덤 저편의 인생이나 개체로서의 불

7　〈요한복음〉 5장 25절.

가능한 행복 추구라는 목적 이외에 다른 어떤 목적도 지니지 못한 인생은 악이며 무의미일 뿐이다.

내세의 인생을 위해 살아야 한다? 그러나 만일 인생이 그러한 것이라면, 내가 알고 있는 유일한 현재 눈앞의 인생이란 무의미한 것이 되고 만다. 그것은 다른 합리적 인생이 가능하다는 확신을 주지 못할 뿐만 아니라, 인생이 본질적으로 무의미하며 무의미한 인생 외에 다른 어떤 것도 있을 수 없다는 주장과 다름없다.

자기 개인을 위해 살아야 한다? 그러나 자기 자신만을 위한 인생이란 악이요, 무의미일 뿐이다. 가족을 위해서 살아야 한다? 자신이 속한 공동체를 위해? 조국과 인류를 위해? 그러나 나 개인의 인생이 보잘 것 없고 무의미한 것이라면, 개체로서의 다른 모든 인간의 인생도 마찬가지로 무의미한 것이고, 따라서 무의미하고 비합리적인 개인들을 아무리 많이 함께 모아놓는다 해도 하나의 행복한 합리적 인생이 이루어질 리 없다. 이유는 알지 못하지만 다른 사람들이 하는 대로 따라하면서 산다? 하지만 그 다른 사람들도 나와 똑같이 자신들이 살아가는 이유를 모른 채 살아가고 있다는 것을 나는 알고 있다.

이성적 의식이 거짓된 가르침을 극복하고, 인간이 생의 한가운데 멈춰 서서 인생에 대한 설명을 요구하는 때가 도래하고 있다.[8]

---

8 **부록** 3 참조.

인생에 대해 다르게 생각하는 사람들과 아무런 관계를 갖지 않은 사람, 그리고 항상 육체적 생존을 위한 본성과의 긴장된 투쟁에 매달려 있는 사람, 아주 드물지만 이런 사람만이 그런 무의미한 일들을 자신의 의무라고 부르며 실행하고, 그것만을 자기 인생의 고유한 의무라고 믿을 것이다.

내세의 인생을 준비하기 위해 현생을 말로만 부정하고, 실제로는 개체적 동물적 생존만을 인정하는 것, 그리고 그것을 인생의 의무라고 부르는 것, 그것이 사기극이라는 것을 많은 사람들이 점점 더 분명하게 알게 되는 때가 도래할 것이다. 아니 이미 도래했다. 이제 궁핍으로 망가지고 음탕한 삶으로 아둔해진 사람이 아니라면 누구도 그 생존의 무의미함과 참담함을 느끼지 않고는 살아갈 수 없게 된 것이다.

이성적 의식에 눈을 뜨고 무덤 속에서 살아나는 사람들이 점점 더 많아지고 있다. 사람들이 아무리 인생의 근본적 모순을 외면하려고 애를 써도, 이제 그것은 많은 사람들 앞에 무섭도록 분명하게 그 모습을 드러내고 있는 것이다.

깨어난 사람은 이렇게 속삭인다. '나의 모든 인생은 나 자신의 행복을 갈망하는 것이다. 하지만 나의 이성은 나를 위한 그런 행복이란 있을 수 없다고 말한다. 내가 무엇을 하고 무엇을 획득하더라도 결과는 늘 동일하게 고통과 죽음, 파멸로 끝난다. 나는 행복을 원하고 생명을 원하고 합리적 의미를 원하지만 내 속에는, 나를 둘러싼 모든 것에는 악과 죽음, 무의미만이 가득하다. 무엇을 어떻게 해야 할 것인가? 어떻게 살아야 한다

는 말인가?' 그러나 대답은 들리지 않는다.

깨어난 사람은 자기 주변을 돌아보고, 의문에 대한 답을 구하지만 찾을 수가 없다. 주변에서 찾을 수 있는 온갖 가르침이라는 것들은 그가 제기하지도 않는 문제들에 대해 대답할 뿐이고, 그가 제기한 문제들에 대한 대답은 아무 데도 없다. 이유도 모른 채 다른 사람들이 하는 것을 역시 이유도 모른 채 따라하는 수많은 사람들의 소동이 있을 뿐이다.

이렇게 사람들은 모두 자기 처지의 참담함과 행위의 무의미함을 모른다는 듯이 살아가고 있다. '그들이 제정신이 아닌 것인가, 아니면 내가 제정신이 아닌 것인가?' 깨어난 사람은 이렇게 자문한다. '그러나 모든 사람들이 제 정신이 아니라는 것은 있을 수 없는 일이다. 그렇다면 제정신이 아닌 것은 바로 나라는 말인가. 그러나 그럴 리가 없다. 이렇게 말하고 있는 이성적인 내가 제정신이 아닐 수는 없다. 나 혼자 온 세상에 맞서고 있다고 해도 그러나 나는 그런 나를 믿지 않을 수가 없다.'

이리하여 인간은 영혼을 찢는 그런 무시무시한 의문에 휩싸인 채 온 세상에 저 혼자 뿐이라고 생각하게 된다. 하지만 그래도 살아가야만 한다.

하나의 '나', 즉 개체로서의 존재가 그에게 살아가도록 명한다. 하지만 다른 '나', 즉 이성은 '이대로 살 수 없다'라고 말한다. 그는 자신이 분열되었다고 느낀다. 그리고 이런 분열이 그의 영혼을 고통스럽게 만든다.

인생에 필수불가결한 최고의 능력인 이성이, 파괴적인 자연

의 힘들 한가운데에서 의지할 바 없는 벌거숭이인 인간에게 생존의 수단과 쾌락의 수단을 제공하는 이성이라는 이 능력이 그의 인생을 괴롭게 만들고 있는 셈이다.

이 세상 모든 생물은 모두 필요한 공통의 능력을 지니고 있고, 이 능력들이 그들의 행복에 작용한다. 식물이나 동물, 곤충 모두 나름의 법칙에 따라 행복하고 즐겁고 편안하게 저마다의 생명을 누리며 살아간다. 그런데 인간의 경우, 그 최고의 본성이 갑작스럽게 인간 내부에 대단히 고통스러운 상태를 만들어내고 있다. 그 결과, 이성적 의식에 의해 야기되어 우리 시대에 최고조의 긴장에 달한 이 괴로운 내적 모순으로부터 벗어나려는 일념에서, 인간은 때때로, 최근에 이르러 더 자주, 자기 생명의 매듭을 끊고 자살까지 하게 되는 것이다.

7. 의식의 분열은 동물적 삶과 인생을
혼동하는 데에서 일어난다

인간의 내면에서 깨어난 이성적 의식이 인생을 찢어버리고 정지시켜버리는 것처럼 보이지만, 그러나 그것은 인간이 인생이 아니었던 것을, 인생이 아닌 것을, 인생일 수 없는 것을 자신의 인생이라고 생각해 왔기 때문이다.

인생이란 태어나면서 시작된 개체적 생존 이상의 그 무엇도 아니라고 강변하는 현대의 그릇된 가르침을 배우고 자란 사람은, 자신이 젖먹이였을 때나 어린아이였을 때 이미 살고 있었고, 청년이 되고 어른이 되어서도 멈추지 않고 계속 살고 있다고 생각한다. 그 자신이 그렇게 여기듯, 그는 아주 오래전부터 살고 있었고 항상 멈추지 않고 살아왔다. 그런데 갑자기 더 이상 예전처럼 살아가서는 안 된다는 점이 너무나 명백해졌다. 그는 자신의 인생이 정지되고 찢어지고 있다는 것을 분명하게

깨닫게 된 것이다.

거짓된 가르침은 태어날 때부터 죽을 때까지의 기간이 바로 인생이라는 확신을 주입하고 있다. 그리하여 눈에 보이는 동물들의 생명 활동을 지켜보면서, 인간은 눈에 보이는 외부적 생명 활동에 대한 관념과 자신의 의식을 혼동하게 되었고, 이 외부적 생명 활동이 바로 자신의 인생에 다름없다고 확신하기에 이른다.

깨어난 이성적 의식은 동물적 삶으로는 충족될 수 없는 새로운 요구를 하며, 인생에 대한 그간의 관념이 오류라는 것을 가르쳐 준다. 그러나 내부에 이미 깊이 뿌리박은 거짓된 가르침은 오류의 인정을 방해한다. 그는 인생을 동물적 생존으로 보는 그간의 관념을 포기하지 못하고 오히려 그의 인생이 멈춰버린 것은 이성적 의식의 각성 탓이라 생각한다. 그러나 그가 자신의 인생이라고 부르는 것, 즉 지금 멈춰버렸다고 여겨지는 것, 그것은 결코 존재한 바 없는 것이다. 그가 자신의 인생이라 부르는 것, 태어나면서 시작된 그의 존재는 결코 그의 인생이 아니다. 태어난 이래 지금 이 순간까지 줄곧 살아오고 있다는 생각은 꿈을 꿀 때 나타나는 것과 흡사한 의식의 기만이다. 눈을 뜨기 전까지 꿈은 꿈이 아니며 깨어나는 순간에야 비로소 그 모든 것이 꿈이 된다. 마찬가지로 이성적 의식이 깨어나기 이전에는 어떤 인생도 인생이 아니며, 이성적 의식이 깨어나는 순간에야 그간 인생이라고 생각한 것이 인생이 아니었다는 생각을 하게 되는 것이다.

인간은 어릴 때에는 동물처럼 살며 인생에 대해 아무것도 모른다. 그가 열 달을 산다 해도 자신의 인생에 대해서든 다른 어떤 인생에 대해서든 아무것도 아는 바가 없을 것이다. 인생에 대해 아무것도 모른 채 태내에서 죽은 태아나 마찬가지인 것이다. 살아가고 있다는 것, 그리고 다른 존재들도 살아가고 있다는 것을 전혀 알지 못하는 것은 갓난아기뿐만 아니라 이성적이지 못한 성인도, 완전한 백치도 다 마찬가지다.

인간의 생명, 즉 인생은 이성적 의식이 나타나는 순간부터 시작된다. 이성적 의식은 인간이 현재와 과거의 자신의 인생을 바라보고, 동시에 다른 개인들의 인생도 바라보게 한다. 또한 이런 모든 개체들의 관계에서 불가피하게 파생되어 나오는 모든 것들, 온갖 고통과 죽음을 바라보게 한다. 이성적 의식은 때로 개체로서의 인생의 행복을 부정하고 인생을 정지시키는 것으로 여겨지지만, 이 이성적 의식이 깨어나는 순간부터가 그의 인생의 시작인 것이다.

인간은 인생을 시간에 따라 정의하고자 한다. 그것은 자기 바깥의 자기 눈에 보이는 것을 정의하는 것과 같은 방법이다. 그러나 육체적 출생의 시간과 일치하지 않는 인생이 갑작스럽게 그의 내면에서 깨어난다. 그래도 그는 시간에 의해 정의되지 않는 것을 인생이라고 믿고 싶지 않다. 이성적 인생이 언제 시작되었는지 그 지점을 아무리 찾아도 찾아낼 수가 없기 때문이다.[9]

아무리 기억을 되돌아봐도 인간은 그 이성적 의식의 시작점

을 찾을 수 없을 것이다. 그러다보면 이성적 의식이 그의 내면에 항상 존재해 왔다는 생각이 들 것이다. 만일 이 의식의 시작이라고 보이는 비슷한 어떤 것을 찾았다하더라도, 그것은 육체적 출생이 아니라 육체적 출생과는 아무런 관련이 없는 영역에서 찾아진 것이다. 이리하여 그는 자신의 이성의 발생이 그의 눈에 보이는 육체적 출생과는 전혀 다른 것임을 인식하게 된다. 이성적 의식의 발생에 대해 자문할 때, 이성적 존재로서의 인간은 자신이 언제 태어난 누구의 자식이라든가, 손자라든가 하는 점을 결코 따지지 않는다. 그는 자신을 누군가의 자식으로서가 아니라 시공간적으로 멀리 떨어진, 어쩌면 수천 년 전 지구의 저 반대편에 존재했던 이성적 존재와 연결된 존재라고 인식한다. 자신의 이성적 의식 속에서 인간은 자신의 발생에

---

9 인간의 생명과 생명 일반의 시간적 발생과 발전에 대한 논란을 듣고 있는 것만큼 진부한 것은 없다. 그런 판단을 내리는 사람들은 자신들이 아주 견고한 현실의 토대 위에 서 있다고 생각하겠지만, 생명의 시간적 발전에 대한 판단만큼 환상적인 것도 없다. 이러한 논의는 마치 어떤 사람이 직선의 길이를 재려고 하면서, 자기가 서 있는 잘 알고 있는 지점에서부터 자를 가져다 대지 않고, 무한히 뻗은 직선상의 어느 지점에서부터, 자기로부터 거리를 확정할 수 없는 상상의 어느 지점에서부터 자기까지의 거리를 재려고 하는 것과 유사하다. 인간 생명의 탄생과 발전을 논의하는 사람들도 바로 그와 같은 우를 범하고 있는 것 아니겠는가? 과거로부터의 인간 생명의 발전을 이 무한한 직선에 비유할 때, 발전이라는 환상적인 이야기가 시작되는 그 임의의 지점을 과연 어디에서 취할 수 있을 것인가? 탄생의 순간인가, 아니면 수태의 순간인가? 아니면 그의 부모의 탄생이나 수태의 순간인가, 아니 더 멀리 거슬러 올라가서 원시 동물들의 원형질 속에서인가, 아니면 태양에서 처음 떨어져 나온 한 파편 속에서인가? 이런 모든 논의들은 자 없이 거리를 재려는 것과 같은 아주 자의적인 환상에 지나지 않는다.

대한 어떤 것도 보지 못한다. 다만 그는 다른 이성적 의식들이 그에게 들어오고, 그가 그들 속으로 들어가는 것과 같은 초시간적 초공간적 합일을 인식할 뿐이다. 인간의 내면에서 깨어난 바로 이 이성적 의식은 혼동에 빠진 사람들이 인생이라고 부르는 사이비 인생을 멈춰버리게 한다. 하지만 혼동에 빠진 사람들은 자신의 인생이 깨어난 바로 이 순간을 인생이 멈춰버린 순간으로 느낀다.

8. 분열이나 모순은 존재하지 않는다.
그것은 거짓된 가르침에만 나타난다

그릇된 가르침은 태어나서 죽을 때까지의 동물적 생존을 인생이라고 말한다. 사람들은 그런 그릇된 가르침을 배우고 의지하며 살아간다. 그러다가 내면에서 이성적 의식이 눈을 뜨게 되면 사람들은 괴로운 분열 상태를 체험하지 않을 수 없게 된다. 이런 혼동에 빠진 사람은 자신의 내부에서 인생이 분열되는 것처럼 느낀다.

인간은 자신의 인생이 하나라는 것을 알고 있지만 둘로 느끼는 것이다. 두 손가락을 꼭 붙이고 그 사이에 구슬을 굴리면 구슬이 하나라는 것을 알면서도 두 개로 느껴진다. 인생에 대한 그릇된 관념을 지닌 사람에게도 그와 비슷한 일이 일어나는 것이다.

인간의 이성은 그릇된 방향으로 향해 있다. 결코 인생일 수

없는 육체적 개체의 생존만을 인생이라고 인정하도록 가르쳐 온 것이다.

가상의 인생에 대해 그런 그릇된 관념을 가지고 인생을 바라보면 그것은 두 개로, 즉 인간의 상상 속에 존재하는 인생과 실제로 현실에 존재하는 인생으로 분열되어 보인다.

그런 사람에게 이성적 의식으로 개체적 생존의 행복을 부정하고 또 다른 행복을 찾으라는 요구는 병적이고 부자연스러운 것이다.

그러나 이성적 존재로서의 인간이라면, 개체로서의 인생이 처한 조건에 따라, 그리고 그와 결부된 이성적 의식의 본성에 따라, 불가피하게 개체적 행복과 개체적 인생의 가능성을 부정하지 않을 수 없다. 이성적 존재가 개체의 행복과 인생을 부정하는 것은 인생의 아주 자연스러운 본성에 따르는 것으로, 새가 발로 달리기보다 날개로 날아오르는 것이 자연스러운 것과 같다. 미처 깃털이 나지 않은 새끼 새가 발로 뛰어다닌다고 해서, 그 새끼 새가 나는 새가 아니라고 말할 수는 없다. 마찬가지로 인생을 개체의 행복 속에 있다고 생각하는, 아직 깨닫지 못한 사람들을 주변에서 볼 수 있다고 해도, 우리는 인간이 이성적 인생을 살아갈 본성을 지니지 못한 존재라고 결론을 내릴 수는 없는 것이다. 인간에게 본질적인 참된 인생을 깨닫기 위해서는 현대에는 몹시 고통스러울 정도의 긴장이 수반되는데, 이는 인생의 환영을 인생 자체라고 하거나 진실한 인생의 출현을 인생의 파괴라고 주장하는 그릇된 가르침 때문이다.

진실한 인생으로 들어선 현대인들에게는 여성성을 감추고 있는 여성에게서와 유사한 현상이 일어난다. 성적 성숙의 징후들을 느끼고 절망적일 정도의 고통스럽고 비자연스러운 상태를 경과한 뒤, 여성은 그것을 미래의 가정을 꾸리기 위한 어머니로서의 의무와 기쁨으로 받아들이는 것이다.

진실한 인생을 각성하는 최초의 징후들에 접하여 현대인들이 체험하는 것도 그와 유사한 절망감 같은 것이다. 이성적 의식에 눈을 떴지만, 여전히 자기 인생을 개체적 인생으로 해석하는 사람은 동물이 처한 바와 같은 그런 고통스러운 상태를 벗어나지 못한다. 동물은 자기 생명을 물질의 운동으로 여기면서 개체로서의 자기 법칙을 인정하지 않고, 오로지 자기의 노력 없이 이루어지는 물질의 법칙에 속한 것이라고 받아들일 것이다. 그와 같은 동물은 괴로운 내적 모순과 분열을 체험할 수밖에 없게 된다. 그 동물은 오직 물질의 법칙에 따라 몸을 누이고 숨을 쉬는 것에서만 자기 생명을 보게 될 것이다. 그러나 개체로서의 속성은 그에게 다른 것, 즉 자기 부양과 종족 보전을 요구하는데, 그렇게 되면 그 동물은 자기가 분열과 모순을 겪고 있다고 여길 것이다. 그는 이렇게 생각할 것이다. '생명 활동이란 중력의 법칙에 따르는 것이니, 그저 움직이지 말고 가만히 누워 몸 안에서 일어나는 화학 과정들에 몸을 맡기자. 그런데 자, 내가 그렇게 하고 있다 하더라도, 나는 또 움직이고 먹어야 하고 이성異性을 찾아야만 한다.'

동물적 존재는 이런 상태에서 괴로워하며 고통스런 모순과

분열을 맛보게 될 것이다. 저급한 인생의 법칙, 즉 동물적 개체성을 자기 인생의 법칙이라고 배운 사람에게도 마찬가지로 그와 똑같은 일이 벌어진다. 인생의 최고 법칙, 이성적 의식의 법칙은 그에게 다른 것을 요구하고 있기 때문이다. 다시 말해 그를 둘러싼 주변의 모든 인생과 그릇된 가르침들이 기만적 의식에서 벗어나지 못하게 그를 붙잡고 있어, 그 결과 그는 모순과 분열을 느끼지 않을 수 없는 것이다.

동물이 괴로움의 상태를 멈추기 위해서는 물질법칙이 아니라 나름의 자기 개체의 법칙을 인정하고, 그 법칙에 따르면서, 자기 개체의 목적을 충족하기 위해 물질법칙들을 활용해야만 한다. 인간도 마찬가지다. 인간은 자기 인생이 개체의 저급한 법칙이 아니라 최초의 법칙을 포함하는 최고의 법칙, 즉 이성적 의식에서 획득된 법칙에 있다는 것을 인정해야 한다. 그리하면 모순이 해소되고 개체적 속성은 자유롭게 이성적 의식을 따르고 인간에게 봉사하게 될 것이다.

9.   인간의 진실한 생명의 탄생

인간 존재 속에 생명이 드러나는 것을 관찰하고, 이를 시간 속에서 고찰하면 우리는 진실한 생명이 마치 씨앗 속에 있듯이 언제나 인간 속에 보존되어 있고, 시간이 지나면 그 싹을 틔우게 된다는 것을 알 수 있다. 진실한 생명의 발현은 우선 동물적 개체성이 인간을 자신의 행복으로 이끌어간다는 점에 기초하여 나타나지만, 이성적 의식은 그 개체적 행복이 불가능하다고 말하며 뭔가 다른 행복을 가리켜 준다. 인간은 그에게 보이는 저 먼 곳의 뭔가 다른 행복을 곰곰이 응시하지만, 그것을 알아볼 힘은 없다. 처음에 그는 이 행복을 믿지 않으며 개체의 행복으로 되돌아간다. 이성적 의식이 진실한 행복을 가리키는 바는 불명확하지만, 개체의 행복이 불가능하다는 것에 대해서는 분명하고 확실하게 보여준다. 따라서 인간은 다시 개인적 행복을

부정하고, 그에게 가리켜진 새로운 행복을 다시 응시하게 된다. 이성적 행복이 무엇인지 분명하게 보이지 않지만, 개인적 행복이 붕괴되어 버렸다는 것은 너무나 확실하여 개인적 생존을 지속한다는 것은 더 이상 불가능하다. 그리하여 인간의 내부에서 동물적 개체로서의 속성과 이성적 의식과의 새로운 관계가 설정되기 시작한다. 진실한 인간적 생명을 향하여 인간이 다시 태어나기 시작하는 것이다.

모든 것의 탄생은 물질세계에서 만물의 발생과 동일하다. 열매가 맺히는 것은 열매가 맺히길 원해서도 아니고, 맺히는 것이 더 좋아서도 아니고, 맺히는 것이 좋다는 것을 알고 있기 때문도 아니다. 그것은 단지 열매가 자라면서 더 이상 이전과 같은 존재를 유지할 수 없기 때문이다. 즉 그가 새로운 생명으로 나아가는 것은 새로운 생명이 그를 부르고 있기 때문이 아니라 이전의 존재를 유지할 가능성이 붕괴되어 버렸기 때문인 것이다.

이성적 의식은 인간의 개체성 속에서 모르는 사이에 자라나 개체로서의 생명이 불가능한 것이 될 정도까지 성장한다.

모든 것의 발생도 완전히 이와 동일하다. 씨앗이 썩어 이전 형태의 생명이 붕괴되고 새로운 싹이 발현된다. 썩어가는 씨앗은 이전 형태를 유지하려고 투쟁하는 것처럼 보이고, 새싹은 점점 커져간다. 즉 썩어가는 씨앗을 양식으로 삼아 새싹이 성장하는 것이다. 우리에게서 이성적 의식이 탄생하는 것과 우리가 관찰할 수 있는 육체적 발생 과정의 차이가 있다면 그것은

다음과 같다. 우선 우리는 시공간 속에서 어떤 배아 속에서 언제 어떻게 무엇이 태어나는지를 눈으로 볼 수 있다. 씨앗은 일정한 조건에서 식물로 자라고, 식물에는 꽃이 피고, 꽃은 열매를 맺는데, 그 열매는 곧 씨앗이 된다. 우리는 이 모든 생명의 순환을 눈으로 확인할 수 있다. 그러나 이성적 의식의 성장에 대해서는 우리가 시간 속에서 눈으로 확인할 수 없고, 그 순환 과정도 알 수가 없다. 우리가 이성적 의식의 성장과 순환을 볼 수가 없는 것은 우리들이 직접 그 과정을 수행하고 있기 때문이다. 즉 우리의 생명은 우리 눈에 보이지 않는 존재의 탄생과 같이 우리 내부에서 태어나는 것이기 때문에, 우리가 직접 그 것을 볼 수가 없는 것이다.

우리는 새로운 존재로서의 이성적 의식과 동물적 존재 사이에 새로운 관계가 발생하는 것을 눈으로 볼 수가 없다. 그것은 씨앗이 제 몸에서 새싹의 줄기가 자라나는 것을 볼 수 없는 것과 같다. 이성적 의식이 숨어 있는 상태에서 나와 우리 자신 앞에 그 모습을 드러내면 우리는 어쩐지 모순에 처하게 된 것처럼 여겨진다. 그러나 거기에는 모순이랄 것이 전혀 없다. 싹을 틔우는 씨앗에 아무 모순이 없는 것과 마찬가지다. 다만 우리는 씨앗 속 생명이 씨앗의 껍질 속에 들어 있다가 이제 새싹으로 옮겨가 있다는 사실을 알 뿐이다. 그와 똑같이 인간이 이성적 의식을 각성하였다는 것에는 아무런 모순이 없으며 오직 새로운 존재의 탄생, 이성적 의식과 동물적 존재의 새로운 관계만이 존재할 뿐이다.

만일 사람이 다른 사람들이 살아가고 있다는 것을 모르고, 쾌락이 충족될 수 없다는 것을 모르고, 자신이 죽으리라는 것을 알지 못하고 존재한다면, 그는 '자신'이 살아 있다는 것조차, 거기에 아무 모순이 없다는 것조차 모르는 것이다.

만일 사람이 다른 사람들이 자신과 마찬가지로 존재한다는 것을 알고 고통이 자신을 위협하고 있고, 자신의 생존이란 서서히 찾아오는 죽음에 불과하다는 것을 안다면, 그리고 만일 이성적 의식이 개체로서의 그의 존재를 붕괴시키기 시작했다는 것을 안다면, 그는 이제 자기 생명이 그 붕괴되는 개체 속에 있다고 설정할 수 없게 된다. 그는 이제 불가피하게 자신의 생명을 자신 앞에 열린 새로운 생명 속에 위치시켜야만 한다. 여기엔 아무런 모순이 존재하지 않는다. 싹을 틔우고 썩어가는 씨앗에 아무런 모순이 없는 것과 같은 이치이다.

10.　이성은 인간에 의해 인식된 법칙이고 인생은 이 법칙에 의하여 완성되어야 한다

　인간의 진실한 생명은 이성적 의식이 동물적 개체성과 맺는 관계 속에서 드러나는 바, 그것은 동물적 개체의 행복을 부정하는 순간부터 시작된다. 그리고 동물적 개체의 행복에 대한 부정은 이성적 의식이 눈을 뜨는 순간부터 시작된다.

　그렇다면 도대체 이성적 의식이란 무엇인가?《성서》의 〈요한복음〉은 태초에 말씀, 즉 로고스(로고스는 이성, 지혜, 말을 뜻한다)가 존재했고, 그 안에 모든 것이 존재하고 거기서 모든 것이 나온다고 시작된다. 이 말에 따르면, 나머지 모든 것을 정의하는 것이면서 그 무엇으로도 정의되지 않는 것이 바로 이성이다.

　이성은 정의될 수 없는 것이고, 실상 우리는 그것을 정의할 필요도 없다. 우리 모두는 이미 이성을 알고 있을 뿐만 아니

라, 오직 이성만을 알고 있기 때문이다. 사람들과 서로 교류하면서, 우리는 우리 모두가 하나같이, 다른 그 무엇보다 이 보편적 이성에 따르고 있음을 알게 된다. 살아 있는 우리 모두를 하나로 묶어주는 유일한 토대가 이성이라는 것을 우리는 확신한다. 우리가 그 무엇보다 확실하게 알고 있는 것이 바로 이성으로, 우리가 알고 있는 세상의 모든 것을 우리가 알 수 있는 것은, 그것이 이 명백한 이성의 법칙들에 일치하기 때문이다. 우리는 이성을 알고 있고, 이성을 알지 않을 수 없다. 이성을 알지 않을 수 없는 것은, 그것이 이성적 존재인 사람들이 불가피하게 따라 살 수밖에 없는 하나의 법칙이기 때문이다.

인간에게 이성은 하나의 법칙이며, 인간의 생명은 그 법칙을 따라 완성되어진다. 그것은 동물이 먹고 번식하는 법칙과 같은 것이고, 풀과 나무가 자라 꽃을 피우는 법칙과 같은 것이고, 지구와 혹성들이 움직이는 천체의 법칙과 같은 것이다. 우리가 우리 내부에 우리 생명의 법칙으로 알고 있는 이런 법칙은 세계의 모든 외부적 현상들이 따르는 법칙과 동일하다. 다만 우리가 작동하는 법칙들이 우리 내부에 있는 것이라면, 외부 현상들의 법칙들은 우리의 개입 없이 작동하는 것이라는 점에 차이가 있을 뿐이다. 우리가 보고 알고 있는 이 세상의 모든 것은 우리 바깥의 천체와 동식물 세계에서 이루어지는 이성 법칙에의 복종과 다름없다. 외부 세계는 이러한 이성 법칙에 복속되어 있을 뿐이지만, 우리는 이 법칙을 바로 우리 자신 속에서 우리들 자신이 완성해야 하는 것임을 알고 있다.

우리의 동물적 육체가 자기 법칙에 복종하는 것은 실상 우리가 그렇게 하는 것이 아니라 단지 우리에게 그렇게 보이는 것일 뿐인데, 우리는 바로 그런 것을 인생이라고 종종 혼동하고 있다. 이성적 의식이 연관되어 있는 우리의 동물적 육체의 법칙은 우리의 동물적 육체 속에서 우리가 모르게 작동되는 것으로, 그것은 나무나 수정이나 천체 속에서 작동하는 법칙과 같다. 그러나 우리의 동물적 육체가 이성에 복종하는 우리 생명의 법칙은 아직 수행된 바 없지만, 이제 우리 인생에서 우리에 의해 수행되는 것이기 때문에, 우리가 다른 어디에서 보지 못했고 볼 수도 없는 그런 법칙이다. 이런 법칙의 작동 속에, 다시 말해 자신의 동물적 법칙을 이성에 복종시키는 것 속에 행복과 진실한 인생의 길이 있다. 우리의 행복과 우리의 인생이 자신의 동물적 개체성을 이성의 법칙에 복종시키는 것 속에 존재한다는 것을 알지 못하고, 동물적 개체의 생존과 행복을 자신의 생명의 전부로 받아들이고 자신에게 부여된 생명의 과제를 거부한다면, 우리는 진실한 우리의 행복과 진실한 우리의 인생을 상실하게 될 것이다. 대신 우리는 우리와는 무관하게 움직이는, 따라서 결코 우리의 인생일 수 없는 가시적인 동물적 생존 활동을 그 자리에 가져다 놓을 것이다.

11.   지식의 그릇된 방향

우리 눈앞에 보이는 법칙, 육체적 개체성 속에서 작동하는 법칙, 그것이 우리 인생의 법칙이라고 보는 혼동은 아주 오래된 것으로 사람들이 늘 빠져들었던, 그리고 지금도 빠져들고 있는 그릇된 생각이다. 이런 혼동은 인생의 행복을 달성하기 위한 동물적 개체성의 이성에의 복속을 인식의 중요한 대상으로 보지 못하게 가로막고, 대신 인생의 행복과 무관한 생존에 대한 탐구만을 내세우게 만든다.

그릇된 인식은 행복을 위해 인간의 동물적 개체성이 복종해야 하는 법칙을 연구하는 대신, 그리고 이 법칙을 인식하고 그에 기초하여 다른 모든 세계 현상을 연구하는 대신, 오직 동물적 개체의 행복과 생존만을 탐구하는 데 모든 힘을 기울인다. 그러한 인식은 진실한 인생의 행복을 달성하기 위해 동물적 개

체성을 이성의 법칙에 복종시키는 것, 즉 지식의 중요한 목적과 아무런 관계가 없는 것이다.

그릇된 인식은 지식의 중요한 목적을 외면한 채, 과거와 현재에 걸쳐 사람들의 동물적 생존의 연구, 그리고 동물적 존재로서 인간의 생존 조건의 연구에만 전력을 기울이고 있다. 이런 그릇된 인식은 이러한 연구를 통해 인생의 행복을 좌우하는 것을 발견해낼 수 있다고 간주한다.

그릇된 지식은 이렇게 말한다. "사람들은 오늘 우리에 이르기까지 생존해 왔고 생존하고 있다. 보라, 사람들이 어떻게 생존했고, 시공간 속에서 그 생존에 어떤 변화들이 있었는지, 그리고 이 변화들이 어디를 향해 나아가고 있는지를. 인간 생존의 이런 역사적 변화 속에서 우리는 인생의 법칙을 발견할 수 있다."

지식의 중요한 목적, 즉 인간 개체가 행복을 위해 복종해야 하는 이성의 법칙 연구를 도외시하고, 이런 부류의 학자들은 자신들이 한다는 그 연구 목적 자체로 자기 연구의 허황함을 스스로 선포하고 있다. 실제로 인간의 생존이 오로지 그 동물적 생존의 일반 법칙들에 의해 변화되는 것에 지나지 않는다면, 생존이 따르고 있는 그런 법칙들을 연구하는 것은 전혀 쓸모가 없고 한가한 일에 불과하지 않겠는가. 사람들이 그들 생존의 변화 법칙을 알든 모르든 그 법칙이 작동한다면, 그것은 두더지나 수달의 생명이 그들이 처한 제반 조건에 따라 변화된다는 것과 다를 바 없다. 만일 인간이 자신의 인생을 복종시

켜야 할 이성의 법칙을 알 수 있다면, 이 인식은 그것이 인간에게 드러난 자리, 즉 자신의 이성적 의식 내에서 이루어지는 것으로, 그곳이 아니고서는 다른 어디에서도 그것을 찾아볼 수가 없는 것이다. 따라서 사람이 동물과 마찬가지로 어떻게 '생존해왔는가'를 아무리 연구한다 해도, 그런 지식과 무관하게 사람들 내부에서 발생할 법한 인간 생존에 관한 그 어떤 것도 결코 아는 바 없을 것이다. 또한 인간의 동물적 '생존'을 아무리 연구한다 해도, 그들은 인생의 행복을 위해 이 동물적 생존이 복종해야 하는 법칙에 대해서는 전혀 알지 못할 것이다.

소위 역사학이나 정치학이라고 불리는 학문 분야에서 이루어지는 인생에 대한 일군의 헛되고 세속적인 고찰들이 바로 이것이다.

우리 시대에 특히 널리 유포되어 있는 다른 또 한 부류의 고찰들이 있는데, 인식의 유일한 대상을 완전히 망각하고 있는 것으로 그 논리는 다음과 같다.

'관찰 대상으로서 인간을 고찰하면, 우리는 인간이 모든 동물과 마찬가지로 먹고 자라고 번식하고 늙어 죽어간다는 것을 알 수 있다. 그러나 일부 현상들, 즉 심리적(그들이 부르는 용어에 따르자면) 현상들이 문제를 매우 복잡하게 만들어 관찰의 정확성을 방해한다. 따라서 인간을 더 잘 이해하기 위해서는 우선 인생을 아주 단순한 현상들로 고찰해야 하는데, 그것은 동식물을 관찰할 때 그런 심리 활동을 배제하는 것과 마찬가지다. 이를 위해 우리는 먼저 동식물의 생명 활동을 고찰할 것이

다. 동식물을 고찰하면 우리는 몹시 단순한 물질의 법칙이 동식물 모두에 공통적으로 드러난다는 것을 알 수 있다. 동물의 법칙은 인생의 법칙보다 단순하고, 식물의 법칙은 더 단순하고, 물질의 법칙은 그보다 더 단순하기 때문에, 우리 연구는 가장 단순한 이 물질의 법칙에 근거해야만 한다. 우리는 동식물에서 일어나는 것과 동일한 현상이 인간에게도 일어난다는 것을 알 수 있다. 따라서 우리는 인간에게 일어나는 모든 것이 가장 단순한, 우리 눈에 보이고 체험할 수 있는 죽어 있는 물질에서 발생하는 것으로 설명될 수 있다고 결론 내릴 수 있다. 게다가 인간 활동의 특수성은 항상 물질에 작용하는 힘에 의존한다. 인간의 몸을 구성하는 물질의 온갖 변화는 인간의 모든 활동을 변화시키고 파괴시킨다. 따라서 물질의 법칙은 인간 활동의 근원이다.'

이런 부류의 학자들은 인간 속에 우리가 동식물이나 죽은 물질에서 볼 수 없는 뭔가 다른 것이 존재하고, 그것이야말로 인식의 유일한 대상이며, 그것이 없다면 그 어떤 것도 전혀 의미가 없다는 생각에는 조금도 개의치 않는다. 육체에서 일어나는 물질의 변화가 인간의 활동력을 파괴한다는 것은 물질의 변화가 인간의 활동력을 파괴하는 원인들 중 하나라는 사실을 증명하는 것이지, 물질 운동이 인간 활동의 원인이라는 것을 증명하는 것이 아니라는 생각이 그들의 머리에 떠오를 리 없다. 식물의 뿌리에서 흙을 털어내면 해롭다는 것은 흙이 있으면 유용하고 없으면 해롭다는 것을 증명하는 것이지, 식물이 흙의 산

물이라는 것을 증명하는 것이 아니지 않은가. 그런데도 그들은 인간의 생명에 수반되는 현상들에 대한 해명을 인생 자체에 대한 해명이라 가정하고, 인간의 일을 마치 죽은 물질이나 동식물에서와 같은 것으로 연구하는 것이다.

인생을 이해한다는 것은 인간의 행복을 위해 그 동물적 개체성이 따라야만 하는 법칙을 이해한다는 것인데, 사람들은 인생 자체가 아니라 역사적 생존을, 혹은 동식물과 물질이 복종하는 여러 법칙들(그것은 인식되는 것이 아니라 눈에 보이는 것이다)을 고찰하고자 한다. 그것은 어떤 사람들이 자기가 따라야만 하는 불명확한 목적을 찾기 위해 자기도 모르는 대상의 상태를 연구하는 것과 똑같은 짓이다.

사람들의 역사적 생존에 대한 가시적 외부 현상들을 밝히는 것이 우리에게 도움을 준다는 점은 분명하다. 인간과 다른 동물의 동물적 개체성의 법칙을 연구하는 것이나 물질법칙에 대한 연구 역시 우리에게 도움이 되는 것은 사실이다. 이러한 모든 연구는 인생에서 필연적으로 발생하는 일을 거울에 비추어 보듯 명확히 보여줄 수 있기 때문에 아주 중요하다.

그러나 이미 작동되고 있고, 우리 눈앞에 보이는 것에 대한 지식은 그것이 아무리 완전하다해도 우리에게 필요한 가장 중요한 지식, 즉 우리의 행복을 위해서는 우리의 동물적 개체가 복종해야 하는 법칙에 대한 지식은 제공하지 못한다. 작동되고 있는 법칙에 대한 지식은 우리에게 도움이 되는 것이지만, 그것은 우리의 동물적 개체가 복종해야만 하는 이성의 법칙을 우

리가 인정하는 경우에만 그러하다. 그러한 법칙을 인정하지 않는 경우에는 그런 지식은 전혀 도움이 되지 않는다.

나무가 자신 속에서 이루어지고 있는 모든 화학적 물질적 현상들을 아무리 훌륭하게 연구해냈다(나무들이 연구할 수 있다면) 하더라도, 그런 관찰과 지식으로부터 그 나무는 수액을 모으고 그것을 줄기와 잎, 꽃과 열매의 성장을 위해 분배해야만 한다는 것을 도출해내지는 못할 것이다.

사람도 이와 마찬가지다. 제아무리 인간이 동물적 개체를 지배하는 법칙과 물질을 지배하는 법칙을 잘 알고 있다 하더라도, 결국 이들 법칙은 자기가 지금 손에 들고 있는 빵 한 조각을 어떻게 처분하면 좋은가, 아내에게 주어야 하는가, 다른 사람에게 주어야 하는가, 개에게 주어야 하는가, 아니면 자기가 먹어야 하는가, 즉 그 빵을 지켜야 하는가 아니면 달라고 하는 사람에게 주어야 하는가 하는 것에 대해서는 그 어떤 가르침도 줄 수가 없는 것이다. 하지만 인생이란 바로 이런 문제들, 혹은 이와 유사한 문제들을 해결하는 데 그 요체가 있는 것이 아닌가.

동식물의 생존과 물질을 지배하는 법칙에 대한 연구는 인생의 법칙을 밝히는 데 유용할 뿐만 아니라 필수불가결한 것이다. 그러나 그것은 오직 이 연구가 이성의 법칙을 해명하는 것을 인식의 중요한 목적으로 삼을 때에만 그러하다.

인생이란 동물적 생존에 지나지 않는다거나 이성적 의식이 가리키는 행복이란 불가능한 것이라거나 이성의 법칙은 환영

에 불과하다거나 하는 가정에 기초하는 한 그런 연구는 무익한 것이다. 아니 단지 무익할 뿐만 아니라 그런 연구는 인간의 인식의 유일한 목표를 은폐하고, 물질의 반영을 연구하면서 그 물질을 인식했다는 혼동에 빠지도록 만들어 치명적으로 해를 끼치기도 한다. 그것은 생물체의 그림자의 변화와 움직임을 주의 깊게 연구하는 사람이 생물체의 움직임의 원인이 그 그림자의 변화와 움직임에 있다고 결론 내리는 것과 조금도 다르지 않은 일이다.

12.   그릇된 지식의 원인은
사물을 드러내는 그릇된 원근법에 있다

공자는 "진실한 지식이란 우리가 아는 것을 안다고 하고 모르는 것을 모른다고 하는 데 있다"라고 말했다. 반면 그릇된 지식이란 우리가 알지 못하는 것을 안다고 하고, 아는 것을 알지 못한다고 생각하는 데 있다고 말할 수 있다. 우리 사이에 군림하는 그릇된 지식에 대해 이보다 정확한 정의는 없을 것이다. 오늘날 그릇된 지식에 의해 우리는 알 수 없는 것을 안다고 하고, 우리 자신만이 알고 있는 그것을 알 수 없다고 말하는 경우가 많다. 그릇된 지식을 가진 사람은 시공간 속에서 자기 앞에 현현되는 세상 만물을 안다고 생각하고, 자기의 이성적 의식 속에 명백하게 존재하는 것은 모른다고 생각한다.

그런 사람에게는 일반적인 행복과 자기 자신의 행복이 도저히 인식할 수 없는 대상으로 여겨진다. 그의 이성, 이성적 의식

역시 그에게는 거의 인식 불가능한 대상이다. 그나마 그에게 조금이라도 인식 가능한 것으로 여겨지는 것은 동물로서의 자기 자신이다. 그리고 동식물은 그보다 훨씬 더 인식 가능한 대상이고 무한히 널려 있는 죽은 물질은 그보다 더더욱 인식 가능한 것으로 여겨진다.

인간의 시각에서도 이와 비슷한 일이 발생한다. 인간은 항상 무의식적으로 가장 멀리 떨어져 있는 사물에 가장 먼저 시선을 보내는데, 하늘과 지평선, 들판과 숲 등 아주 멀리 떨어져 있는 사물의 색과 윤곽은 그에게 아주 간단해 보인다. 멀리 떨어져 있는 사물일수록 아주 간단해 보이고 그 전모가 분명해 보이는 것이다. 반면 가까이에 있는 사물일수록 그 색과 윤곽은 더욱 복잡하다.

만일 인간이 사물의 멀고 가까움을 산정하지 못하고 사물을 원근법으로 바라보지 못한다고 하자. 그리고 사물의 색과 윤곽이 간단하고 전모가 한눈에 보일 때, 그것을 가시성이 더 높은 것이라고 인지한다고 하자. 그러면 그에게는 저 무한한 하늘이 가장 간단하고 가장 잘 보이는 것이 될 것이다. 그다음에 그보다 복잡한 윤곽을 가진 지평선이 그보다 잘 안 보이는 것이 되고, 그다음에는 그보다 더욱 복잡한 색과 윤곽을 가진 집과 나무들이 그보다 잘 안 보이는 것이 되고, 그다음에는 눈앞에 움직이는 손이 더더욱 잘 안 보이는 것이 될 것이다. 그리고 마침내 환한 빛은 아주 보이지 않는 것으로 여겨질 것이다.

인간의 그릇된 인식이란 바로 이와 같은 것이 아니겠는가?

인간은 자신이 명백히 잘 알고 있는 자신의 이성적 의식이 간단명료하지 않기 때문에 인식 불가능한 것으로 여기고, 반면 자기로서는 도저히 파악할 수 없는 무한하고 영원한 물질 같은 것은 아주 멀리 떨어져 있어 간단명료한 것으로 보이기 때문에 인식 가능한 것으로 여기는 것이다.

하지만 사실은 이 모든 것이 정반대이다. 무엇보다 먼저 어떤 사람이라도 자신이 추구하는 행복이라는 것을 너무나 명백하게 알 수 있고, 알고 있다. 그다음 인간은 그에게 이런 행복을 가리켜주는 이성이라는 것을 명백하게 알고 있다. 그리고 그다음 그는 이 이성에 복종하는 자신의 동물적 속성을 또한 이미 알고 있다. 그리고 그다음 그는 시공간 속에서 그에게 나타나는 모든 다른 현상들을 눈으로 보기는 하지만 다 알지는 못하는 것이다.

인생에 대한 그릇된 관념을 가진 사람은 사물이 시공간에 의해 더 정확하게 전모가 포착될수록 더 잘 알고 있다고 여긴다. 하지만 실제로 우리가 완전하게 알고 있는 유일한 것은 행복과 이성의 법칙이고, 그것은 시공간으로 규정되지 않는다. 외부의 사물을 인식할 때, 의식의 개입이 적을수록 우리는 그것을 더 잘 모르는 법이다. 그 결과 외부의 사물은 오직 시간과 공간 속에 위치한 모습으로만 규정된다. 그렇기 때문에 배타적으로 시간과 장소에 의해서만 규정되는 대상일수록, 그것은 인간에게 더 적게 인식되는(이해되는) 것이다.

인간의 진실한 지식은 한 개체로서의 속성에 대한 인식, 즉

동물로서의 자신에 대한 인식으로 종결된다. 행복을 지향하고 이성의 법칙에 복종하는 이 동물적 속성을 인간은 아주 특별하게, 즉 자기 개체를 통해서가 아니라 모든 다른 것에 대한 지식을 통해 알아낸다. 인간은 자신이 이런 동물적 속성을 지니고 있음을 확실히 알고 있는데, 그가 그런 자신을 아는 것은 자신이 시공간적인 그 무엇이라서가 아니라(오히려 그는 시공간적 현상으로서의 자신을 결코 인식할 수가 없다), 행복을 위해 이성의 법칙에 복종해야만 하는 그 무엇이기 때문이다. 인간은 자신이 동물적 속성을 지닌 자로서 시공간과 무관한 그 무엇이라고 확실히 알고 있다. 인간이 시공간 속에서 자신이 어디에 있는가를 자문할 때, 그는 자신이 양쪽으로 무한하게 이어지는 시간의 한복판에 서 있고, 그리고 그 겉 표면이 어디에나 있고 어디에도 없는 것 같은 어떤 구球의 중심이라는 생각을 가장 먼저 떠올리게 된다. 인간은 바로 이러한 초시간적이고 초공간적인 자기 자신을 알고 있고, 이러한 '나'에 기초하여 인간의 실제적인 지식이 종결된다. 인간은 바로 이런 '나'의 바깥에 있는 것은 알지 못하며, 다만 관찰을 통해 그 외부적 조건들로 그것이 어떤 것이라고 규정할 수 있을 뿐이다.

만일 자기 자신이 행복을 추구하는 이성적 중심이라는 지식, 즉 초시간적 초공간적 존재라는 지식을 잠시 덮어둔다고 하자. 그러면 인간은 자신을 시간과 공간 속에 존재하는 외부의 가시 세계의 일부로 잠정적으로 가정할 수 있다. 만일 인간이 자신을 그렇게, 시공간 속에서 다른 존재와의 연관 속에서 바라본

다면, 인간은 자신에 대한 진실한 내적 지식을 자신에 대한 외적 관찰들과 결합하게 되고, 그 결과 자신이 다른 모든 사람들과 똑같은 일반적인 인간이라는 판단을 얻을 수 있을 것이다. 그리고 자신에 대한 이런 잠정적 지식을 통해 인간은 다른 사람들에 대한 약간의 외부적 관념을 얻을 수 있을 것이다. 그러나 다른 사람들을 온전히 아는 데까지 이르지는 못한다.

인간이 다른 사람들에 대한 진실한 지식을 가질 수 없는 것은, 그가 볼 수 있는 사람들이 한 사람이 아니라 수백, 수천이며, 심지어 결코 보지도 못했고, 보지도 못할 그런 사람들이 현재와 과거와 미래에 수없이 존재하고 있기 때문이다.

인간은 사람들 너머 더욱 멀리 떨어진 시공간 속에서 사람과 다를 뿐만 아니라 서로서로 다르기도 한 동물들을 볼 수 있다. 만일 그가 인간에 대한 일반적인 지식이 없다면, 그로서는 이런 존재들을 전혀 이해할 수 없을 것이다. 그러나 그런 지식을 가지고 있고, 인간 개념으로부터 이성적 의식이라는 개념을 추상해내었듯이, 인간은 동물에 대해서도 일정한 관념을 획득할 수 있다. 물론 그 관념은 사람들에 대한 관념보다는 훨씬 부족한 지식이 아닐 수 없다. 인간이 볼 수 있는 동물들은 몹시 다종다양할 뿐만 아니라, 그 양이 엄청나며, 양이 엄청날수록 그에 대한 인식 가능성은 그만큼 더 낮아질 수밖에 없는 것이다.

인간은 자기로부터 멀리 떨어진 존재인 식물도 바라보지만, 이 세상 식물 현상들은 훨씬 더 광범위한 것으로 그것을 제대로 인식할 가능성은 더더욱 낮다.

동식물을 넘어 더 멀리 떨어진 시공간에서 인간은 무생물을 바라볼 수 있고, 거의 혹은 전혀 식별되지 않을 정도의 물질 형태들도 볼 수 있다. 물질에 대해서는 특히 그 무엇보다 아는 바가 적은데, 물질 형태에 대한 인식이란 그것이 어떠하든 인간에게 별 상관없기 때문이다. 인간은 물질에 대해 알지 못할 뿐만 아니라 그저 상상할 따름이다. 더구나 인간에게 물질은 시공간 속에서 무한한 것으로 생각되는 바, 더 말할 나위가 무엇이겠는가.

13.　　　사물에 대한 인식을 증대시키는 것은
　　　　그 사물이 시간과 공간에 나타나 있기
　　　　때문이 아니라 연구하려는 그 사물과 우리가
　　　　동일한 법칙에 속해 있기 때문이다

개가 아프다, 송아지가 순하고 나를 좋아한다, 새가 즐겁게
노래한다, 말이 겁을 낸다, 착한 사람, 나쁜 동물 등등 이런 말
보다 알기 쉬운 말이 어디 있겠는가? 그런데 이렇게 아주 쉬
운 말들은 시간과 공간에 의해 규정되는 것이 아니라 그 반대
다. 어떤 현상이 속해 있는 법칙이 알기 어려울수록, 그 현상은
시간과 공간에 의해 더욱 정확하게 규정된다. 이를테면 지구나
달, 태양의 운동이 속한 인력의 법칙에 대해 누가 쉽게 말할 수
있겠는가? 하지만 그 어려운 법칙에 의해 발생하는 일식日蝕은
공간과 시간 속에 아주 명확하게 나타난다.

우리가 완전하게 알고 있는 것은 오직 우리의 생명, 행복과
이 행복을 우리에게 지시하고 있는 이성을 향한 우리의 지향뿐
이다. 그다음으로 확실한 지식은 행복을 지향하면서 이성의 법

칙에 복종하는 우리의 동물적 속성에 대한 것이다. 우리의 동물적 속성에 대한 지식 속에는 눈과 손으로 보고, 만지고, 관찰할 수 있지만 이해할 수는 없는, 시간과 공간의 제반 조건이 이미 개재되어 있다. 그다음으로 확실하게 우리가 알 수 있는 것은 동물에 대한 것인데, 우리는 동물에게도 우리와 똑같은 행복을 향한 지향과 이성적 의식이 있다는 것을 알 수 있다. 동물의 생명이 우리의 생명 법칙, 즉 행복을 향한 지향과 이성 법칙에의 복종 등에 근접한 것일수록, 우리는 그만큼 동물에 대해 알게 된다. 그러나 동물이 시간과 공간의 조건 하에서 드러날수록 우리는 그에 대해 그만큼 더 알지 못한다.

결국 우리가 무엇보다 잘 알 수 있는 것은 인간 자신에 대한 것이다. 확실성이라는 점에서 그다음 가는 지식은 동물에 대한 것이다. 동물은 행복을 지향하는 우리의 속성과 유사한 것을 가지고 있다. 하지만 이성적 의식이라고 할 만한 것은 거의 찾아볼 수 있을까 말까이기 때문에, 우리는 동물과 의사소통을 할 수가 없다. 동물 다음으로 우리는 식물에 대해 알 수 있다. 그런데 우리는 식물에서 우리와 유사하게 행복을 지향하는 속성을 찾아보기 힘들다. 식물이라는 존재는 주로 시간과 공간적 현상으로 우리에게 나타나기 때문에 우리의 지식이 미치기는 더 어려운 것이다.

우리가 동식물을 알 수 있는 이유는 오직 그들 속에서 우리의 동물적 속성과 유사한 속성을, 우리와 마찬가지로 행복을 지향하고, 시공간이라는 조건 속에서 사물을 이성의 법칙에 복

종시키고자 하는 속성을 볼 수 있기 때문이다.

생명이 없는 물질적 대상들에 대한 우리의 지식은 훨씬 부족하다. 사물들 속에서 우리는 우리의 속성과 유사한 것을 찾을 수 없고, 행복을 향한 지향을 전혀 볼 수 없다. 볼 수 있는 것은 단지 그들이 속한 이성의 법칙이 시간과 공간의 현상으로 발현된다는 것뿐이다.

우리 지식의 진실성은 대상의 시공간적 관찰 정도에 의존하지 않는다. 오히려 그 반대다. 어떤 대상이 시간과 공간 속에서 관찰되기 쉬울수록 우리가 그것을 아는 것은 그만큼 더 쉽지 않은 것이다.

세계에 대한 우리의 지식은 행복을 지향하는 우리의 의식, 그리고 이 행복을 얻기 위해 동물성을 이성에 복종시켜야만 한다는 의식으로부터 나오는 것이다. 만일 우리가 동물의 생명을 안다면, 그것은 오직 우리가 동물에게서 행복에 대한 지향을 볼 수 있고, 유기체의 법칙으로 나타나는 이성 법칙에의 복종을 볼 수 있기 때문이다.

우리는 사물의 행복이라는 것을 전혀 알지 못한다. 하지만 사물 속에도 사물을 지배하는 이성 법칙 같은 것이 필요하다는 것은 알 수 있다. 따라서 우리는 그러한 이성 법칙이 우리 자신의 것과 유사하다고 생각하는 한에서 그 사물에 대해 안다고 말할 수 있다.

그 무엇에 대한 인식이든 우리의 인식은 우리가 알고 있는 지식, 즉 생명이란 행복을 향한 지향이고, 그 지향은 이성의 법

칙을 따름으로써 달성되는 것이라는 우리의 지식을 다른 대상에 옮겨 놓은 것에 불과하다.

동물을 지배하는 법칙으로 우리를 인식할 수는 없다. 우리는 오직 자신 속에 존재하는 법칙으로 동물을 이해할 뿐이다. 우리는 사물 현상에 우리 자신의 생명 법칙을 옮겨 놓고 그 사물을 이해하는데, 그렇게 해서 얻어진 법칙을 다시 우리 자신에게 적용하여 우리 자신을 인식한다는 것은 불가능한 일이다.

사람이 외부 세계에 대해 안다는 것은 단지 사람이 자신을 알고 있다는 것을 말하는 것일 뿐이다. 사람이 세계에 대해 맺는 관계는 세 가지다. 첫째 이성적 의식이 맺는 관계, 둘째 동물적 속성이 맺는 관계, 셋째 동물적 육체에 포함된 물질성이 맺는 관계 등이다. 사람은 서로 다른 이 세 가지 관계들이 자신 속에 있다는 것을 알고 있는데, 따라서 사람이 세계에서 인식하는 모든 것은 항상 서로 다른 차원으로, 즉 이성적 존재, 동식물, 무생물 등 세 차원으로 배열된다.

사람은 언제나 세계의 사물을 이 세 범주로 바라보는데, 그것은 자기 자신 속에 이 세 인식 대상을 가지고 있기 때문이다. 사람은 자신을 첫째, 동물성을 복종시키는 이성적 의식으로서, 둘째, 이성적 의식에 복종하는 동물성으로서, 셋째 동물성에 복종하는 사물로서 인식한다.

보통 물질의 법칙에 대한 인식을 통해 유기체의 법칙을 인식할 수 있다고 생각한다. 그리고 유기체의 법칙에 대한 인식을 통해 이성적 존재로서 자신을 인식할 수 있다고 생각한다. 하

지만 그게 아니라 반대다. 무엇보다 우선 우리가 인식할 수 있고 인식해야 하는 것은 이성의 법칙으로서의 자기 자신에 대해서이다. 우리의 행복을 위해 우리는 바로 이 이성의 법칙에 복종해야 한다. 바로 그러할 때만 우리는 우리의 동물적 속성의 법칙을 인식할 수 있고, 우리로부터 아주 먼 거리에 있는 사물의 법칙 같은 것도 인식할 수 있게 된다.

우리는 자신을 알아야만 하고 오직 자신만을 알 뿐이다. 동물의 세계는 우리가 우리 자신 속에서 이미 알고 있는 것이 투영된 것이다. 사물의 세계 역시 투영된 것의 투영과도 같은 것이다.

물질 법칙이 우리에게 특히 명료해 보이는 것은 그 법칙들이 변함없이 일정한 것으로 보이기 때문이고, 물질 법칙이 그렇게 변함없이 일정한 것으로 보이는 이유는 우리에 의해 인식되는 우리의 생명 법칙으로부터 특히 멀리 떨어져 있기 때문이다.

유기체의 법칙들은 우리로부터 멀리 떨어져 있기 때문에 우리의 생명 법칙보다 단순한 것처럼 보인다. 우리는 그 속에서 법칙을 관찰할 뿐, 우리가 마땅히 따라 행해야 하는 것으로서 우리의 이성적 의식의 법칙처럼 그렇게 그것을 알지는 못한다.

우리는 사실 그 어떤 존재도 알지 못하고 다만 우리들 바깥에 있는 것으로 보고 관찰할 뿐이다. 우리가 의심의 나위 없이 명백하게 알고 있는 것은 우리의 행복을 위해 필요하고 우리가 그 원리로 살아가는 이성적 의식의 법칙뿐이다. 그것을 우리가 눈으로 볼 수 없는 것은 다만 우리가 그것을 관찰할 수 있는 높

은 지점을 가지고 있지 않기 때문이다.

우리의 이성적 의식이 우리의 동물적 속성을 복종시키고 있 듯이, 그리고 동물적 속성(유기체)이 사물 세계를 복종시키고 있듯이, 어떤 더 높은 존재가 있어 우리의 이성 의식을 복종시 킬 수 있다면, 우리가 우리의 동물적 존재성과 사물적 존재성 을 보듯이 이 더 높은 존재는 우리의 이성적 생명을 바라볼 수 있을 것이다.

인간의 생명은 자신 속에 함축되어 있는 두 가지 존재 양식, 즉 동식물적 존재 양식(유기체)과 사물적 존재 양식 등이 불가 분하게 연결되어 나타난다.

인간은 스스로 자신의 진정한 생명 활동을 만들어 내고, 일 정 기간 동안 살아간다. 그러나 인간은 그 생명과 연관된 두 존 재 양식에 개입할 수는 없다. 육체와 육체를 구성하고 있는 물 질은 스스로 존재하는 것이다. 이러한 존재 양식들은 인간에게 마치 이전에 존재했던, 이미 지나가버린 생명처럼, 그의 생명 에 포함되어 있는 생명처럼 보인다. 그것은 마치 이전의 생명 들에 대한 추억과 같은 것으로 보이는 것이다.

이러한 두 가지 존재 양식은 인간의 진실한 생명 활동 속에 서 인간이 하는 일의 도구이자 재료이지만 생명 활동 자체는 아니다.

일 자체의 도구와 재료를 탐구하는 일은 유익하다. 그것을 잘 알면 알수록 일을 더 잘 할 수 있게 될 것이다. 이와 마찬가 지로 인간의 생명 속에 포함되어 있는 이 두 생존 양식, 동물적

속성과 그것을 구성하는 사물성에 대해 탐구한다면, 그것은 모든 존재하는 것의 일반 법칙, 이성 법칙에의 복종을 거울에 비추듯 인간에게 보여줄 것이다. 또한 그런 탐구를 통해 인간은 자신의 동물성을 그 이성 법칙에 복종시켜야 한다는 확신을 얻게 될 것이다. 그러나 인간은 자신의 일의 재료이자 도구인 것을 자신의 일 자체와 혼동할 수 없고, 혼동해서도 안 된다.

인간이 자기 자신과 타인들 속에서 눈에 보이고 만져지고 관찰되는 생명을, 그의 노력 없이도 스스로 이루어지고 있는 생명을 아무리 탐구한다 할지라도 그 생명 자체는 언제나 하나의 신비로 남아 있을 것이다. 인간에게 결코 인식되지 않는 생명은 이런 관찰을 통해 이해할 수는 없을 것이다. 인간은 이 신비롭고, 언제나 자신으로부터 멀리 시공간의 무한 속으로 숨어버리는 생명에 대해 아무리 관찰한다 해도 결코 자신의 진실한 생명을 조명해내지 못한다. 인간의 의식 속에서 그 자신에게 열려 보이는 진실한 생명, 인간에게 아주 특별하고 잘 알려진 그 행복을 얻기 위해 인간에게 아주 특별하고 잘 알려진 그 동물적 속성을 인간에게 아주 특별하고 잘 알려진 이성 법칙에 복종시킴으로써 성립되는 진실한 생명은 그런 관찰로는 결코 밝혀질 수 없는 것이다.

14.   진실한 인간 생명은
시간과 공간 속에서 발생하지 않는다

인간의 생명은 행복에 대한 지향이며, 행복은 인간 생명의 동물적 속성을 이성의 법칙에 복종시킴으로써 달성 가능하다. 인간은 자신 속의 생명을 이렇게 알고 있다.

인간은 그 외에 다른 인간의 생명을 알지 못하며 알 수도 없다. 알다시피 인간은 어떤 동물을 구성하는 물질이 그 자체의 법칙뿐만 아니라 유기체로서 한층 더 높은 법칙에 복종하고 있을 때 그 동물을 살아 있다고 인정한다.

물질이 결합된 총합 속에서 유기체의 더 높은 법칙을 볼 수 있을 때, 우리는 그 사물의 총합 속에 생명이 있다고 인정한다. 그런 법칙이 아직 시작되지 않았거나 이미 끝나버렸다면 생명은 존재하지 않는다. 오직 기계적이거나 물리·화학적 법칙만 작동하는 다른 모든 사물들과 다른 점이 전혀 없다면, 우리는

거기에 생명이 존재한다고 말할 수 없다.

사람들이나 나 자신에 대해서도 마찬가지다. 우리는 우리의 동물적 속성이 그 자체의 유기체적 법칙뿐만 아니라 그보다 더 높은 이성적 의식의 법칙에 복종하고 있을 때에만 살아 있다고 인정한다.

다른 사람이나 우리 자신 속에서 인간의 속성이 이성의 법칙에 복종하고 있지 않다면, 인간 속에 오직 그를 구성하는 물질의 법칙만이 작동한다면, 우리는 거기서 결코 인간의 생명을 볼 수도 알 수도 없다. 그것은 사물의 법칙만 작동하는 동물의 생명을 인정할 수 없는 것과 마찬가지다.

사람이 인사불성이거나 광기에 빠져 있을 때, 고뇌에 빠지거나 격정적 발작에 빠져 있을 때, 혹은 만취 상태일 때, 그가 아무리 힘이 있고 민첩하게 움직인다 해도, 우리는 그 인간을 살아 있는 온전한 존재로 인정하지 않고 살아 있는 인간으로 대하지 않는다. 우리는 그런 상태의 인간에게서 생명의 가능성만을 인정할 뿐이다. 그러나 인간이 아무리 허약하고 움직임이 거의 없다시피 해도, 그의 동물적 속성이 이성에 복종하고 있다면, 우리는 그를 살아 있다고 인정하고 살아 있는 자로 대한다.

우리는 생명을 동물적 속성의 이성 법칙에의 복종으로 이해하는 것 외에 달리 이해할 도리가 없다. 이 생명은 시간과 공간 속에 나타나지만, 시공간적 조건으로 규정되지는 않으며, 다만 동물적 속성의 이성에의 복종 정도에 따라서만 규정된다. 생명

을 시공간적 조건으로 규정하는 것은 대상의 높이를 그 길이와 폭으로 규정하려는 것과 똑같은 일이다.

높은 곳으로 움직이며 동시에 수평으로도 움직이는 물체의 운동은 인간의 진실한 생명이 동물적 속성과 맺는 관계, 혹은 진실한 생명이 시간적 공간적 생명과 맺는 관계와 정확히 일치한다고 말할 수 있다. 물체의 상승 운동은 그 수평 운동에 의존하지 않으며 증감하지도 않는다. 진실한 생명은 항상 동물적 속성 속에서 나타나지만 그 속성의 어떤 존재 양태에도 의존하지 않고 증감하지도 않는 것이다.

인간의 동물적 속성이 처한 시공간적 조건들은 진실한 생명에 영향을 주지 못한다. 진실한 생명은 동물적 속성의 이성적 의식에의 복종 속에서만 성립되기 때문이다. 살아가기를 바라는 인간이라면 자기 존재의 시공간적 운동을 제거하거나 멈출 수 없을 것이다. 그러나 이성에 복종하여 행복을 달성하고자 하는 그의 진실한 생명은 그런 가시적인 시간적 공간적 운동과는 전혀 무관하다.

인간의 생명을 구성하는 것은 오로지 이성에의 복종을 통해 행복을 점점 더 많이 획득해가는 것 속에 존재한다. 이성에의 복종이 점점 증대되지 않는다면 인간의 생명은 시간과 공간이라는 가시적인 두 방향을 따라 움직이는 단순한 생존이 될 뿐이다. 그러나 이 운동이 점점 더 이성에 복종해가는 상승 운동이라면, 두 힘과 한 힘 사이에 관계가 형성되고, 인간의 존재를 생명의 영역으로 끌어올리는 합성력이 생겨 크든 작든 운동이

이루어지게 된다.

시공간적 힘들은 일정하고 한계가 있는 힘으로 생명의 개념과 양립할 수 없는 힘이다. 반면 이성에의 복종을 통한 행복에의 지향은 인간을 위로 끌어올리는 상승력으로 시공간의 한계가 없는 생명의 힘 그 자체이다.

인간에게 종종 자신의 생명이 멈추고 갈라지는 것처럼 보이지만, 그런 정체와 동요는 의식의 기만(외부적 감정들의 기만과 유사한)에 불과하다. 진실한 생명에는 정체와 동요가 없으며, 있을 수도 없다. 단지 인생에 대한 그릇된 견해 속에서만 그렇게 보일 뿐이다.

인간이 진실한 생명을 살아가기 시작하면, 즉 동물적 생명 위로 어느 정도 높이 올라가게 되면, 그 지점에서, 불가피하게 죽음으로 종결될 수밖에 없는 자신의 동물적 존재의 환영을 바라볼 수 있게 된다. 저 아래 바닥에 있는 그의 존재는 온통 심연으로 둘러싸여 있다. 하지만 그는 그 높은 곳으로의 고양이 바로 생명 자체라는 것을 인정하지 못하고, 그곳에서 내려다보이는 것들을 보며 두려워한다. 자신을 높은 곳으로 끌어올리는 힘을 자신의 생명으로 인정하고 그 앞에 펼쳐진 길을 따라 나아가는 대신, 그는 높은 곳에서 널리 펼쳐져 보이는 것에 겁먹고 눈앞에 펼쳐진 절벽을 외면하기 위해 일부러 아래로 내려와 어떻게든 낮은 곳에 자리를 잡으려고 애를 쓴다. 하지만 이성적 의식의 힘은 그를 다시 위로 끌어올리고, 그는 또다시 자신을 내려다보고 끔찍해하고 이를 보지 않으려고 다시 한 번 땅

바닥으로 내려와 엎드리고 만다. 그리하여 이런 상황은, 생명을 수평 운동을 하는 시공간적 존재로 생각하면 그를 잡아 끌어들이는 파멸적 생명 운동의 공포에서 벗어날 수 없다는 점을 인정할 때까지, 그의 생명은 오직 상승 운동에 있고 행복과 생명의 가능성은 오직 동물적 속성의 이성 법칙에의 복종에 있다는 것을 인정할 때까지 거듭 지속된다. 인간은 자신에게 날개가 있어 심연 위로 날아오를 수 있다는 것을 알아야 한다. 이런 날개가 없다면 그는 결코 저 높은 곳으로 오를 수 없고 심연의 존재를 바라볼 수조차 없다. 인간은 자신의 날개를 믿고 그것이 이끌어주는 곳으로 날아올라야 한다.

처음 얼마 동안 참으로 이상하다고 생각되는 진실한 생명의 동요나 정체, 의식의 분열과 같은 현상은 모두 이런 믿음의 부족에서 발생한다.

자신의 생명이 시간과 공간에 의해 규정되는 동물적 존재라고 생각하는 사람은 동물적 존재 속에도 때때로 이성적 의식이 나타난다고 본다. 이런 사람은 이성적 의식이 자신 속에 그렇게 드러난다고 보면서, 그렇다면 언제 어떤 조건에서 자신 속에 이성적 의식이 나타났는지를 자문해본다. 그러나 아무리 자기 과거를 되돌아보더라도 이성적 의식이 나타났던 시간들을 그는 결코 찾을 수가 없을 것이다. 그것은 그에게 결코 존재한 바 없었거나, 아니면 언제나 존재했던 것으로 여겨진다. 만일 이성적 의식에 어떤 간극들이 있었다고 여겨진다면, 오로지 그것은 그가 이성적 의식의 생명을 생명으로 인정하지 않기 때문

이다. 자신의 생명을 시간과 공간의 조건으로만 규정되는 동물적 존재로 이해하는 사람은 이성적 의식의 활동과 각성도 그런 척도로 재려고 한다. 언제, 얼마 동안, 어떤 조건에서 나는 이성적 의식에 지배되는가 하고 자문하는 것이다. 그러나 이성적 생명의 각성이 일어나는 과정에 어떤 간극들이 존재한다고 믿는 것은 자신의 생명을 동물적 속성의 생명이라고 여기는 사람에게만 가능한 일이다. 자신의 생명을 있는 그대로의 생명으로 이해하는 사람, 즉 이성적 의식의 활동으로 이해하는 사람에게 그런 간극들이 있을 수 없다.

이성적 생명은 존재한다. 오직 그것만이 존재한다. 이성적 생명에게 시간이란 존재하지 않는 것이므로 1분이든, 5만 년이든 시간의 간극은 전혀 문제가 되지 않는다. 인간의 진실한 생명은 자신의 동물적 속성을 이성의 법칙에 복종시킴으로써 얻을 수 있는 행복에의 지향으로, 인간은 그로부터 모든 다른 생명에 대한 개념을 구성해낸다. 이성도, 이성에의 복종도 시간이나 공간에 의해 규정되지 않는다. 인간의 진실한 생명은 시간과 공간 바깥에서 발생하는 것이다.

15. 동물적 행복을 포기하는 것은 인생의 법칙이다

생명이란 행복을 향한 지향이다. 행복을 향한 지향이 바로 생명이다. 모든 사람들은 생명을 그렇게 이해해 왔고, 지금도 그렇게 이해하고 있으며, 앞으로도 그렇게 이해할 것이다. 따라서 인간의 생명은 인간의 행복을 향한 지향이고, 인간의 행복을 향한 지향이 바로 인간의 생명이다. 그러나 생각하지 않는 많은 사람들은 동물적 속성의 행복을 인간의 행복으로 여긴다.

생명의 정의에서 행복의 개념을 배제하는 그릇된 과학은 생명을 그 동물적 존재 속에서 이해하고자 한다. 따라서 생명의 행복이 오직 동물적 행복에만 있다고 보는데, 그 점에서 그것은 대중의 잘못된 생각과 일치한다.

그 어떤 경우든 그런 잘못이 일어나는 것은 사람의 개체적

속성, 즉 과학의 용어에 따르면 개별성을 이성적 의식과 혼동하고 있기 때문이다. 이성적 의식은 그 자체에 개체의 속성을 포함한다. 그러나 개체성은 이성적 의식을 포함하지 않는다. 개체성은 동물의 속성이자 동물로서의 인간의 속성이다. 그러나 이성적 의식은 오직 인간만의 속성이다.

동물은 오직 자신의 육체만을 위해 살 수 있다. 그 무엇도 동물이 그렇게 사는 것을 막을 수 없다. 동물은 자신의 개체성을 충족하면서 무의식적으로 자기 종을 위해 봉사하지만, 자신이 하나의 개체라는 것을 알지 못한다. 그러나 이성적 인간은 자신의 육체만을 위해 살 수 없다. 인간은 자신이 하나의 개체라는 사실을 알고 있고, 따라서 다른 생물들도 그와 마찬가지로 개체라는 사실을 알고 있으며, 이런 개체들의 관계로부터 당연히 발생할 수밖에 없는 모든 것을 알고 있기 때문에 그렇게 살아갈 수 없다.

만일 인간이 오로지 자기 개체의 행복만을 지향하고, 개체로서 자신만을 사랑한다면, 인간은 다른 생물들도 자신만을 사랑한다는 사실을 알 수가 없을 것이다. 동물들이 그러하듯이 말이다. 그러나 인간이 하나의 개체이며 주변의 모든 개체들이 지향하는 바와 똑같은 것을 지향하고 있다는 사실을 안다면, 인간은 자신의 이성적 의식에 비추어 악으로 보이는 그런 행복을 더 이상 지향할 수 없을 것이고, 그의 생명은 더 이상 개체의 행복을 지향하는 것이 될 수가 없을 것이다. 간혹 인간의 행복에의 지향이 동물적 개체성의 욕구 충족을 목적으로 삼고 있

다고 여겨질 때가 있다. 이러한 기만은 인간이 자신의 동물적 속성에서 발생하는 것을 이성적 의식의 활동 목적이라고 오인하기 때문에 발생한다. 그것은 사람이 꿈에서 깬 뒤에도 꿈에서 본 대로 행하는 것과 같은 일이다.

이런 기만이 그릇된 가르침에 의해 뒷받침되는 경우 인간에게도 개체성과 이성적 의식의 혼동이 발생하게 된다.

그러나 이성적 의식은 언제나 인간에게 동물적 개체의 욕망충족이 그의 행복일 수도, 생명일 수도 없다는 것을 깨우쳐 준다. 그리고 그것은 인간을 어쩔 수 없이 행복으로, 그리하여 동물적 속성에는 자리할 수 없는 그 자신에게만 고유한 그런 생명으로 이끌어 간다.

개체의 행복을 포기하는 것을 두고 인간의 위대한 행동이라거나 훌륭한 덕이라고들 말한다. 하지만 개체의 행복을 포기하는 것은 훌륭한 덕도 위대한 행동도 아니며 인간 생명의 불가피한 조건일 따름이다. 인간은 자신이 세계와 격리된 한 개체라는 사실을 인식하는 순간 다른 개체들도 세계와 격리된 존재임을 인식한다. 그리고 그들 사이의 관계를 인식하게 되고, 이에 따라 자기 개체만의 행복이 하나의 환영에 불과하다는 것을 인식한다. 그리고 결국 이성적 의식을 충족하는 것만이 가능한 행복임을 인식한다.

개체의 행복을 목적으로 하지 않고 개체의 행복에 반하는 활동은 동물에게는 생명의 거부이지만 인간에게는 정반대이다. 인간에게는 개체의 행복만을 달성하려는 활동이 생명의 전적

인 거부인 것이다.

존재의 참담함과 종말성을 일깨우는 이성적 의식을 지니지 못한 동물에게 개체의 행복과 거기에 의존한 개체로서의 종족 보존은 생명의 최고 목표이다. 그러나 인간에게 개체는 그의 생명의 진실한 행복이, 개체의 행복과 일치하지 않는 진실한 행복이 밝혀지는 존재의 한 단계일 뿐이다.

인간에게 개체는 생명이 아니며 그의 생명이 시작되는 경계 이다. 그 생명은 동물적 개체의 행복과는 전혀 무관한, 그에게 고유한 행복을 점점 더 많이 획득해 가는 과정에서 구성되는 것이다.

오늘날 유행하는 인생관에 따르면 인간의 생명, 즉 인생이란 동물적 육체가 태어나 죽을 때까지의 일정 시간에 지나지 않는 다. 그러나 인생이란 그런 것이 아니다. 그것은 단지 동물적 개 체로서의 인간의 존재를 말하고 있을 뿐이다. 인간의 생명이 동물적 생존에 나타날 뿐인 그 무엇이라는 점은, 유기체의 생 명이 사물의 존재 속에 나타날 뿐인 그 어떤 것이라는 사실과 정확히 동일한 말이다.

인간에게는 무엇보다 먼저, 개체로서 눈에 보이는 목적이 생 명의 목적으로 여겨진다. 이 목적들은 눈에 보이기 때문에 쉽 게 이해되는 것처럼 보이는 것이다.

반면 이성적 의식이 가리키는 목적은 눈에 보이지 않기 때문 에 이해하기 어렵다. 눈에 보이는 것을 부정하고 보이지 않는 것에 몸을 맡기는 일은 두려운 일인 것이다.

세상의 그릇된 가르침에 중독된 사람에게는 자연적으로 발생하는 동물적 욕망이란 자신이나 남들에게나 단순 명백한 것으로 보인다. 반면 이성적 의식의 새로운 요구는 눈에 보이지 않으며 모순적인 것처럼 여겨진다. 게다가 이성적 의식의 요구를 충족하는 것은 자연적으로 이루어지지 않는 것이고, 직접 힘들여 행해야만 하는 뭔가 복잡하고 모호한 것처럼 보인다. 눈에 보이는 명백한 인생관을 버리고, 보이지 않는 의식에 따르는 것은 두렵고 꺼림칙한 일이다. 그런 기분은 만일 어린아이가 자기가 태어나는 순간을 느낄 수 있다면, 그 순간 느끼게 될 두렵고 꺼림칙한 느낌 같은 것이리라. 그러나 눈에 보이는 인생관은 죽음으로 이끄는 것이고, 눈에 보이지 않는 의식은 생명을 부여하는 것이라는 점이 분명하다면 무엇을 따라야 할 것인가.

16.   동물적 개체성은 생명의 도구이다

한 개체로서의 인간 존재는 끊임없이 죽어가는, 죽음을 향해 달려가는 존재라는 의심할 바 없는 명백한 진실, 따라서 그 동물적 개체성 속에는 진정한 생명이 있을 수 없다는 이 명백한 진실은 어떤 논리로도 감출 수 없다.

개체로서 인간의 존재는 태어나 자라고 늙어 죽을 때까지, 끊임없이 그 동물적 속성을 소비하고 잃어가고 필연적으로 죽음으로 마감한다는 사실을 그 누구도 외면할 수 없다. 따라서 인간 생명의 유일한 의미는 행복을 향한 지향임에도 불구하고, 개체의 확장과 불멸의 소망을 품고 있는 개체 속에서 자신의 생명을 보고자 하는 것은 무한한 모순과 고통이자 악이 아닐 수 없다.

인간의 진실한 행복이 어디에 있든 우선 인간은 불가피하게

그 동물적 개체로서의 행복을 포기해야만 한다.

동물적 개체의 행복을 포기하는 것은 인간 생명의 법칙이다. 이성적 의식에 따라 이 법칙이 자유롭게 수행되지 못한다면, 그 법칙은 동물적 개체가 육체적 죽음에 직면했을 때 강제적으로 수행된다. 그때 인간은 고통의 중압 속에서 단 하나만을, 즉 죽어가는 개체의 고통스러운 의식에서 벗어나 다른 존재 양식으로 넘어가는 것만을 소망하게 되는 것이다.

인생은 마구간에서 끌려 나와 마차를 끄는 말의 운명과 유사하다. 마구간에서 나온 말은 햇빛을 보고 자유로움을 느끼면서 이제 이 자유 속에서 살아갈 것으로 생각하지만, 곧 수레에 매어져 끌려간다. 말은 등에 묵직한 무게를 느낀다. 그런데 만일 여기서 말이 자기의 삶은 자유롭게 달려나가는 것이라고 생각한다면, 그는 몸부림치기 시작하고 쓰러져 심지어 죽어버릴 수도 있다. 그러나 죽지 않는다면, 말에게는 다음과 같은 두 가지 출구가 있을 뿐이다. 하나는 그대로 짐을 운반하면서, 사실 짐이 그다지 무겁지 않고, 그렇게 고통스러운 것도 아니며 즐거운 일일 수 있다고 생각하며 상황을 받아들이는 것이다. 다른 하나는 끝내 고집을 피우다가 주인에게 방앗간으로 끌려가 밧줄로 벽에 묶인 채 바퀴를 돌리며 어둠 속에서 고통스러워하며 같은 자리를 맴도는 것이다. 하지만 이 경우에도 그의 힘은 헛되이 낭비되지는 않는다. 말은 어쩔 수 없이 원치 않는 일을 하는 것이지만 여기서도 법칙은 작동하는 것이다. 차이가 있다면 전자는 즐겁게 일하는 것이고, 후자는 억지로 고통스럽게 일하

는 것이다.

자신의 동물적 존재를 생명으로 생각하는 사람들은 말한다. "인간인 내가 생명을 얻기 위해 개체의 행복을 버려야 한다면, 도대체 이 개체는 왜 존재한다는 말인가?"

진정한 생명의 발현을 가로막는 개체에 대한 이런 의식이 도대체 왜 인간에게 주어졌는가? 이런 질문에 대해서는 자신의 생명과 종족 보전을 위한 목적만을 지향하는 동물이 할 법한 다음과 같은 질문으로 대답할 수 있을 것이다.

"내가 내 목적을 이루기 위해 싸워야만 하는 물질성과 그 법칙들, 기계적이고 물리적이며 화학적인 법칙 따위들은 도대체 왜 존재하는 것일까?" "만약 동물로서 나의 사명이 동물적 생명의 실현이라면 내가 극복해야 한다는 이 장애물들은 도대체 다 무엇인가?"

동물이 싸워야 하는 모든 물질성과 그 법칙들, 동물의 개체성을 존재하도록 해주는 모든 물질성과 그 법칙들은 목적 달성을 위한 장애물이 아니라 분명 그 도구다. 오직 그 물질의 재가공과 그 법칙을 매개로 동물은 살아 있을 수 있다. 인간의 생명의 경우도 참으로 이와 같다. 인간이 그 속에서 자기 자신을 발견하는, 그리고 자기 이성적 의식에 복종시켜야 하는 동물적속성은 장애가 아니라 그것을 매개로 인간이 자신의 행복이라는 목적을 달성하는 수단이다. 인간에게 동물적 개체로서의 속성은 일을 할 수 있는 연장인 것이다. 이를테면 인간에게 동물적 개체성은 이성적 존재에게 주어진 일종의 삽과 같다. 삽은

땅을 파고 파다가 무뎌지면 다시 갈아 쓰는 것이지, 깨끗이 닦아서 보관해두는 것이 아니다. 그것은 증식하라고 주어진 달란트[10]지 그저 간직하라고 주어진 것이 아니다. "자기 목숨을 얻는 자는 잃을 것이요 나를 위하여 자기 목숨을 잃는 자는 얻으리라."[11]

　복음서의 이 말씀은 멸망해야 하는 것, 끊임없이 멸망하고 있는 것을 소중히 간직해서는 안 된다는 것, 그리고 멸망해가고 멸망해야만 하는 것, 즉 우리의 동물적 개체성을 버리고 포기할 때만 진정한 생명을 얻게 되리라는 것을 가르치고 있다. 이 말은 우리에게 생명이 아니었고 생명일 수 없는 것, 즉 우리의 동물적 생존을 생명으로 여기지 않을 때만이 우리의 진정한 생명이 시작된다는 것을 의미한다. 또한 그것은 생명을 이어갈 양식을 마련하기 위해 사용해야 할 삶을 아끼는 자는 그 결과 양식도 생명도 다 잃을 것임을 말해준다.

10　신약에서 화폐를 나타내는 단위.—옮긴이
11　〈마태복음〉 10장 39절.—옮긴이

17.　　영혼으로의 탄생

　예수 그리스도는 "너희는 다시 태어나야 하느니라"라고 말했다. 이것은 누군가가 인간에게 새로 태어나라고 명령했다는 말이 아니라 인간은 불가피하게 그리 될 수밖에 없다는 말이다. 생명을 갖기 위해 인간은 현 존재에서 이성적 의식으로 새롭게 거듭나야만 한다.

　인간에게 이성적 의식이 주어진 것은 이성적 의식이 계시하는 그 행복 속에 생명의 의미를 두게 하기 위함이다. 이 행복 속에서 생명을 발견하는 사람은 생명을 가질 수 있지만, 거기에 생명의 의미를 두지 않는 사람은 동물적 개체의 행복 속에 생명의 의미를 두는 자로서 결국 생명을 잃고 만다. 그리스도가 말한 생명의 정의가 여기에 있는 것이다.

　개체의 행복에 대한 열정을 생명으로 보는 사람들이 이런 말

을 들으면 그것을 인정하지 않는 것은 아니지만 이해하지는 못한다. 아니 이해할 수가 없다. 이러한 말이 그들에게는 전혀 의미가 없거나, 있다 해도 아주 미미한 정도의 의미밖에 없다. 이러한 말은, 그들이 즐겨 쓰는 말에 따르자면, 신비스럽고 감상적인 기분을 과시하려는 것으로밖에 보이지 않는 것이다. 이런 말은 그들에게는 도달할 수 없는 경지를 설명하는 것으로 그들은 결코 이해할 수 없다. 그것은 마치 바싹 말라서 싹을 틔울 수 없는 씨앗이, 물기를 잔뜩 머금고 이미 싹을 틔운 씨앗의 상태를 이해할 수 없는 것과 같다. 싹을 틔우는 씨앗에게 태양은 약간의 온기와 빛을 더할 뿐이지만, 그것은 생명 탄생의 원인이 된다. 이렇게 생명의 싹을 태어나게 해주는 태양이지만, 바싹 메마른 씨앗에게 그것은 그저 의미 없는 우연한 요소에 불과해 보인다. 동물적 개체성과 이성적 의식 사이의 내적 모순에 이르지 못한 사람들에게도 마찬가지다. 이성이라는 태양의 빛이 그들에게는 의미 없는 우연한 것이고, 감상적이고 신비스러운 말에 지나지 않는 것이다. 태양은 이미 생명을 싹 틔우기 시작한 것들에만 생명을 가져다주는 법이다.

인간뿐만 아니라 동물과 식물에서도 생명이 어떻게 해서 생기며, 왜, 언제, 어디서 생기는지 아는 사람은 아무도 없다. 인간의 생명 탄생에 대해 그리스도는 그 누구도 그것을 알지 못하며 결코 알 수도 없다고 말한다.

사실 인간 내부에서 생명이 어떻게 탄생하는지를 인간이 어떻게 알 수 있단 말인가? 생명은 사람들의 빛이다. 생명은 생

명일 뿐이다. 생명은 모든 것의 기원이니, 생명이 어떻게 탄생하는지 인간이 어찌 알 수 있겠는가? 살아 있지 않다는 말이나, 시간과 공간 속에 나타나 있다는 말 등은 모두 생멸의 의미에 기초한다. 하지만 생명은 진실한 '있음'이고, 따라서 인간에게 생명은 태어나지도 죽을 수도 없는 것이다.

18.　　　이성적 의식은 무엇을 요구하는가?

인간이 자신의 개체성의 입장에서 세계를 바라보면, 그런 세계에서는 인간에게, 개체로서의 인간에게 행복이란 있을 수 없다. 그렇다. 이성적 의식이 인간에게 말해주는 이런 사실은 의심할 나위가 없으며 반박의 여지가 없다. 그의 생명이 바라는 것은 자신의, 다른 누가 아닌 바로 자신의 행복인데, 그 행복이 불가능하다는 것을 인간은 잘 알고 있다. 그러나 참으로 이상한 일이 아닌가. 인간은 그 행복이 불가능하다는 것을 알고 있으면서, 그럼에도 불구하고 자기 자신의 행복이라는 이 불가능한 행복만을 오직 의연하게 바라며 살고 있는 것이다.

이성적 의식에 눈을 뜨긴 했지만(이제 막 눈을 떴지만), 아직 동물적 개체성을 이성적 의식에 완전히 복종시키지 못한 인간은 자살이라도 하지 않는 한, 이 불가능한 행복을 실현하기 위

해 그저 살아갈 뿐이다. 그런 인간은 오직 자기 한 사람만의 행복을 위해서 살며 일한다. 그리고 그런 사람은 다른 모든 사람들과 모든 생명의 존재들까지도 자기 한 사람만의 행복을 위해 살며 일해주기를 바라고, 자신에게는 쾌락만 존재하고 고통도 죽음도 없다는 듯이 살아가는 것이다.

참으로 놀라운 일이 아닌가. 주변의 모든 생명에 대한 관찰과 자기 자신의 체험, 그리고 이성이 모든 사람에게 그 행복이 성취 불가능하다는 것을 명백하게 보여주고, 또한 다른 존재들이 각자 자신을 사랑하기를 멈추고 대신 자기 한 사람만을 사랑하도록 만드는 것은 불가능한 일임을 명백하게 보여주고 있음에도 불구하고, 모든 사람이 부와 권력, 명예, 영광, 아부, 기만 등 온갖 수단과 방법을 가리지 않고, 다른 모든 존재들이 각자 자신을 사랑하며 살아가기를 멈추고, 오직 자기 한 사람만을 사랑하며 살아주기를 바라며 살고 있다니 말이다.

사람들은 이런 목적을 달성하기 위해 할 수 있는 모든 것을 다했고, 지금도 온갖 노력을 경주하고 있다. 하지만 그와 동시에 사람들은 자신들의 목적이 불가능한 것임을 외면하지 못한다. 인간은 혼자 이렇게 말할 것이다. "나의 인생은 행복을 추구하는 것이다. 그런데 나의 행복은 다른 모든 존재가 자기 자신보다 나를 더 사랑해줄 때만 가능하다. 하지만 다른 존재들은 모두 자신만을 사랑하고 있어. 결국 그들로 하여금 나를 더 사랑하도록 만들려는 모든 노력은 헛수고야. 헛수고에 지나지 않지만 내가 할 수 있는 일이란 더 이상 아무것도 없어."

수세기 동안 사람들은 천체의 거리를 재고 그 무게를 측정하고 태양과 별의 성분을 알아냈지만, 대다수 사람들에게 개체로서의 행복의 요구와 이 개체의 행복을 배제하는 세계를 일치시키는 문제는 5,000년 전 사람들과 마찬가지로 여전히 미해결인 채로 남아 있다. 이성적 의식은 모든 사람에게 이렇게 말한다. "그렇다, 당신은 행복을 손에 넣을 수 있다. 하지만 그것은 다른 모든 사람들이 자기보다 당신을 더 사랑하는 경우에 한한다." 그리고 다시 이성적 의식은 "그것은 불가능한 일이다, 왜냐하면 사람들은 모두 자기 자신만을 사랑하기 때문이다"라고 가르친다. 그리하여 이성적 의식에 의해 열린 유일한 행복은 다시 그 이성적 의식에 의해 닫혀버린다.

　그리고 또 수세기가 지났지만 인생의 행복은 대다수 사람들에게 여전히 해결되지 못한 수수께끼로 남아 있다. 하지만 이 수수께끼는 아득한 옛날에 이미 그 해답이 주어져 있는 것이다. 이 수수께끼의 해답을 알고 있는 모든 사람들은 그들 자신이 그것을 모르고 있었다는 사실이 그저 놀라울 뿐이다. 오래전에 이미 알고 있었지만 다만 잠시 깜박 잊고 있었던 것처럼 여겨지는 것이다. 오늘날 그릇된 가르침들에게 그렇게 난감한 문제로 여겨졌던 수수께끼의 해답은 그렇게 간단하게 스스로 주어진다.

　당신은 모든 사람이 당신을 위해 살며, 자신보다 당신을 더 사랑해주기 바라는가? 그렇다면 당신의 바람이 이루어지기 위해 단 하나의 조건이 필요하다. 그것은 일체의 모든 생물이 타

자들의 행복을 위해 살아가고, 자기 자신보다 타자들을 더 사랑하는 것이다. 그렇게 되면 당신뿐만 아니라 다른 모든 생물들이 모두에 의해 사랑을 받게 될 것이고, 당신 역시 그 속에서 당신이 원하는 바로 그 행복을 얻게 될 것이다. 이처럼 모든 생물이 자기 자신보다 타자들을 더욱 사랑할 때만 행복이라는 것이 가능하다면, 살아 있는 생물로서 당신 역시 자기 자신보다 타자들을 더욱 사랑해야만 하는 것이다.

바로 이런 조건 하에서만 생명의 행복도 가능하고, 바로 이런 조건 하에서만 생명을 해치는 것이 사라질 것이고, 생존 경쟁과 고뇌, 죽음의 공포도 사라지게 될 것이다.

대체 개체적 존재의 행복을 불가능하게 만드는 것은 무엇인가? 첫째, 서로 개체의 행복을 추구하는 투쟁이고, 둘째, 생명의 낭비와 포만과 고뇌로 이끌어가는 쾌락이라는 기만이고, 셋째, 죽음이다.

인간이 행복의 불가능성을 끊어내고 행복을 성취 가능한 것으로 만들기 위해서는, 개체의 행복 추구를 다른 모든 존재의 행복 추구로 대체해야 한다는 것을 알아야만 한다. 생명을 개체의 행복 추구로 보는 관점에서 세계를 보면, 인간은 그 세계 속에서 서로를 죽이는 비이성적인 생존 투쟁을 볼 따름이다. 그러나 생명을 타자들의 행복을 추구하는 것이라고 인정한다면, 인간은 거기서 완전히 다른 것을 보게 될 것이다. 즉 생존 경쟁은 우연한 현상일 뿐이고, 모든 존재들은 항상 서로서로에게 상호 부조하고 있음을, 그러한 상호 부조가 없다면 이 세계

라는 존재 자체는 생각조차 할 수 없는 것임을 알게 될 것이다. 이런 사실을 인정한다면 지금까지 도달할 수 없는 개체의 행복을 지향하던 이전의 모든 비이성적 활동이, 세계의 법칙과 일치하는, 자기 자신과 전 세계의 최대한의 행복을 지향하는 전혀 다른 활동으로 대치될 것이다.

개체의 생명을 참담하게 만들고 인간의 행복을 불가능하게 만드는 둘째 원인은 생명을 낭비하고 포만과 고뇌로 이끄는 쾌락의 기만이다. 이 쾌락에 대한 기만적인 탐욕을 절멸하기 위해서는 생명이란 타자들의 행복을 추구하는 것임을 인정해야만 한다. 그렇게 되면 동물적 개체의 밑바닥 없는 통을 채우기 위해 행해야 했던 모든 괴로운 활동은 자신의 행복을 위해서나 다른 존재들의 생명을 위해서나 필수불가결한, 이성의 법칙에 따르는 그러한 활동으로 대체될 것이다. 그리고 생명 활동을 절멸하는 개체의 고통스러운 고뇌가 다른 존재들을 향한 고뇌의 감정으로 대체될 것이다. 바로 그런 감정이 유익하고도 가장 즐거운 활동을 불러일으키리라는 것은 의심의 여지가 없다.

개체의 생명을 참담하게 하는 셋째 원인은 죽음의 공포다. 여기서도 인간은 자신의 생명이 자기의 동물적 개체의 행복에 있지 않고 다른 존재들의 행복 속에 있다는 것을 인정해야 한다. 그러할 때 죽음이라는 허수아비는 영원히 우리의 눈앞에서 사라지게 될 것이다.

죽음의 공포란 육체적 죽음과 더불어 생명의 행복을 상실할지 모른다는 공포에서 비롯되는 것이다. 만일 인간이 다른 존

재들의 행복 속에서 자신의 행복을 볼 수 있다면, 즉 자기 자신보다 타자들을 사랑할 수 있다면, 죽음이란 그에게, 오직 자신만을 위해 살아가는 사람이 생각하는 바와 같은 행복이나 생명의 단절로 여겨지지 않을 것이다. 다른 존재들을 위해 살아가는 인간에게 죽음이란 행복과 생명의 절멸이 아니라면, 그에 따라 다른 존재들의 행복과 생명은 인간의 생명에 의해 절멸되지 않는 것일 뿐만 아니라 오히려 그 생명의 희생에 의해 더욱 증대되고 강해지는 것이다.

19.   이성적 의식의 요구들에 대한 확증

"그러나 그건 사는 게 아니야." "그건 생명 자체를 거부하는 일일 뿐만 아니라 자살 행위나 다름없어." 흥분해서 혼란에 빠진 인간 의식은 이렇게 반박할지 모른다. 하지만 이성적 의식은 이렇게 답한다. "나는 그런 건 전혀 아는 바 없어. 다만 내가 아는 것은 인생이란 그와 같은 것이고, 그 밖에 다른 인생이란 없으며 있을 수도 없다는 것뿐이야. 또한 내가 아는 것은 그런 인생이 인간이나 전 세계를 위한 진정한 인생이자 행복이라는 것이지. 이전의 세계관에 따르면 나의 인생과 모든 존재의 생명이 악이자 무의미였지만, 이제 이 세계관에 입각하면 그것은 인간에게 부여된 이성의 법칙을 실현하는 것이야. 또한 나는 가장 크고 무한히 확대될 수 있는 모든 각각의 존재의 삶의 행복이, 하나가 전체를 위하여, 그리하여 전체가 하나를 위하

여 서로 상호 부조하는 법칙에 의해서만 달성될 수 있다는 것을 알고 있어."

인간 의식은 당혹스러워하며 이렇게 대답할 것이다. "하지만 그건 생각으로만 가능한 법칙이지, 현실의 법칙은 될 수 없어. 보라고, 지금 어떤 존재들도 자신보다 나를 사랑하고 있지는 않잖아. 그러니 나도 나 자신보다 그들을 사랑할 수 없고, 그들을 위해 쾌락을 버리고 고통에 몸을 맡길 순 없어. 이성의 법칙 따위는 내게 필요 없어. 나는 내 자신의 쾌락을 원하고 고통에서 벗어나고 싶어. 보라고, 모든 존재들이 생존을 위해 싸우고 있어. 만일 나 혼자만 싸우지 않는다면 다른 존재들이 나를 잡아먹고 말거야. 모든 존재들의 최대 행복이 이론적으로 어떻게 이루어지는지 난 알 바 없어. 지금 내겐 나 자신의 현실적인 최대 행복이 필요할 뿐이야." 그릇된 의식은 거듭 이렇게 속삭인다.

다시 이성적 의식은 말한다. "나는 그런 건 전혀 몰라. 다만 내가 아는 것은, 당신이 쾌락이라고 부르는 것이 당신에게 하나의 행복이 되기 위해서는 그것을 당신이 직접 구하지 않고 다른 사람이 당신에게 제공해주어야 한다는 사실 뿐이지. 만일 당신이 직접 자신을 위해 그 쾌락을 취해야 한다면, 지금과 같이 당신의 쾌락은 무절제와 고통일 뿐인 것이지. 당신이 실제 현실의 고통으로부터 벗어나기 위해서는 다른 사람들이 당신을 거기에서 벗어나게 해주어야만 하는데, 지금처럼 당신이 상상 속의 고통의 공포로 인해 자신의 생명을 잃어가고 있다면,

당신은 결코 현실의 고통으로부터 벗어날 수가 없어."

나는 오직 나만을 사랑하고 다른 모든 사람들도 나만을 사랑해주는 그런 인생, 가능한 많이 쾌락을 얻고 가능한 고통과 죽음을 회피하는 그런 인생, 그런 개체로서의 생명이란 결코 끝이 없는 극도의 고통일 뿐임을 나는 알고 있다. 내가 나를 사랑하고, 남과 싸우면 싸울수록 다른 사람들은 나를 더욱더 증오할 것이고, 더욱더 이를 악물고 나와 싸울 것이다. 내가 고통으로부터 벗어나고자 몸부림칠수록 고통은 더욱더 커질 것이다. 내가 죽음으로부터 벗어나고자 몸부림칠수록 죽음은 더욱더 두려운 것이 될 것이다.

아무리 애를 쓴다 해도 사람이 자기의 생명 법칙에 따라 살지 않는다면 결코 행복을 얻을 수 없다는 것을 나는 알고 있다. 생명의 법칙이란 투쟁이 아니고, 그 반대로 살아 있는 모든 것들 간에 서로 주고받는 상호 부조다.

"그러나 난 오로지 내 개체 속에서만 생명을 알고 있다. 내 생명을 다른 존재들의 행복 속에 둔다는 것은 내게 불가능하다." 그릇된 의식은 또 이렇게 말한다.

하지만 다시 이성적 의식은 말한다. "나는 그런 건 전혀 몰라. 내가 아는 것이라곤, 전에는 악하고 무의미한 것으로 여겨지던 내 생명과 세계의 생명이 지금은 이성적으로 통합된 하나의 전체로 여겨진다는 거야. 내가 내 속에서 알고 있는 이성의 법칙이라는 단 하나의 법칙에 복종함으로써 오직 단 하나의 행복을 추구하며 살아가는 이성적 전체로서 하나가 된 것이지."

"하지만 그건 내게 불가능해!" 혼란에 빠진 의식은 말한다. 하지만 이 불가능한 일을 행한 적이 없고, 이 불가능한 일 속에 생명의 최고 행복을 두지 않았던 사람은 없다.

"자신의 행복을 다른 존재들의 행복 속에 두는 것은 불가능한 일"이라지만, 자기 외부의 존재의 행복이 자기의 행복이 되는 그런 상태를 모르는 사람은 없을 것이다. "다른 사람을 위한 노동과 고통 속에 행복을 두는 것은 불가능한 일"이라지만, 이런 공감의 감정에 몸을 맡기면 개체의 쾌락은 전혀 의미가 없는 것이 되고, 그의 생명의 힘은 타자들의 행복을 위한 노동과 고통이 되고, 그 고통과 노동은 그에게 다름 아닌 행복이 된다. '타자들의 행복을 위해 자기의 생명을 희생하는 것은 불가능한 일'이라지만, 그런 감정을 한 번 인식하게 되면 죽음이란 보이지도, 두렵지도 않은 것일 뿐만 아니라, 오히려 그가 도달해야 할 최고의 행복으로 여겨지게 되는 것이다.

이성적 인간이라면, 자신의 행복에 대한 지향을 타자의 행복에 대한 지향으로 대체할 수 있다고 생각한다면, 그의 인생은 이전의 어리석음과 참담함으로부터 벗어나 이성적이고 행복한 인생이 되리라는 것을 모를 리 없다. 인생을 다른 사람들과 다른 존재들 속에서 그렇게 이해한다면, 이전에는 어리석고 잔혹한 것이었던 전 세계의 생명도 최고의 이성적 행복이 된다. 그것이야말로 인간만이 희구할 수 있는 최고의 합리적인 행복인 것이다. 그렇게 되면 인간의 생명은 이전의 무의미함과 맹목성을 벗어나 이성적 의미를 획득하게 된다. 이제 이런 사람

에게는 세계의 모든 존재들의 무한한 광명과 합일이 세계의 생명의 목적으로 여겨진다. 그리고 생명은 그곳을 향해 나아간다. 그 속에서 처음에는 사람이, 다음에는 모든 생물이, 점점 더 이성의 법칙을 깊이 따르면서, 생명의 행복은 각자 자신의 행복을 추구하는 데서 얻어지는 것이 아니라 이성의 법칙에 따라 모든 다른 존재들의 행복을 추구하는 데서 얻어지는 것임을(지금은 그 한 사람만 이해하고 있지만) 이해하게 될 것이다.

그러나 그것만이 아니다. 자신의 행복에 대한 추구를 타자들의 행복에 대한 추구로 전환할 가능성만이라도 인정하게 되면, 인간은 단계적이고 점증적으로 자기 개체성을 포기하고, 단계적이고 점증적으로 활동 목적을 타자들에게로 향하는 것이 인류의 모든 전진 운동이자 인간에 가까운 모든 생물의 전진 운동이라는 것을 보지 않을 수 없다. 그리고 인간은 역사 속에서, 보편적 생명의 운동이 존재들 간의 투쟁의 강화와 확대에 있는 것이 아니라 그 반대로 불화의 감소와 투쟁의 약화에 있는 것임을 보지 않을 수 없다. 세계가 적대와 불화로부터 이성에의 복종을 통해 점점 더 일치와 합일로 나아가는 과정 속에서만 생명의 운동이 존재하는 것이다. 이런 사실을 인정한다면, 서로 물어뜯던 사람들이 물어뜯기를 멈추고, 포로와 제 자식들을 살해하던 사람들이 살인을 멈추고, 살육을 자랑하던 군인들이 더 이상 그것을 자랑으로 삼지 못할 것이고, 노예제도를 수립했던 자들이 그것을 폐기하게 될 것이고, 동물을 죽이기를 일삼던 자들이 동물을 길들이고 죽이기를 삼갈 것이고, 육식 대

신 달걀이나 우유를 섭취하게 될 것이고, 식물계의 파괴도 점차 삼갈 것인바, 이성적 인간이라면 그것을 결코 모를 리 없다. 우리는 인류의 가장 훌륭한 인물들이 쾌락을 쫓는 행위를 비난하고 절제를 호소하고 있음을 잘 알고 있다. 후세의 칭송을 받는 최고의 훌륭한 인물들이 타자의 행복을 위해 자신의 존재를 희생하는 모범을 보이고 있다는 것도 잘 알고 있다. 또한 우리는 우리가 오직 이성의 요구에 따라 가정한 바로 그것이 세계 속에서 실제로 이루어지고 있으며 과거 인류의 행적에 의해 확증되고 있다는 것을 잘 알고 있다.

그리고 또 이것만이 아니다. 이성과 역사가 아니라 전혀 다른 원천에서 우리에게 이러한 사실을 더욱 강력하고 설득력 있게 가리키는 것이 있다. 바로 심장이다. 직접적인 행복으로, 이성이 가리키는 활동으로, 인간의 심장 속에서 사랑으로 표현되는 그 활동으로 인간을 이끌어가는 것은 바로 우리 심장의 지향인 것이다.

20.　개체의 요구는 이성적 의식의 요구와
양립하기 어려운 것처럼 보인다

　이성과 합리적 판단, 역사, 인간의 내적 감정 등 모든 것이 생명에 대한 이와 같은 이해가 정당하다는 것을 확증해준다고 말할 수 있다. 그러나 세속의 교의로 교육 받은 사람에게는 여전히 이성적 의식과 내적 감정의 요구 충족이 인생 법칙일 수 없다고 여겨진다.

　배웠다는 요즘 사람들은 단호하게 다음과 같이 말한다. "개체로서 자신의 행복을 위해 남과 싸우지 마라, 쾌락을 추구하지 마라, 고통을 피하려 하지 마라, 죽음을 두려워하지 마라! 하지만 그건 불가능하다. 그건 생명 자체를 거부하는 일이다! 내가 내 개체의 요구를 느끼고, 이 요구의 합당함을 이성으로 인지하고 있는데, 어떻게 개체로서의 나를 부정할 수 있다는 말인가?"

주목할 만한 현상이 아닐 수 없다. 지식 훈련을 많이 쌓지 않은 평범한 사람들, 노동자들은 개체의 요구를 주장하기보다 언제나 마음속에 개체의 요구에 대립되는 요구를 느끼고 있다. 그에 반해 돈 많고, 세련되고, 지식 수준이 높다는 사람들이 오히려 이성적 의식을 전적으로 거부하고, 특히 이성적 요구의 합당함을 반박하고, 개체의 권리를 고집하는 경우가 많다.

많이 배우고 나약하고 무위도식하는 사람일수록 개체가 신성불가침의 권리를 지니고 있다고 주장하는 법이다. 굶주린 사람은 인간이 먹지 않으면 안 된다는 사실을 새삼 증명하려고 하지 않는다. 그는 다만 누구나 그 사실을 알고 있고, 그 사실은 증명하거나 반박할 수 있는 대상이 아니라는 것을 알고 있을 뿐이다. 그는 배가 고프면 그냥 먹을 뿐이다.

이러한 사실은 소위 교육 받지 못한 사람이, 평생을 몸을 움직여 일하며 살아온 평범한 사람이 자신의 이성을 손상시킴 없이 그 순수함과 힘을 보존하고 있다는 것을 말해준다.

반면 쓸데없는 하찮은 대상들에 대해, 그리고 그뿐만 아니라 인간으로서 생각할 필요가 없는 대상들에 대해 생각하며 평생을 허비한 사람의 이성은 손상되어 자유롭지 못하다. 그의 이성은 인간에게 합당치 않은 생각으로, 개체의 요구들을 확대 발전시키고 그것을 충족할 수단들을 모색하는 등 개체의 요구에 대한 생각으로 바쁘다.

세속의 교의로 교육받은, 소위 교양 있다는 사람들은 이렇게 말한다. "하지만 난 내 개체의 요구를 느끼고, 따라서 이 요구

들은 합당하다."

그런 사람들은 개체의 행복을 허구적으로 늘려가는 일에 평생 매달려 왔기 때문에 그들로서는 자기 개체의 요구를 느끼지 않을 수가 없다. 그러니 그들에게 개체의 행복이란 곧 여러 가지 필요의 충족과 다름없다. 그들은 자신들의 이성이 향해 있는 개체의 모든 생존 조건을 개체의 필요라고 부른다. 그런 의식의 결과 그들이 이성을 쏟아부어 인식한 그런 필요들은 항상 무한으로 증대된다. 그리고 이처럼 증대된 필요의 충족은 그들을 진정한 생명의 요구에서 멀어지게 만든다.

소위 사회에 관한 학문은 인간의 필요에 대한 이론을 연구한다고 한다. 하지만 이런 학문은 그들이 다룰 수 없는 상황, 즉 자살하거나 기아로 죽어가는 사람에게는 어떤 필요도 존재하지 않듯이, 필요라는 것 자체가 존재하지 않는 사람들이 있거나, 혹은 그 필요가 말 그대로 무한한 사람들이 있다는 상황을 고려하지 않는다.

동물로서의 인간 존재의 필요는 존재의 여러 측면만큼이나 많고, 존재의 여러 측면들은 구의 반경만큼이나 무수히 많다. 먹고 마시고 숨 쉬고 온갖 근육과 신경을 작동하기 위한 필요가 있고, 노동과 휴식, 오락, 가정생활의 필요가 있는가 하면, 학문과 예술, 종교 등등 매우 다양한 필요들이 존재한다. 그 모든 영역에서 어린이와 젊은이, 남편, 노인, 처녀, 여성, 할머니의 필요가 또 각각 존재한다. 또한 중국인, 프랑스인, 러시아인, 라플란드인의 필요가 또 각각 존재한다. 게다가 민족의 관습이

나 질병에 조응하는 필요들도 존재한다.

개체로서 인간 생존에 필요한 항목은 세상이 끝날 때까지 열거해도 다할 수 없을 것이다. 생존의 모든 조건들이 필요라면 그 생존 조건들은 무수히 많기 때문이다.

하지만 사람들은 의식된 조건들만을 필요라고 부른다. 그러나 의식된 조건들은 그것들이 의식되자마자 그 진정한 의미를 상실하고 그보다 훨씬 과장된 의미를 획득한다. 그 조건들에 대해 이성이 항상 의미를 과장하고 진정한 생명을 가로막는 것이다.

필요라고 불리는 것, 즉 동물로서의 인간 생존의 조건들은 어떤 모양이라도 만들 수 있는 팽창력이 높은 무수히 많은 작은 공들에 비유할 수 있다. 이 공들은 팽창하지 않는 동안에는 크기가 모두 똑같고, 각자 적당한 자리를 차지하고 있어 서로를 압박할 걱정이 없다. 이처럼 모든 필요는 서로 동등하고, 각자의 자리를 가지고 있으며, 그 필요가 의식되지 않는 한 병적인 것으로 감지되지 않는다. 그러나 하나의 공이 부풀어 오르기 시작하면, 그 공이 다른 공들보다 더 넓은 자리를 차지하게 되고, 결국 이 공은 다른 공들을 압박하고 자신도 비좁아진다. 필요의 경우도 이와 마찬가지여서, 어떤 하나의 필요에 이성적 의식이 향하게 되면, 이 의식된 필요가 생명 전체를 장악하게 되고 인간의 전 존재를 고통에 빠트리게 되는 것이다.

21.　　요구되는 것은 개체의 포기가 아니라
　　　　　개체의 이성적 의식에의 복종이다

그렇다. 인간이 자신의 이성적 의식의 요구를 느끼지 않고 개체의 요구만을 느낀다고 확신하는 것은, 우리가 우리의 모든 이성을 동원하여 동물적 욕정을 강화하고자 하며, 우리가 그것에 지배당하고 있으며, 그리하여 우리가 우리의 진정한 인간적 생명에 눈감고 있다고 확신하는 것과 다름없다. 무성하게 자란 악덕의 잡초가 진정한 생명의 싹을 짓밟아 뭉개버린 것이다.

다른 사람들을 가르치는 스승이라는 자들이 개개 인간의 최고의 완성이란 개체의 세세한 필요의 전면적인 발전이라고 인정해 왔고, 지금도 인정하고 있는 오늘날의 세계에서 어찌 그런 결론을 내리지 않을 수 있겠는가. 그들은 대중이 수많은 필요를 가지고 있고, 그것을 충족하는 데 대중의 행복이 있다고, 사람들의 행복은 그들의 필요의 충족에 있다고 가르쳐 왔고 지

금도 그렇게 가르치고 있지 않은가.

그런 교의로 배워 온 사람들이 이성적 의식의 요구를 느끼지 않고, 오직 개체의 필요만을 느낄 뿐이라고 확신하는 것은 너무나 당연한 일 아니겠는가? 모든 이성을 남김없이 사용하여 욕정을 강화하는 길로 매진하는 사람들이 이성의 요구를 어찌 느낄 수 있겠으며, 그 욕정이 그들의 모든 생명을 집어삼켜 버렸는데, 어찌 그 욕정의 요구를 포기할 수 있겠는가?

이런 사람들은 늘 이렇게 말한다. "개체를 포기하는 것은 불가능하다." 그들은 개체의 이성 법칙에의 복종이라는 개념을 개체의 포기라는 개념으로 슬쩍 바꿔치기하고 문제를 고의적으로 왜곡해버린다.

그리고 그들은 말한다. "그것은 자연에 어긋나는 개념이다. 따라서 불가능하다." 하지만 그 누가 개체성을 포기하라고 했다는 말인가. 이성적 인간에게 개체성은 동물에게 호흡과 혈액순환과 같은 것이다. 동물이 혈액순환을 포기할 수 있는가? 그건 말도 안 되는 소리다. 이와 마찬가지로 이성적 인간에게 개체성을 포기하라는 것은 말도 되지 않는 소리다. 이성적 인간에게 개체성은 그의 생명의 필수불가결한 조건으로 혈액순환과 같은 것이다. 그의 동물로서의 개체성이 존재하기 위한 조건인 것이다.

동물적 개체로서의 개체성은 어떤 요구도 제기하지 않으며 제기할 수도 없다. 이런 요구를 제시하는 것은 잘못 정향된 이성이다. 그런 이성은 생명의 지침을 구하거나, 생명의 빛을 찾

는 방향으로 향하지 않고, 개체의 욕정을 자극하는 방향으로만 향하고 있을 뿐이다.

동물적 개체의 요구들은 항상 충족되고 있다. 사람은, 나는 무엇을 먹는 존재인가? 나는 무엇을 입는 존재인가? 하고 묻지는 않는다. 만일 인간이 이성적인 생명으로 살아가고 있다면, 그런 모든 필요들은 새나 꽃과 마찬가지로 인간에게도 보장되어 있다. 하지만 실제 현실에서, 생각이 있는 사람이라면 그 누가 자기 개체성이 보장되었다고 해서 존재의 참담함이 감소했다고 믿겠는가?

인간 존재의 참담함은 그가 개체라는 사실에서 비롯되는 것이 아니라, 개체의 존재가 생명이고 행복이라는 생각에서 비롯되며, 바로 그 점으로부터 인간의 모순과 분열, 고통이 나타나는 것이다.

인간의 고통은 인간이 이성의 요구에 눈감고, 자신의 이성의 힘을, 개체의 점증하는 요구를 무한으로 강화하고 확대하는 일에 사용할 때부터 시작된다.

인간이 존재하기 위해 필요한 모든 조건들을 포기할 필요가 없듯이 개체성을 포기할 필요가 없고 포기해서도 결코 안 된다. 그러나 그런 조건들을 생명 자체로 인정하는 것은 결코 안 될 일이며 가능하지도 않은 일이다. 생명의 주어진 조건들을 활용할 수 있고 활용해야만 하지만, 그 조건들을 생명의 목적으로 보아서는 결코 안 되는 것이다. 개체를 포기하지 않는 것, 하지만 개체의 행복을 포기하고 개체를 더 이상 생명으로 인정

하지 않는 것, 이것이야말로 인간이 합일로 돌아가기 위해, 그리고 그의 생명이 추구해 마지않는 그 행복이 드디어 그에게 달성되도록 인간이 해야만 하는 일이다.

개체성에서 자기 생명을 찾는 것은 생명의 파괴에 지나지 않고, 개체의 행복을 포기하는 것이 생명을 얻는 유일한 길이라는 가르침은 고래로 인류의 위대한 스승들이 설파해 온 것이다.

"아, 근데 이게 뭐야? 이거 불교 아냐?" 요즘 사람들은 흔히 이렇게들 말한다. "열반이라는 거지, 말뚝 같은 데 서서 하는 거 말이야!" 그들은 이렇게 말하고는, 만인이 아주 잘 알고 있는 사실, 어느 누구에게도 감추어질 수 없는 사실, 즉 개체의 생명은 참담한 것이며 그 어떤 의미도 없다는 사실을 자신들이 아주 성공적으로 반박했다고 생각하는 듯하다.

"그건 불교이고 열반이라는 거야." 현대인들은 이렇게 말하고는, 수십억 인류가 인정해 왔고 인정하고 있는 사실, 우리들 모두 영혼 깊은 곳에서 아주 잘 알고 있는 사실, 즉 개체를 목적으로 하는 생명은 파멸적이고 무의미하다는 사실을 효과적으로 반박했다고 여기는 것이다. 이런 파멸과 무의미함으로부터 벗어날 수 있는 유일한 출구가 있다면 그것은 바로 개체의 행복을 포기하는 것이라는 이 명백한 사실을 그들은 단 몇 마디 말로 다 반박했다고 생각하는 것이다.

인류의 절반 이상이 생명을 이처럼 이해했고, 지금도 그렇게 이해하고 있다는 사실, 가장 위대한 현인들도 그렇게 생명을 이해했다는 사실, 그밖에는 인생을 달리 이해할 방도가 없다는

사실에도 불구하고 그들은 전혀 동요하지 않는다. 그들은 생명의 문제들이 가장 만족스러운 방식은 아니라 하더라도 적어도 전화라든가 오페레타, 세균학, 전기, 폭약 등과 같은 것들로 어느 정도 해결된다고 확신한다. 그리고 개체로서의 생명의 행복을 포기한다는 사상 따위는 아주 낡아 빠진, 고대의 무지함을 드러내는 것일 뿐이라고 확신하는 것이다.

하지만 이 불행한 사람들은, 열반에 이르기 위해 오직 개체의 행복을 포기하고자 한 발로 수 년 동안 서서 고행하는 지극히 평범한 인도인이, 전 세계를 기차로 돌아다니며 전깃불 아래서 전보나 전화로 가축과도 같은 자신의 상태를 온 세상에 떠벌이는 현대 유럽 사회의 야수화된 사람들과 비교도 할 수 없을 만큼 진정한 생명을 누리는 사람이라는 점을 생각조차 못한다. 이 인도인은 개체의 생명과 이성적 생명에는 모순이 존재한다는 사실을 알고 있고 어떻게든 그 모순을 풀어가고 있다. 그러나 교양을 갖추었다는 우리들은 이런 모순을 알지 못할 뿐만 아니라 그런 것이 있다는 사실조차 믿으려 하지 않는다. 인생이란 개체로서의 인간 존재가 아니라는 정의는 수천 년이라는 긴 세월 동안 전 인류의 정신적 노고에 의해 얻어진 것이다. 이 정의는 인간의(동물이 아니라) 도덕적 영역에서 지구의 회전이나 인력의 법칙과 같은, 아니 그보다 훨씬 더 명백하고 커다란 부동의 진리이다. 생각이 있는 사람이라면, 학자든, 무식자든, 노인이든, 어린아이든 누구나 이런 진리를 이해하고 알고 있다. 아프리카나 오스트레일리아의 가장 미개한 사

람들과 유럽의 수많은 도시와 수도에 사는, 생존 여건이 보장되었지만 야수화된 사람들만이 이런 진리에 눈을 감고 있다. 이 진리는 인류의 고귀한 자산이다. 기계학이나 대수학, 천문학 등과 같은 부차적인 지식 영역에서 인류가 퇴보하는 일은 결코 없을 것인데, 하물며 생명의 정의라는 훨씬 더 근본적이고 중요한 지식 영역에서 퇴보하는 일은 더더욱 없을 것이다. 수천 년에 걸쳐 인류가 자신의 생명으로부터 얻어낸 것, 즉 개체적 생명의 허망함과 무의미와 참담함에 대한 깨달음을 인류의 의식 속에서 망각하고 지워버리는 것은 불가능하다. 소위 현대 유럽의 과학이 매달리고 있는 것은 생명을 개체적 존재로 보는 낡아 빠진 미개한 견해를 복원하려는 시도에 지나지 않는다. 그런 시도는 오히려 인류의 이성적 의식의 성장을 더욱 명백하게 보여주고, 이미 인류가 그 어린 시절의 옷 밖으로 얼마나 성장했는가를 극히 명료하게 보여줄 뿐이다. 자기 파괴를 설파하는 철학이나 무서운 속도로 증대하는 자살률 같은 것은 인류가 이미 지나온 의식 단계로 되돌아가는 것이 불가능함을 반증하는 것이다.

개체적 존재로서의 생명은 인류에게 이미 지나온 낡은 것이고, 그곳으로 돌아간다는 것은 있을 수 없는 일이다. 개체로서의 인간 존재는 의미가 없다는 사실 역시 망각될 수 없는 것이다. 우리가 무엇을 쓰든지, 무슨 말을 하든지, 무엇을 발견하든지, 우리의 개체적 생명을 어떻게 충족시켰든지, 어찌되었든 개체의 행복의 가능성을 부정하는 것은 우리 시대의 이성적 인

간에게 불변의 진리이다.

"그래도 지구는 돈다." 갈릴레이와 코페르니쿠스의 발견을 반박하고 새로운 프톨레마이오스[12]의 무리를 만들어내는 것은 이미 불가능한 일이며 필요하지도 않다. 문제는, 이미 인류의 보편의식 속에 들어온 이런 정의로부터 더욱더 나아간, 최종의 결론을 도출하는 것이다. 브라만교도와 부처, 노자, 솔로몬, 스토아학파 등등 인류의 모든 진실한 사상가들이 말한 바와 같이 개체로서의 행복이 불가능하다는 정의도 마찬가지다. 우리는 그 누구도 이런 정의를 외면해서는 안 되며, 어떤 방법으로도 이로부터 벗어나려 해서도 안 된다. 다만 용감하고 분명하게 이를 인정하고, 이로부터 그 이상의 결론을 도출해내지 않으면 안 된다.

---

12 고대 그리스의 천문학자로 천체의 중심에 움직이지 않는 지구가 있고 해와 달과 별이 지구 주위를 돌고 있다는 천동설을 주장하였다. 그의 천동설은 16세기 갈릴레이 등의 지동설이 나올 때까지 천문학계의 통설이었다. ―옮긴이

22.　사랑의 감정은 이성적 의식에 복종하는 개체 활동의 발현이다

이성적 존재는 개체의 목적을 위해 살아가서는 안 된다. 모든 길이 막혀 있기 때문이다. 인간의 동물적 개체성이 향하는 모든 목적들은 그것이 무엇이든 결코 도달할 수 없다. 이성적 의식은 그와 다른 목적들을 가리키고 있는데, 그것은 도달 가능한 것일 뿐만 아니라 이성적 의식에 깊은 만족을 주는 것이다. 하지만 처음에는, 세상의 그릇된 가르침의 영향으로 이런 목적들이 그의 개체성에 대립되는 것으로 보이기도 한다.

현대 사회에서 성장하여, 개체의 잘 발달된 과도한 욕정에 길든 사람이 자신의 이성적 '나'를 찾으려 아무리 노력한다 하더라도, 그는 그런 '나' 속에서 동물적 개체에서 느끼던 생명에의 지향을 느끼지 못한다. 이성적 '나'는 생명을 관조하는 것 같지만, 생명 자체를 살아가지 못하고, 생명에의 끌림을 가지

고 있지 못하다. 이성적 '나'는 생명에의 지향을 느끼지 못하지만 동물적 '나'는 생명에의 지향으로 인해 고통을 겪어야 한다. 그렇다면 거기에 남은 결론은 오직 하나, 생명으로부터 벗어나는 것이다.

현대의 염세주의 철학자들(쇼펜하우어, 하르트만)은 생명을 부정하면서 문제를 이렇게 불성실하게 풀어나간다. 즉 그들은 생명을 부정하면서 생명으로부터 벗어날 좋은 기회를 이용하지 않고, 여전히 생명 속에 머물러 있는 것이다. 그런가 하면 자살하는 사람들은 세상에 악 이외에 아무것도 없다고 생각하며 생명에서 벗어남으로써 문제를 나름대로 진정으로 해결하고자 한다. 그들에게 자살은 인생의 불합리에서 벗어나는 유일한 출구이다.

염세주의 철학이나 아주 일반적인 자살론자들의 결론은 이러하다. 동물적인 '나'가 있고 그 속에는 생명에의 집착이 존재하며, 생명에의 집착을 가진 이 '나'는 만족을 얻을 수 없다. 그런데 다른 '나', 이성적 '나'가 있는데, 그 속에는 생명에의 집착이란 전혀 없다. 이 '나'는 오직 생명의 모든 그릇된 기쁨과 동물적 '나'의 욕망을 비판적으로 관조하고, 그 모든 것을 부정할 뿐이다.

첫 번째 '나'에 몸을 맡기면, 나는 무의미하게 살아가며 불행 속으로 점점 더 깊이 빠져들 것이다. 두 번째 '나', 이성적 '나'에 몸을 맡기면 내게는 생명에의 집착이 존재하지 않는다. "내가 살고 싶은 대로 오직 그대로 개체의 행복을 위해 살아가는

것은 어리석은 일일 뿐 아니라 불가능한 일이라는 것을 이 '나'
는 알고 있다. 이 이성적 의식을 위해서도 살아갈 수는 있을 것
이다. 그러나 그럴 이유가 무엇인가? 나는 살고 싶지 않다. 내
가 나온 근원인 신에게 봉사하며 살아간다? 하지만 신이 있다
면 그에게는 나 외에도 섬길 자들이 많고도 많을 것인데 왜 굳
이 내가 해야 한단 말인가? 지루하지만 않다면, 생명의 이 모
든 게임을 구경하는 것도 괜찮을 것이다. 하지만 지루하다면
나는 죽음으로 떠날 것이다. 그래서 나는 자살한다."

솔로몬과 부처 이전에 인류가 도달했던 생명의 모순에 대한
견해는 대략 이런 것이다. 그런데 현대의 그릇된 교사들이 지
금 그런 논리로 돌아가고자 한다.

개체의 요구는 극도로 불합리한 경지에 이르고 있다. 깨어난
이성은 그것을 부정한다. 그러나 개체의 요구는 너무나 증대하
여 인간의 의식을 덮어버렸다. 개체의 요구에 비추어 보면 이
성이 생명 전체를 부정하는 것처럼 보인다. 생명에 대한 의식
중에서 이성이 부정하는 모든 것을 제거해버린다면 남는 것이
무엇이 있겠는가. 개체의 요구에 빠진 사람은 남아 있는 것을
볼 수가 없다. 그 속에 여전히 생명이 있지만 그에게는 아무것
도 없는 것 같이 보이는 것이다.

그러나 어둠 속에서도 빛은 빛나고 어둠은 빛을 가릴 수 없
는 법이다. 진리의 교의는 이런 딜레마(의미 없는 생존을 계속할
것인가, 아니면 거부할 것인가)를 알고 있고 해결하고 있다.

진리의 교의는 항상 행복에 대한 교의라고도 불리는데, 이

교의가 가리키는 것은, 사람들은 동물적 개체를 위해 추구하는 저 기만적인 행복이 아니라, 즉 언젠가 어디선가 얻을 수 있는 그런 행복이 아니라 그들 자신과 일체인, 손에 넣을 수 있는 그런 실제적 행복을 항상 가지고 있다는 것이다.

이 행복은 단지 머릿속에서 추론되어 나온 것이 아니며, 어딘가 다른 곳에서 찾아야만 하는 그런 것도 아니며, 언제 어느 곳에서 누가 주겠다고 약속한 것도 아니다. 그것은 타락하지 않은 인간의 영혼이 아무런 매개 없이 직접 이끌려가는 행복으로, 인간이라면 누구나 아주 잘 알고 있는 것이다.

모든 사람들은 아주 어렸을 때부터 개체의 동물적 행복 외에 보다 훌륭한 행복이 있으며, 이 행복은 동물적 개체의 욕정을 충족하는 것과 무관할 뿐만 아니라 그 반대로, 동물적 개체의 행복을 포기하면 포기할수록 더 커지는 것이라는 점을 알고 있다. 인생의 모든 모순을 해결하는 이 감정, 인간에게 최고의 행복을 가져다주는 이 감정을 인간은 모두 잘 알고 있다. 그것은 바로 '사랑'이라는 감정이다.

생명은 이성의 법칙에 복종하는 동물적 개체의 활동이다. 이성은 동물적 개체로서의 인간이 자신의 행복을 위해 따라야만 하는 법칙이다. 그리고 사랑은 인간의 유일한 이성적 활동이다.

동물적 개체는 행복에 집착하지만, 이성은 인간에게 그런 행복이 기만적이라는 것을 깨우쳐주고 하나의 길을 남겨 놓는다. 이 길에서의 활동이 바로 사랑이다.

동물적 개체로서 인간은 행복을 요구하지만, 이성적 의식은

인간에게 서로 투쟁하는 존재의 참담한 상황을 가르치고, 동물적 개체를 위한 행복이란 있을 수 없다고 가르치고, 인간에게 가능한 유일한 행복이란 다른 존재와의 투쟁도, 행복의 중단이나 권태도, 죽음의 환영이나 공포도 없는 그런 행복이라고 가르친다.

그리하여 인간은 이성이 그에게 유일하게 가능한 것이라고 가리키는 그 행복을 가져다주는 감정, 즉 사랑이라는 감정을 자신의 영혼에서 발견하게 된다. 사랑의 감정은 특정한 자물쇠에만 맞게 만들어진 열쇠처럼, 이전까지 모순으로 보였던 인생의 문제를 해결해준다. 그뿐만 아니라 사랑의 감정은 바로 그 모순 속에서도 자기 발현의 가능성을 찾아낸다고 말할 수 있다.

동물적 개체는 자기 목적을 위해 인간의 개체성을 이용하려 한다. 하지만 사랑의 감정은 인간을 다른 존재들의 이익을 위해 자기 존재를 바치도록 이끈다.

동물적 개체는 고통을 받는다. 바로 이 고통과 고통의 경감이 사랑이라는 활동의 중요한 대상이다. 동물적 개체는 행복을 추구하면서 매 순간마다 최악의 방향으로, 죽음의 방향으로 돌진한다. 그리고 죽음에 대한 환영은 개체의 모든 행복을 파괴해버린다. 그러나 사랑의 감정은 이 공포를 무너뜨릴 뿐만 아니라, 인간이 타자들의 행복을 위해 자신의 육체적 존재까지 남김없이 희생할 수 있게 한다.

23.   자기 삶의 의미를 알지 못하는 자에게
       사랑의 감정은 나타날 수 없다

누구나 사랑의 감정에 뭔가 특별한, 생명의 모든 모순을 해결해줄 수 있는 뭔가가 있다는 것을 알고 있다. 사랑의 감정은 생명이 지향해 마지않는 완전한 행복을 가져다주는 것임을 누구나 알고 있는 것이다. 생명을 이해하지 못하는 자들은 이렇게 말할 것이다. "그러나 이런 감정은 아주 가끔씩만 찾아와 잠시 머물 뿐이고, 결국 이후에는 더 힘든 고통이 따르지 않는가?"

이런 사람들은 사랑을 생명의 유일한 합법적 발현으로 보지 않는다. 이들에게 사랑은 생명 속에 나타나는 수천 가지 우연한 것들 중 하나, 즉 인간이 존재하는 동안 경험하게 되는 수천 가지 서로 다른 감정 상태 중 하나로밖에 여기지 않는 것이다. 사람은 때로 옷치장으로 멋을 부리기도 하고, 학문이나 예

술에 빠지기도 하고, 봉사나 공명심, 물건 사 모으기 따위에 빠지기도 하고, 누군가를 사랑하기도 한다. 생명을 제대로 이해하지 못하는 사람들에게 사랑의 감정은 생명의 본질이 아니고 우연한 감정에 지나지 않는다. 그것은 인간이 살아가면서 자기 의지와는 무관하게 겪게 되는 다른 수많은 감정들과 같은 것일 뿐이다. 심지어 사랑은 생명의 올바른 흐름을 파괴하는 어떤 잘못된 괴로운 감정 같은 것이라는 말이나 글도 종종 만날 수 있다. 그것은 마치 해가 뜰 무렵 올빼미가 느낄 법한 그런 기분 같은 것이다.

하지만 사실 이런 사람들도 사랑이라는 감정 상태에 뭔가 특별한 것, 다른 감정보다 중요한 뭔가가 존재한다는 것을 느끼기는 한다. 그러나 생명을 이해하지 못하는 사람들은 사랑을 제대로 이해할 수도 없고, 사랑의 감정 상태가 다른 감정 상태와 마찬가지로 참담하고 기만적인 것에 불과하다고 여긴다.

사랑하라고? …… 대체 누구를?
일순간의 사랑에 공들일 것 없어,
영원히 사랑한다는 것은 불가능하지 ……

이 시구는 사랑 속에 생명의 비루함으로부터의 구원과 진정한 행복 같은 뭔가가 있다고 생각하는 사람들의 막연한 의식을 표현하면서, 동시에 생명을 이해하지 못하는 사람들에게 사랑은 구원의 닻이 될 수 없다는 고백도 담겨 있다. 사랑할 사람이

없다면 모든 사랑은 그저 지나가버린다. 따라서 누군가를 사랑하거나 영원히 사랑할 사람이 있을 때에만 사랑은 행복이 될 수 있다. 그러나 그렇지 못하기 때문에 사랑의 구원도 존재할 수 없고, 다른 모든 감정과 마찬가지로 사랑 역시 하나의 기만이자 고통이 되는 것이다.

삶을 동물적 존재 이상의 그 무엇도 아니라고 배우고 가르친 사람들은 사랑을 달리 어떻게 이해하지 못한다.

그런 사람들의 사랑 개념은 우리 모두가 자연스럽게 결부시키는 사랑 개념과 다르다. 사랑은 사랑하는 사람에게, 그리고 사랑받는 사람에게 행복을 주는 선한 활동이 아니다. 동물적 개체로서 인생을 바라보는 사람들의 관념 속에서도 사랑이라는 말은 자주 접할 수 있다. 그때의 사랑은 한 아이의 어미가 제 아이를 먹이기 위해 다른 굶주린 아이의 어미의 젖을 빼앗는 감정, 그리하여 어찌하면 제 아이를 먹일 수 있을까 노심초사하는 괴로움의 감정 같은 것이다. 그것은 또한 아비가 제 자식을 먹이기 위해 굶주린 자의 마지막 빵 한 조각마저 빼앗으려고 고심하는 감정과 같다. 그것은 또한 여인을 사랑하는 사내가 그 사랑으로 괴로워하며, 여인을 유혹하며 괴롭히거나, 혹은 질투심으로 자신과 여인을 파멸로 이끄는 그런 감정과도 같다. 그것은 또한 남자가 여자를 폭력으로 범하는 죄악을 저지르게 만드는 감정이기도 하다. 그것은 또한 어떤 집단에 속한 사람들이 자기 집단을 지키기 위해 다른 집단 사람들에게 위해를 가하게 만드는 감정이기도 하다. 또한 그것은 자신이

좋아하는 일에 매달려 자신을 괴롭게 하고, 주위 사람들에게 슬픔과 고통을 안겨주는 감정이기도 하다. 그것은 또한 사랑하는 조국에 가해지는 모욕을 참지 못하고, 아군과 적군의 수많은 사상자로 들판을 덮게 만드는 그런 감정이기도 하다.

그뿐이 아니다. 삶을 동물적 개체의 행복으로 이해하는 사람들에게 사랑의 활동은 몹시 곤혹스러운 것으로, 그 감정의 출현 자체가 괴롭기 짝이 없는, 있을 수 없는 일이다. 그러니 생명을 이해하지 못하는 보통 사람들은 이렇게까지 말한다. "사랑에 대해 논하지 말아야 한다. 당신이 보통 겪는 바와 같이, 어떤 사람들을 더 좋아하거나 집착하는 그런 직접적인 감정에 몸을 맡겨라. 그것이야말로 진정한 사랑이다."

사랑에 대해 논하려 해서는 안 되고, 사랑에 대한 논의가 오히려 사랑을 파괴하는 것이라는 그들의 말은 옳다. 그러나 사랑에 대해 논할 필요가 없다는 말은, 생명을 이해하는 일에 자신의 이성을 이미 다 사용하고, 개체로서의 삶의 행복을 포기한 사람들에게나 해당하는 말이다. 그러나 인생을 이해하지 못하고 동물적 개체로서의 행복을 위해 존재하는 사람들은 사랑에 대해 논하지 않을 수 없다는 데 문제가 있다. 그런 사람들은 자신이 사랑이라고 부르는 그런 감정에 몸을 맡기기 위해 어쩔 수 없이 사랑에 대해 따지고 든다. 그런 논의 없이는, 미해결된 문제의 해결 없이는 이런 감정의 발현이 불가능하기 때문이다.

사실 사람들은 남의 자식, 남의 아내, 남의 친구, 남의 조국보다 자기 아이, 자기 친구, 자기 아내, 자기 자식들을 더 좋아하

며 그런 감정을 사랑이라고 부른다.

사랑한다는 것은 일반적으로 선행을 한다는 뜻이다. 그러니 우리 모두가 사랑을 그렇게 이해할 뿐이고 달리 방도가 없어 보인다. 자, 나는 내 아이와 내 아내, 내 조국을 사랑한다. 즉 남의 아이와 아내, 남의 조국보다 내 아이와 아내, 내 조국의 행복을 더 간절히 소망한다. 하지만 오직 아이만을, 오직 아내만을, 오직 조국만을 사랑하는 것은 결코 있을 수 없다. 누구든지 아이와 아내와 조국과 동포 모두를 다 같이 사랑하는 것이다. 그러나 그가 사랑하는 이 서로 다른 존재의 행복의 조건은 서로 긴밀하게 연관되어 있어, 어느 하나를 위해 행하는 어떤 사랑의 활동이 다른 존재를 위한 활동을 방해할 뿐만 아니라 해를 입힐 수도 있다.

바로 여기서 문제가 발생한다. 어떤 사랑을 위해 어떻게 행동해야 할 것인가? 어떤 사랑을 위해 어떤 사랑을 희생할 것인가? 누구를 더 사랑하고, 누구에게 더 많은 선을 베풀 것인가? 아내인가, 자식인가, 아니면 아내와 자식인가, 친구인가? 아내와 자식과 친구들에 대한 사랑을 포기하지 않으면서 사랑하는 조국에 봉사할 수 있는가? 결국 다른 존재에게 봉사하기 위해 요구되는 '나'라는 개체의 희생을 얼마나 감수할 수 있을 것인가? 내가 다른 존재들을 사랑하면서 그들에게 도움이 되고자 할 때, 나 자신에 대한 배려는 얼마나 해야 하는가? 사랑이라는 감정을 분명하게 해결해보려고 해본 적이 없는 사람들에게 이런 문제는 아주 간단해 보인다. 그러나 이 문제는 결코 간단

하지 않고 절대로 답을 얻을 수도 없는 문제들이다.

그리스도에게 한 율법학자가 "이웃이란 누구입니까?"라고 질문한 것은 분명 이유가 있는 것이었다. 이런 질문에 쉽게 답할 수 있다고 생각하는 사람들은 인생의 진정한 조건들을 망각하고 있는 사람들 뿐이다.

만일 우리가 신이라면, 그때는 선택받은 사람들을 사랑할 수도 있을 것이고, 특정한 사람을 선호하는 것도 진정한 사랑이라 할 수 있을 것이다. 하지만 인간은 신이 아니고, 모든 생물들이 서로를 잡아먹으며(말 그대로든, 비유적인 의미에서든) 항상 다른 존재를 자신의 수단으로 삼아 살아가는 그런 생존 조건에 처해 있다. 이성적 존재로서 인간은 바로 이 점을 분명히 보고 인식해야 한다. 모든 육체적 행복은 언제나 다른 존재의 희생을 통해서만 얻어지는 것임을 분명히 알아야만 하는 것이다.

종교적 미신이나 과학적 미신들이, 만인이 모든 것을 마음껏 누릴 수 있다는 미래의 황금시대에 대해 아무리 늘어놓는다 해도, 이성적인 인간은 한 사람에 대한 만인의 투쟁, 한 사람에 대한 한 사람의 투쟁, 만인에 대한 한 사람의 투쟁이 현실 시공간의 존재 법칙이라는 사실을 명백하게 알고 있다.

이 세상을 구성하고 있는 동물적 이해관계의 이런 밀고 밀리는 투쟁 속에서, 생명의 본질을 이해하지 못하는 자들이 상상하는 바와 같은, 어떤 사람을 특정하게 선택하여 사랑하는 것은 불가능하다. 설사 어떤 선택된 자를 사랑하고 있는 경우라

도, 실제로 그 사람은 한 사람만을 사랑하는 것이 결코 아니다. 누구든 어머니를 사랑하면서 아내를 사랑하고, 제 아이를 사랑하고, 친구들과 조국, 그리고 심지어 모든 사람들을 다함께 사랑하고 있다. 그리고 사랑이란 단순한 말이 아니라(누구나 동의하듯) 다른 사람들의 행복을 지향하는 활동이다. 하지만 이 활동은 일정한 순서에 따라 발생하는 것은 아니다. 이를테면 처음에 강렬한 사랑의 요구가 출현했다가 다음에 점점 약해지는 것과 같은 그런 순서는 없다. 사랑의 요구들은 끊임없이 모두 한꺼번에 아무런 순서 없이 나타난다. 내가 조금 사랑하는 어떤 굶주린 노인이 지금 눈앞에 나타나 내가 사랑하는 아이들 몫으로 아껴 놓은 음식을 달라고 내게 부탁한다고 하자. 이때 나는 지금 눈앞의 사랑의 요구와 미래의 더 강한 사랑의 요구 사이에서 어떻게 그 경중을 가릴 수 있을 것인가?

"이웃이란 누구입니까?"라는 율법학자의 질문은 바로 이런 것이다. 누구에게 어느 정도 도움이 되어야 하는가, 사람인가 조국인가, 조국인가 친구들인가, 친구들인가 아내인가, 아내인가 아버지인가, 아버지인가 자식인가, 자식인가 자기 자신인가 (필요할 때 도움이 될 수 있는 존재가 되기 위해), 이런 문제를 도대체 어떻게 풀어야 한다는 말인가.

사실 이 모든 것은 모두 서로 얽혀 있는 사랑의 요구로서, 어느 하나의 요구를 충족하면 다른 요구의 충족 가능성을 빼앗아 버리는 관계에 있다. 만일 내가 언젠가 내 자식들에게 필요할 것이라는 이유로 지금 얼어 죽어가는 남의 아이에게 옷을 주지

않는다면, 역시 마찬가지로 장차 태어날 내 자식을 위한다는 이유로 사랑의 다른 요구들을 따르지 않을 수도 있는 일이다.

조국에 대한 사랑, 자기가 선택한 일에 대한 사랑, 모든 사람에 대한 사랑에 대한 관계도 이와 마찬가지다. 만일 인간이 미래의 커다란 사랑의 요구라는 이름으로 현재의 작은 사랑의 요구를 거부한다고 할 때, 미래의 이름으로 현재의 요구를 얼마나 거부해야 할 것인지 하는 문제가 제기될 것인데, 이 문제는 그가 아무리 노력을 기울이고 원한다 해도 결코 해결하기 힘들 것이다. 따라서 이 문제를 풀 힘이 없는 그로서는 항상 그에게 편리한 사랑의 요구를 선택하게 되는데, 그러나 그것은 사랑이 아니라 자기 개체를 명분으로 살아가는 것과 다름없다는 것은 너무나 자명한 일이 아닌가. 만일 인간이 미래의 더 큰 사랑이라는 이름으로 현재의 작은 사랑의 요구를 자제하는 것이 더 낫다고 결정한다면, 그것은 자신이나 남을 기만하는 것이며, 자기 자신 외에는 그 누구도 사랑하지 않는다는 것을 의미한다.

미래의 사랑이란 존재하지 않는다. 사랑은 단지 현재의 활동일 뿐이다. 지금 현재 사랑을 드러내지 않는 사람은 사랑이 없는 사람이다.

진정한 생명을 지니지 않은 사람들이 생명에 대해 품고 있는 생각에서도 이와 동일한 현상이 일어난다. 만일 인간이 동물이고 이성을 가지고 있지 않다면, 인간은 동물과 마찬가지로 존재하며, 생명에 대해 논하지 않을 것이다. 그저 동물적 생존이 당연하고 행복한 일인 것이다. 사랑에 관한 것도 마찬가지다.

만일 인간이 이성을 지니지 않은 동물이라면, 동물이 제 새끼와 제 무리를 사랑하는 것처럼 사랑의 마음이 끌리는 대로 사랑하면 된다. 그러면서 그는 자신이 제 새끼와 제 무리를 사랑한다는 것을 알지 못할 것이고, 다른 늑대들도 제 새끼와 제 무리를 사랑한다는 사실도 알지 못할 것이다. 이런 사랑은 인간이 현재 처해 있는 의식의 단계에서 가능한 그런 사랑이고 생명이다.

그러나 인간은 이성적 존재이고 다른 존재들도 역시 자기와 같이 자신에 대한 사랑을 가지고 있다는 것을, 그리고 결국 이런 사랑의 감정들이 서로 충돌하여 사랑이라는 관념에 완전히 대립되는 불행한 그 무엇으로 귀결되리라는 것을 직시하지 않을 수 없다.

만일 사람들이 자신의 이성을 한껏 동원하여 그들이 사랑이라고 부르는 그 동물적인 불행한 감정을 정당화하고 강화해낸다면, 그리하여 아주 괴물적인 크기로 이 감정을 키워낸다면, 이 감정은 선한 것이 아닐 뿐만 아니라 인간 속에서 나올 수 있는 가장 사악하고 끔찍한 동물적 감정이 되어 버릴 것이다. 그것은 아주 오랜 진리이다. 복음서는 이렇게 묻고 있다. "네 속에 있는 빛이 어둠이라면, 그 어둠은 어떠하겠느냐?" 만일 인간에게 자신과 자식들에 대한 사랑 외에 아무것도 없다면, 오늘날 인간들 사이에 퍼져 있는 죄악의 99퍼센트는 존재하지 않을 것이다. 오늘날 죄악의 99퍼센트는 사람들이 사랑이라 부르며 찬사를 보내는 거짓된 감정에서 유래한다. 동물적 생명이

인간의 생명과 유사해 보이듯이 그런 거짓된 감정도 사랑과 유사하게 닮아 있다.

생명을 이해하지 못하는 사람들이 사랑이라고 부르는 것은 그저 자기 개체의 행복의 어떤 조건들을 다른 조건들에 비해 선호한다고 말하는 것에 다름없다. 생명의 의미를 이해하지 못한 사람이 자신의 아내나 아이, 친구를 사랑한다고 말할 때, 그것은 단지 그 아내와 아이와 친구의 존재가 그의 개체로서의 행복을 증진시켜주는 것이라고 말하는 것에 불과하다.

이러한 선호행위와 사랑의 관계는 존재와 생명의 관계와 같다. 생명을 이해하지 못하는 사람들은 존재를 생명이라 부르듯이, 개체적 존재를 위한 어떤 조건의 선호를 사랑으로 부르는 것이다.

이런 감정들, 즉 이를테면 자기 자식과 같은 특정한 존재들에 대한 선호나 심지어 과학이나 예술과 같은 특정한 분야에 대한 선호까지도 우리는 사랑이라고 부르곤 한다. 그러나 그런 선호의 감정들은 무한히 다양하고, 보고 느낄 수 있는 동물적 생명이 지닌 온갖 복잡다단한 감정들이다. 그런 감정들은 사랑의 중요한 표지, 즉 행복을 목적과 결과로 삼는 활동을 가지고 있지 않기 때문에 사랑이라 부를 수 없는 것이다.

이런 선호의 감정을 드러내는 욕망은 동물적 개체의 에너지를 보여줄 뿐이다. 어떤 사람을 선호하는 욕망을 사랑이라고 오해하기도 하는데, 하지만 그것은 진정한 사랑을 접목하여 그 열매를 맺게 할 가능성이 있는 야생의 어린 과실수에 불과

하다. 그러나 만일 야생 과실수가 사과나무가 아니라면, 사과를 맺지 못하거나, 맺더라도 달콤하지 않고 씁쓸한 사과를 맺게 되는 것처럼, 특정한 선호의 감정은 진정한 사랑이 아니며 사람들에게 선이 되지 못하거나 오히려 더 큰 악이 될 수 있다. 그런 선호의 감정은 동물적 생명에 일시적으로 부합하는 조건에 대한 선호와 다름없다. 따라서 학문이나 예술, 조국에 대한 사랑은 말할 것도 없고, 여인에 대한 사랑, 자식에 대한 사랑, 친구에 대한 사랑 등과 같이 예찬되어 마지않는 감정들이 세상에 최대의 악을 초래하는 법이다.

24.   진정한 사랑은 개체의 행복을
          포기한 결과로 얻어진다

  진정한 사랑은 동물적 개체의 행복을 포기할 때에만 가능하다. 동물적 개체의 행복이란 존재하지 않는다는 점을 아는 순간부터 진정한 사랑의 가능성이 열린다. 바로 그때에만 생명의 수액은 줄기를 통해 사랑이라는 고귀한 가지로 전해진다. 사랑이라는 고귀한 가지는 동물적 개체에 해당하는 어린 야생 과실수 줄기의 모든 힘을 모아 자라나는 것이다. 그리스도가 직접 설파한 바와 같이, 그의 가르침은 바로 이러한 진정한 사랑의 접목이다. 그리스도는 말하기를 그가, 그의 사랑이 바로 열매를 맺을 수 있는 한 그루 포도나무이며, 열매를 맺지 못하는 가지는 모두 잘려나갈 것이라고 하였다.

  "자기 목숨을 얻는 자는 잃을 것이요 나를 위하여 자기 목숨을 잃는 자는 얻으리라." 그리스도의 이 말은 제 목숨을 사랑하

는 사람은 오히려 제 목숨을 죽이고, 현세의 제 목숨을 미워하는 사람은 오히려 제 목숨을 영원한 생명으로 만들게 된다는 의미다. 바로 이런 말을 이해하는 사람, 이런 말을 생명의 말씀으로 알아듣는 사람, 이런 사람만이 진정한 사랑을 안다고 말할 수 있다.

"아비나 어미를 나보다 더 사랑하는 자는 내게 합당치 아니하고, 아들이나 딸을 나보다 더 사랑하는 자도 내게 합당치 아니하다."[13] "너희가 너희를 사랑하는 자를 사랑하면, 이것은 사랑이 아니니라."[14] "너희는 원수를 사랑하고, 너희를 박해하는 자를 사랑하라."[15]

사람들이 자기 개체를 포기하는 것은 보통 생각하듯이, 제 아버지와 아들, 아내, 친구들, 선량하고 친절한 사람들을 사랑하기 때문이 아니라, 그 개체적 존재의 허망함을 인식하고, 개체의 행복의 불가능함을 인식하기 때문이다. 따라서 인간은 개체로서의 생명을 포기함으로써 진정한 사랑을 인식하게 되고, 아버지와 아들, 아내, 자식들과 친구들을 진정으로 사랑할 수 있다.

사랑은 자신보다, 자신의 동물적 개체성보다 다른 존재들을 더 좋아하는 것이다.

자기 개체의 이익의 포기로 나아가지 못한, 소위 사랑이라고

---

13 〈마태복음〉 10장 37절. — 옮긴이
14 〈마태복음〉 5장 46절. — 옮긴이
15 〈마태복음〉 5장 44절. — 옮긴이

불리는 행위들에 자주 나타나는 바와 같이, 개체의 머나먼 미래의 목적을 얻기 위해 지금 가까이에 있는 이익을 망각하는 것은, 자기 개체의 행복을 위해 다른 것에 우선하여 어떤 존재들을 선호하는 것에 지나지 않는다. 진정한 사랑은 활동적 감정이 되기 전에 먼저 진정한 상태가 되어야 한다. 사랑의 시작, 그 근원은 보통 사람들이 상상하듯이, 감정의 폭발이 아니다. 감정의 폭발은 이성을 흐리게 만들 뿐이다. 사랑의 근원은 이성적이고 밝은 상태이며, 따라서 평온하고 기쁜 상태로서 아이들과 이성적인 사람에게서 볼 수 있는 그런 상태이다.

이런 상태는 모든 사람에게 선의를 보이는 상태로 어린아이들에게 고유한 것이다. 그러나 어른들의 경우 이런 상태는 개체의 행복을 포기할 때만 일어나고, 그 포기의 정도에 따라 획득되는 것이다. 우리는 "나는 상관없어. 나는 필요한 거 전혀 없어"라는 말을 얼마나 자주 듣는가. 이런 말 속에는 사람들에 대해 아무런 사랑도 없다는 태도가 엿보인다. 그러나 사람들에게 적대감이 이는 순간에 한 번이라도 진심으로 자신에게 이렇게 그 말을 말해보자. "나는 상관없어. 난 필요한 거 전혀 없어." 그리고 정말 잠시라도 자신을 위해 아무것도 바라지 말아 보라. 이 간단한 내적 실험을 해보면, 누구나, 자기를 포기하는 순간 그 진실성에 따라 모든 적대감이 곧바로 사라져버리고, 그때까지 그의 가슴 속에 갇혀 있던 만인에 대한 선의의 감정이 마구 샘솟아 오르는 것을 느끼게 될 것이다.

사실 사랑이란 자기보다 다른 존재들을 더 좋아하는 것이다.

우리 모두 그렇게 이해하고 있으며, 달리 사랑을 이해할 방도가 없다. 사랑의 크기는 분수의 크기와 같다. 분자는 남들에 대한 나의 편애나 동정이라고 할 수 있는데 내가 어찌할 도리가 없는 것이다. 하지만 분모는 나 자신에 대한 나의 사랑인 바, 내 자신에 의해, 내가 내 동물적 개체에 부여하는 의미에 따라 무한히 증감될 수 있다. 사랑과 사랑의 단계들에 대한 이 세상의 판단들은 분모에 대해서는 생각하지 않고 분자만을 고려하여 분수의 크기를 판단하는 것과 같다.

개체의 행복을 포기하고, 그로부터 만인에 대한 선의로 나아가는 것에 진정한 사랑의 토대가 존재한다. 자신이든 다른 사람이든, 모든 사람에 대한 진실한 사랑은 바로 이 보편적인 선의 속에서만 자라날 수 있다. 그리고 바로 그런 사랑만이 생명의 진실한 행복을 가져다주고, 동물적 의식과 이성적 의식 사이에 모순으로 보이는 문제를 해결할 수 있는 것이다.

개체를 포기하지 않고, 따라서 그 결과 만인에 대한 선의를 지니지 못한 사랑, 그것은 동물적 생명의 발현에 불과하다. 때로 그런 거짓된 사랑은 차라리 없을 때보다 훨씬 더 참담하고 불합리한 인생을 초래한다. 사랑이라 불리는 편애의 감정은 생존 투쟁을 소멸시키지 못할 뿐만 아니라 개체를 쾌락의 추구에서 해방시키지 못하며, 죽음으로부터 구원하지도 못한다. 그것은 오히려 인생을 훨씬 더 어둡게 만들고, 투쟁을 첨예화하고, 자신과 타인의 쾌락을 향한 탐욕을 강화하고, 자신이나 타인의 죽음에 대한 공포를 더 크게 만든다.

자신의 생명이 동물적 개체의 존재 속에 있다고 여기는 사람은 사랑을 할 수 없다. 사랑이란 그의 생명에 정반대되는 활동이기 때문이다. 그런 사람의 인생은 동물적 존재의 행복만을 추구하지만, 사랑은 무엇보다 먼저 그런 행복의 희생을 요구한다. 진정한 생명을 모르는 사람이 사랑의 활동에 진심으로 헌신하기를 바랄지라도, 진정한 생명을 이해하고 자신의 태도를 바꾸지 않는 한 그 사람은 결코 사랑할 수 있는 상태에 이르지 못할 것이다. 동물적 개체의 행복으로 생명을 이해하는 사람은 평생 동물적 행복의 수단을 키우는 일에만 매달려 재물을 모아 쌓아두고, 다른 사람들을 강제하여 자기의 동물적 행복을 위해 일하도록 만든다. 그들이 그들보다 더 필요한 사람들에게 그 행복을 나누어주는 경우도 실상은 자기 개체의 행복을 위해서일 뿐이다. 이렇게 그 자신이 아니라 다른 사람들의 힘으로 생명이 유지되는 사람들이 어떻게 제 생명을 희생할 수 있다는 말인가? 게다가 선호하는 사람들 중 누구에게 자신의 축적된 재산을 나누어줄 것인지, 누구에게 더 도움을 줄 것인지를 선택하는 것은 더더욱 어려운 일이다.

자신의 생명을 희생할 수 있는 상태에 도달하기 위해 사람은 무엇보다 먼저 제 생명의 행복을 위해 다른 사람들에게서 빼앗은 여분을 돌려주어야만 한다. 그런 후에, 어떤 사람에게 제 생명을 바칠 것인지를 결정하는 그 불가능한 일을 행해야 한다. 누군가를 사랑하는 상태에 들기 위해, 즉 자신을 희생하며 선을 행하기 위해 사람은 먼저 미워하는 마음을, 즉 악을 행하는

마음을 버려야 하고, 자기 개체의 행복을 위해 어떤 사람들을 다른 사람들보다 더 좋아하는 마음을 버려야 한다.

행복을 개체의 생명에서 찾지 않고, 그런 거짓된 행복에 매달리지 않는 사람만이, 그리고 이를 통해 인간에게 고유한 만인에 대한 선의를 제 마음 속에서 풀어낸 사람만이 그와 다른 사람 모두를 언제나 충족시키는 사랑의 활동을 할 수 있다. 식물의 행복이 햇빛 속에 존재하듯 그런 사람의 행복은 사랑 속에 존재한다. 식물은 무엇으로도 가려지지 않는 햇빛을 받으며 어느 쪽으로 자랄 것인지, 빛이 좋은 것인지 아닌지, 다른 더 좋은 것을 기다려야 하는지 아닌지를 물을 수도 없고 묻지도 않으며 세상에 존재하는 단 하나의 빛을 받아들이고 빛을 향해 나아갈 뿐이다. 개체의 행복을 포기한 사람도 이와 같다. 그는 일찍이 다른 사람들로부터 빼앗은 것을 사랑하는 누구에게 주어야 할지, 지금 요구되는 사랑보다 훨씬 더 나은 사랑은 혹시 없는지 따위를 생각하고 따지지 않는다. 그는 그의 손에 닿을 수 있고 그의 눈앞에 있는 사랑에 자신을, 자신의 존재를 바칠 뿐이다. 그런 사랑만이 인간의 이성적 본성에 완전한 만족을 가져다주는 것이다.

25.   사랑은 진정한 생명의
유일하고 완전한 활동이다

자신의 목숨을 다른 사람을 위해 바칠 수 있는 것만큼 고귀
한 사랑은 없다. 사랑은 자신을 희생할 때만이 진정한 사랑이
다. 남에게 자신의 시간과 노력을 바칠 뿐만 아니라 사랑하는
대상을 위해 자기 몸을 희생하고 생명을 바칠 때, 우리는 그것
을 사랑이라 말하며 그런 사랑 속에서 사랑의 보답으로 행복을
얻는다. 그런 사랑이 사람들에게 존재한다는 것, 그것만으로
도 세상은 가치가 있다. 아이를 키우는 어미는 자신을 있는 그
대로 아이에게 바치고 자신의 몸마저 아이의 양식으로 바친다.
그렇지 않다면 아이들은 살아남을 수 없다. 바로 이것이 사랑
이다. 다른 사람의 행복을 위한 노동으로 몸을 소진하고 죽음
에 이르는 모든 노동하는 사람도 바로 이와 같이 자신을 바치
며, 남의 양식을 위해 제 몸을 바친다. 그런데 이런 사랑은 사

랑하는 존재들을 가리지 않는, 즉 희생을 바칠 대상을 구별하고 가리지 않는 사람에게만 가능하다. 자신의 아이를 유모에게 맡기는 어미는 아이를 사랑할 수 없고, 돈을 벌어 쌓아두는 사람은 결코 남을 사랑할 수 없는 것이다.

"빛 가운데 있다 말하면서, 제 형제를 미워하는 자는 아직 어둠 속에 있느니라. 제 형제를 사랑하는 자는 빛 가운데 있는 자이며, 그의 내부에는 유혹이 없느니라. 제 형제를 미워하는 자는 어둠에 있고, 그 어둠 속을 걸으며 어디로 가야할지 모르는데, 어둠이 그의 눈을 멀게 하였기 때문이니라. 말과 혀로 사랑하지 말고, 행동과 진리로 사랑하라. 이에 따라 우리는 진리 속에 있음을 알고, 또한 우리의 마음은 평안할 것이다. 이로써 사랑이 우리에게 온전히 이루어짐은 우리로 심판의 날에 담대함을 가지게 하려 함이니라. 왜냐하면 주처럼 우리도 이 세상에서 그러하기 때문이니라. 사랑 안에 두려움이 없고, 온전한 사랑이 두려움을 내어 쫓나니, 두려움에는 형벌이 있음이라. 두려워하는 자는 사랑 안에서 온전히 이루지 못하였느니라."[16]

바로 이런 사랑만이 사람들에게 진정한 생명을 가져다준다.

"네 마음을 다하고, 네 목숨을 다하고, 네 뜻을 다하여, 너의 주 하나님을 사랑하라. 이것이 크고 첫째 되는 계명이니라."

두 번째 계명도 이와 비슷하다. "네 이웃을 네 몸과 같이 사

---

16 톨스토이는 〈요한1서〉의 여러 곳에 있는 구절을 편집하여 인용하고 있다. ─옮긴이

랑하라." 그리스도는 율법학자에게 이렇게 말했다. "가서 행하라, 하나님과 이웃을 사랑하라, 그리하면 생명을 얻으리라."[17]

진정한 사랑이란 바로 생명 자체이다. 그리스도의 한 제자는 말한다. "우리는 형제들을 사랑하기 때문에 우리가 죽음에서 생명으로 옮아갔음을 아노라." "형제를 사랑하지 않는 자는 죽음에 있는 자이다." 바로 이렇게 사랑하는 자만이 살아 있는 것이다.

그리스도의 가르침에 따르면 사랑은 생명 자체이지만, 이때의 생명은 비이성적인, 고통으로 가득하고 파멸적인 생명이 아니라 축복받는 영원한 생명을 말한다. 우리 모두가 다 그것을 알고 있다. 사랑은 이성의 결론도 아니고 어떤 활동의 결과도 아니다. 사랑은 생명의 즐거운 활동 그 자체이며, 그 활동은 우리를 온 사방에서 감싸고 있다. 어렸을 때 최초의 기억의 순간에서부터 지금까지, 세상의 그릇된 가르침으로 오염되어 사랑을 체험할 가능성을 잃어버린 지금까지, 우리는 자신 속에서 이미 그 활동을 잘 알고 있다.

사랑은 개체로서의 인간의 일시적 행복을 증대하기 위한 집착이 아니다. 진정한 사랑은 특정한 사람이나 대상에 대한 사랑이 아니고, 동물적 개체의 행복을 포기한 후 인간에게 남아 있는, 즉 인간의 외부에 존재하는 행복에 대한 지향인 것이다.

살아 있는 사람이라면 이 축복받은 감정을 모르는 사람이

---

17 〈마태복음〉 22장 37~39절.―옮긴이

누가 있을 것인가. 모두를 사랑하고 싶은 감정, 이웃들과 부모 형제, 악한 사람이나 원수들, 개와 말과 풀 한 포기까지 사랑하고 싶은 감정, 영혼이 생명을 질식시키는 거짓으로 물들지 않은 아주 어린 시절, 오직 모두가 잘되고 모두가 행복하기만을 바라는 감정, 그리하여 모두가 잘되도록 할 수 있는 모든 것을 다하고 싶은 감정, 모두가 잘되고 기뻐하도록 자신을 헌신하고 생명이라도 바치고 싶은 감정, 이 축복받은 온유한 감정을 한 번이라도 느껴보지 않은 사람이 어디 있겠는가. 생명을 질식시키는 거짓으로 미처 오염되지 않은 아주 어린 시절에 우리는 이런 감정을 얼마나 자주 느끼곤 했던가. 바로 이런 감정이 사랑이며, 인간의 생명은 오직 이 사랑 속에만 깃들어 있는 것이다.

생명이 깃들어 있는 이 사랑은 인간의 영혼 속에 희미한 여린 싹으로 현현된다. 하지만 이 여린 싹은 우리가 사랑이라 부르곤 하는 수많은 욕정들, 즉 잡초의 거친 싹들과 비슷한 모양이다. 이 싹은 더욱 자라나 새들이 둥지를 트는 나무가 될 것이지만, 처음에는 사람들 눈에 다른 싹들과 똑같아 보인다. 잡초의 싹들이 처음에 더 무럭무럭 자라는 것을 보고 사람들은 그것을 더 좋아하기조차 한다. 반면 생명의 유일한 싹은 시들시들하고 말라 죽어가는 것처럼 보인다. 그러나 그보다 더 자주 발생하는 더 나쁜 상황은, 사람들이 잡초의 싹들 속에 진정한 생명, 진정한 사랑이 존재한다는 말을 듣고, 진정한 사랑의 여린 싹을 짓밟아버리고, 그 대신 다른 잡초의 싹을 사랑이라 부

르며 키워 간다는 것이다. 아니 그보다 더 나쁜 상황은, 사람들이 거친 손으로 사랑의 싹을 움켜쥐고, "바로 이거야. 찾았어! 우리는 이제 이걸 알아. 우리가 이걸 키울 거야. 사랑이야! 사랑! 이게 바로 지고의 감정이야!"라고 외치면서, 그것을 옮겨심고, 바로 세우고, 움켜잡고 하다가 결국에는 짓뭉개버려 제대로 자라지 못하고 죽여버리는 것이다. 그러면 그 사람들이나 또 다른 사람들은 "이 모든 게 어리석고 쓸데없는 짓이야, 감상에 불과해"라고 말한다. 처음 나타날 때 사랑의 싹은 너무나 여린 것이어서 손이 닿는 것을 견디지 못한다. 사랑은 완전히 성숙했을 때만 비로소 그 힘이 강력한 것이 된다. 사람들이 이 사랑의 싹에 가하는 어떤 짓도 그것을 상하게 할 뿐이다. 사람이 할 수 있는 것은 오직 하나, 이 싹을 키우는 이성의 태양을 아무것도 가리지 못하게 하는 것이다.

26. 존재 조건의 개선이라는
불가능한 목적에 매달리는 것은
진실한 생명의 가능성을 빼앗을 뿐이다

동물적 존재의 환상과 기만을 인식하고 사랑이라는 단 하나의 진실한 생명을 자신 속에서 해방시켜낼 때만이 인간은 행복할 수 있다. 그런데도 이 행복을 얻기 위해 인간은 대체 무엇을 하고 있는가? 사람들은 개체의 점진적인 파멸과 불가피한 죽음으로 다가가고 있을 뿐이다. 그들은 이 사실을 모를 리 없으면서도, 살아 생존하는 동안 어떻게 해서든 이 죽어가는 개체를 붙잡고 욕정을 충족하기에만 정신이 팔려 있다. 결국 그들은 삶의 유일한 행복인 사랑을 제 속에서 제거해버리는 일에만 매달려 있는 것이다.

진정한 생명을 알지 못하는 사람들은 평생을 오로지 생존 투쟁만을 위해 살아가고, 고통을 피하고 쾌락만을 좇고 불가피한 죽음으로부터 도피하려고만 한다.

그러나 쾌락의 증대는 투쟁의 강도를 높이고 고통에 대한 느낌을 더욱 높이고 죽음을 앞당길 뿐이다. 다가오는 불가피한 죽음을 외면하기 위한 단 하나의 방법은 쾌락을 더욱 증대시키는 것이다. 그러나 쾌락의 증대는 한계점에 이르면 더 이상 증대되지 못하고 고통으로 바뀌게 된다. 그리하여 남는 것은 고통에 대한 느낌과 그 고통 속에서 시시각각 다가오는 죽음에 대한 공포뿐이다. 어떤 하나가 다른 것의 원인인데, 그 하나가 다른 것을 강화하는 악순환이 반복되는 것이다. 생명을 이해하지 못하는 사람들이 주로 두려워하는 것은, 그들이 쾌락이라고 여기는 것(부유한 삶의 온갖 쾌락들)을 사람들과 공평하게 나누어 가질 수 없고, 남에게서 빼앗아야만 한다는 점이다. 그리하여 그들은 쾌락을 빼앗기 위해 폭력과 악행을 저지를 수밖에 없는데, 그런 폭력과 악행은 사랑이 자라날 수 있는 선의의 가능성을 뿌리째 뽑아버린다. 쾌락은 항상 사랑에 직접적으로 대립하는 것이며, 쾌락이 강할수록 그 대립은 더욱 강해진다. 쾌락을 얻기 위한 활동이 더욱 강하고 긴장된 것일수록 인간의 유일한 행복으로서 사랑의 가능성은 더더욱 불가능한 것이 된다.

이 모든 것은 이성적 의식이 생명을 인식하는 것과 같이 그렇게 생명을 이해하지 못하기 때문에 일어나는 일이다. 이성적 의식은 동물적 개체성이 이성의 법칙에 항상 복종하는 것이라고 말한다. 그것은 눈에 보이지 않지만 한 순간도 의심의 여지가 없는 진실이다. 이성의 법칙은 모든 사람들에 대한 선의가

인간에게 고유한 것이며, 거기에서 사랑의 활동이 흘러나온다고 말한다. 그러나 사람들은 생명을 일정한 시간 속에 있는, 모든 다른 사람들에 대한 선의의 가능성을 배제하도록 우리가 만들어 구성하는 일정한 조건 속에 있는 육체적 생존으로만 이해하려고 한다.

세속적 교의를 신봉하는 사람들은 잘 알려진 바와 같은 그런 생존 조건을 구축하는 데에 이성을 쏟아붓는다. 그런 사람들에게 생명의 행복 증진이라는 것은 생존을 위한 훌륭한 외적 조건의 구축으로만 보인다. 그런데 그 생존을 위한 훌륭한 외적 조건의 구축이라는 것은 다른 사람들에 대한 최대한의 폭력에 의거하는 것으로 사랑과 정반대의 것이다. 따라서 외적 조건을 훌륭하게 구축할수록 사랑의 가능성, 생명의 가능성은 그만큼 더 줄어들 뿐이다.

동물적 생존의 행복이란 것은 누구에게나 똑같이 영(0)과 같은 것이라는 사실을 사람들은 이성으로 이해하고자 하지 않는다. 오히려 그들은 이 영을 증감이 가능한 크기로 생각하고, 이 가상의 것을 크게 만들고 증대시키는 일에 그나마 남아 있는 모든 이성을 쏟아붓는다.

사람들은 영에다 그 무엇을 아무리 곱해도 그대로 영일뿐임을 알지 못한다. 마찬가지로 그들은 동물적 개체로서의 어떤 생존도 비참한 것일 뿐이며, 따라서 그 어떤 외적 조건들로도 행복을 얻을 수 없다는 것을 알지 못한다. 사람들은 어떤 하나의 생존, 이를테면 육체적 생존이 타자의 생존보다 행복할 수

없다는 것을 보려하지 않는다. 그것은 마치 호수 표면의 어느 곳의 물이 호수 전체의 수위보다 더 높을 수 없는 것과 같은 이치이다. 자신의 이성을 왜곡시킨 사람들은 이런 사실을 알지 못하고, 이 불가능한 일에 왜곡된 이성을 사용한다. 그들은 자신의 생존을 이 불가능한 일에, 즉 호수의 여러 곳에서 물을 수위보다 더 높이 끌어올리려는, 물장난하는 아이들이 맥주 만들기라고 부르는 장난과 유사한 일에 바친다.

그들에게 생존이라는 것은 좀 더 잘 살고 좀 더 못사는 것, 좀 더 행복하고 좀 덜 행복한 것으로 보일 뿐이다. 그들이 보기에, 가난한 노동자나 병든 사람의 생존은 나쁘고 불행하며, 부자나 건강한 사람의 생존은 훌륭하고 행복한 것이다. 따라서 그들은 자신의 모든 이성의 힘을 기울여 나쁘고 불행하고, 가난하고 병에 걸린 생존을 피하고, 훌륭하고 부유하며 건강하고 행복한 생존을 이루고자 애쓴다.

그리하여 가장 행복하다는 가지각색의 삶을 구축하고 유지하려는 방법들이, 그리고 인생의 가장 훌륭하다는 강령들이(그들은 동물적 생존을 이렇게 부른다) 누대에 걸쳐 유산으로 전승된다. 어떤 사람들은 부모로부터 물려받은 행복한 '인생'을 어떻게든 더 잘 유지할 수 있을까 노심초사하고, 뭐든 새로운, 더 행복한 '인생'을 만들어보려고 애를 쓴다. 그들은 물려받은 생존 조건들을 유지하거나, 그들 생각에 더 훌륭하고 새로운 조건을 구축하면서 자신들이 뭔가를 하고 있다고 여기는 듯하다.

사람들은 이런 기만 속에서 서로를 북돋우며, 그 무의미함이

그들 자신에게도 명백한 것이 아닐 수 없는 이런 물장난 속에 삶의 의미가 존재한다고 진심으로 확신한다. 이런 확신은 너무나 강한 것이어서, 그들은 진리의 교의 속에서도, 살아 있는 사람들의 실제 사례에서도, 그리고 이성과 사랑의 목소리에 결코 끝까지 눈감을 수 없는 그들의 황폐한 가슴에서도 명백히 들을 수 있는 진정한 생명에 대한 호소를 경멸적으로 외면하고 만다.

그리하여 깜짝 놀랄 일이 벌어지게 된다. 불이 난 건물에서 양들을 끌어내리려는데, 양들은 오히려 불구덩이로 내던지는 줄 오해하고, 구원하려는 사람들에 맞서 있는 힘을 다해 싸운다. 사랑의 삶을 살 수 있는 가능성을 가진 엄청나게 많은 사람들이 바로 이런 상황의 양들과 똑같이 행동하고 있는 것이다.

사람들은 죽음에 대한 공포 때문에 죽음으로부터 벗어나려 하지 않고, 고통에 대한 공포 때문에 자신을 고통스럽게 만들며 자신들의 유일한 행복과 생명을 잃어가고 있다.

27.　죽음의 공포는 생명의 해결할 수 없는 모순에 대한 의식일 뿐이다

"죽음은 존재하지 않는다." 진리의 목소리는 사람들을 향하여 이렇게 말한다. "나는 부활이요 생명이니, 나를 믿는 자는 죽어도 살리라. 무릇 살아서 나를 믿는 자는 누구든 영원히 죽지 않으리라. 너희는 이것을 믿느냐?"

세상의 모든 위대한 스승들은 "죽음은 존재하지 않는다"고 설파한다. 또한 생명의 의미를 깨달은 수백만의 사람들 역시 그렇게 말하고 제 삶으로 그것을 증명하고 있다. 살아 있는 다른 모든 사람들도 의식이 깨어나는 순간이면 자신의 영혼 속에 그와 똑같은 것을 느끼고 있다. 다만 생명을 이해하지 못하는 사람들만이 죽음을 두려워하지 않을 수 없는 것이다. 그들은 죽음을 보고 죽음을 믿는다.

이런 사람들은 격분하여 소리친다. "어떻게 죽음이 존재하지

않는다는 말인가? 그건 궤변이다! 죽음이 우리 눈앞에 있지 않은가. 이미 수많은 사람들을 쓰러뜨리고, 우리도 쓰러뜨릴 것이다. 죽음이 존재하지 않는다고 아무리 말해도 죽음은 여전히 우리 앞에 존재한다. 저 앞에 죽음이 있지 않은가." 마치 그들은 정신병자가 환영을 보고 무서워하듯 죽음을 두려워한다. 정신병자는 환영을 결코 만지고 감지하지 못한다. 그는 그 환영의 의미를 알지 못하지만, 그 상상 속의 환영을 너무나 두려워한다. 그로 인해 그는 너무나 고통스러운 나머지 생명을 버리기까지 한다. 죽음도 이와 같다. 사람은 자신의 죽음을 알지 못하며, 따라서 결코 죽음을 인식할 수 없다. 죽음은 아직 그에게 와닿은 적이 없으므로 사람은 그 의미에 대해 아무것도 알지 못한다. 그런데도 도대체 그는 무엇을 두려워하는 것인가?

생명을 이해하지 못하는 사람들은 이렇게 대답한다. "죽음이 날 덮친 적은 아직 없지만 언젠가 나를 덮치리라는 것은 분명하다. 죽음은 나를 덮쳐 쓰러뜨릴 것이다. 바로 그것이 나를 두렵게 한다."

생명에 대한 그릇된 표상을 가진 사람들이 그 그릇된 표상의 토대에 대해 차분하고 올바르게 다시 생각하고 고찰한다면, '나'라는 존재의 육체적 생존 속에는 모든 존재들 속에 일어나는 죽음이라고 부르는 그런 변화가 반드시 발생할 것이지만, 그렇다고 해서 거기에 불쾌할 것도, 두려울 것도 아무것도 없다는 결론에 도달할 것이다.

나는 죽을 것이다. 여기에 무서울 것이 대체 뭐가 있는가? 내

가 육체적으로 생존하는 동안 수많은 변화가 발생했었고 지금
도 발생하고 있지만, 내가 이 변화를 두려워한 적이 있었던가?
왜 나는 아직 찾아오지도 않은 죽음이라는 변화를 두려워하는
가? 그 변화는 나의 이성과 체험에 반하지 않을 뿐만 아니라
친숙하게 잘 알려진 자연스러운 것이어서, 살아 있는 동안 나
는 항상 죽음이란 동물에게나 사람에게나 불가피한 것이며, 때
로 즐거운 삶의 조건이라고 생각해 왔다. 대체 두려울 것이 무
엇인가?

알다시피 생명에 대한 논리적 시각은 엄밀히 두 가지 뿐이
다. 하나의 관점은 태어나서 죽을 때까지 내 몸에서 발생하는
눈에 보이는 현상들을 생명으로 이해한다. 반면 다른 한 관점
은 내 자신 속에 들어 있는, 보이지 않는 생명 의식을 생명으로
이해한다. 전자는 그릇된 관점이고, 후자는 진실한 관점이지만
둘 다 논리적이다. 사람들은 둘 중 어느 한 관점을 취할 수 있
지만, 어느 관점에서든 죽음의 공포는 존재할 수 없다.

태어나서 죽을 때까지 몸에 발생하는 가시적인 현상들로 생
명을 이해하는 그릇된 전자의 관점은 이 세상만큼이나 오래된
것이다. 많은 사람들이 현대의 유물론적 철학과 과학이 이런
견해를 만들어낸 것으로 생각하지만, 그것은 결코 아니다. 현
대의 과학과 철학은 단지 이 관점을 극한까지 몰고 감으로써,
이 관점이 인간 본성의 근본적 요구들에 부합하지 않는다는 것
을 전보다 더욱 명료하게 보여주었을 뿐이다. 이 관점은 가장
저급한 발전 단계에 있는 사람들의 오래된 원시적 관점이다.

그것은 중국인과 불교도, 유대인에게서도, 〈욥기〉나 각종 격언에서도 볼 수 있는 관점이다. 가령 "너희는 흙이니 흙으로 돌아가리라"와 같은 말은 이 관점을 잘 보여준다.

오늘날 이 관점은 '생명이란 시간과 공간 속에 나타나는 사물의 힘들의 우연한 장난'으로 표현된다. 그렇게 보면, 우리가 자신의 의식이라고 부르는 것도 생명이 아니라 감정의 어떤 기만이며, 생명은 그 기만 속에 있는 것일 뿐이다. 여기서 의식이란 어떤 특정한 상태에서 물질에서 갑자기 타오르는 불꽃으로 상정된다. 이 불꽃은 갑자기 타올랐다가 다시 사그라지고 종국에는 완전히 꺼져버리고 만다. 이 불꽃, 즉 의식은 무한이라는 시간의 양쪽 끝 사이에서 일정 기간 물질로 체험되는 무無에 불과한 것이 된다. 여기서도 의식은 자기 자신을, 그리고 무한한 세계 전체를 바라보며 판단하고, 세계의 우연성이 빚는 모든 장난을 바라보는 것으로 상정된다는 것은 사실이다. 그러나 그럼에도 불구하고 '중요한 점'은, 이런 관점은 비우연적인 무언가를 고려하지 않고, 이 장난을 우연적인 것으로 부른다는 점이다. 그리하여 장난과도 같은 이 의식 자체는 죽은 물질의 소산으로 인식된다. 그것은 우연히 발생하여 아무런 흔적도 의미도 없이 사라져가는 환영에 지나지 않는 것이다. 여기서는 모든 것이 무한히 변화하는 물질의 소산이며, 생명이라고 부르는 것도 죽은 물질의 특정한 상태에 불과하다.

생명에 대한 첫째 관점은 이런 것이다. 물론 이 관점은 전적으로 논리적이다. 이런 관점에 따르면, 인간의 이성적 의식은

물질의 특정 상태에 수반되는 우연적인 것에 불과하다. 우리가 의식 속에서 생명이라고 부르는 것도 환영에 지나지 않는다. 결국 죽은 의식만이 존재한다. 그리하여 우리가 생명이라고 부르는 것은 죽음의 장난일 뿐이다. 이런 생명관에 따르면 무섭고 두려운 것은 결코 죽음이 아니라 생명이다. 불교도나 쇼펜하우어와 하르트만과 같은 새로운 염세주의자들이 생명을 부자연스럽고 불합리한 것으로 여기는 것은 이런 이유에 근거해서다.

생명에 대한 다른 견해도 그러하다. 이 관점에 의하면, 생명이란 내가 내 자신 속에 의식하고 있는 바로 그것일 뿐이다. 나는 내 생명을 의식할 때, 과거의 나와 장래의 나로서(내가 내 생명에 대해 이성적으로 판단하는 대로) 의식하지 않고, 언제나 현재의 나, 언제 어디서도 시작된 바 없고 끝날 바 없는 나로 의식한다. 시간과 공간 개념은 나의 생명에 대한 의식과 결합될 수 없다. 나의 생명은 시간 속에서, 공간 속에서 나타나는 것이지만 그것은 단지 겉으로 나타나는 것에 불과하다. 나에 의해 의식되는 생명 자체는 시간과 공간을 초월하여 의식된다. 그리하여 이런 관점에 의하면 정반대의 결론이 나온다. 생명 의식이 환영이 아니라 시공간적 의식이 환영이 되는 것이다. 따라서 육체적 생존의 시공간적 중단은 전혀 실제적인 것이 아니며, 내 진실한 생명을 중단시키지 못할 뿐만 아니라 파괴시키지도 못한다. 그리하여 이 관점에서도 죽음은 존재하지 않는 것이 된다.

사람들이 두 관점 중 어느 하나를 엄격하게 고수한다면, 어느 관점에서도 죽음의 공포란 존재할 수 없는 것이다.

인간은 동물적 존재로서나 이성적 존재로서도 죽음을 두려워할 이유가 없다. 생명 의식을 지니지 못한 동물이라면 죽음을 보지 못할 것이고, 생명 의식을 지닌 이성적 존재라면 죽음이란 결코 중단되지 않는 자연스러운 물질 운동이라고 생각할 것이고, 그렇다면 죽음에서 동물적인 속성의 죽음 이외에 어떤 것도 볼 수 없을 것이다. 만일 인간이 두려워하는 것이 있다면, 그가 알지 못하는 죽음이 아니라, 동물적이며 이성적인 존재인 그가 오직 알고 있는 생명이다. 죽음의 공포로 표현되는 감정은 생명의 내적 모순에 대한 의식일 뿐이다. 그것은 마치 정신병자가 환영을 보고 공포를 느끼는 것과 똑같은 것이다.

"난 존재하기를 멈추고 죽을 것이고, 내 생명이라고 생각한 모든 것은 죽을 것이다." 하나의 목소리가 이렇게 말한다. 하지만 다른 목소리는 또 이렇게 말한다. "나는 여기 존재하며, 결코 죽을 수도 죽어서도 안 된다. 나는 죽어서는 안 돼. 그런데 죽어가고 있어." 육체적 죽음에 대해 생각할 때 사로잡히는 공포의 원인은 죽음 자체가 아니라 이런 모순 속에 있다. 죽음의 공포는 인간이 자신의 동물적 생존의 중단을 두려워하는 것에 있지 않고, 죽을 수 없고 죽어서도 안 되는 것이 죽어가고 있다고 생각하는 데 있는 것이다. 미래의 죽음에 대한 생각은 현재 진행되는 죽음을 미래로 옮겨 놓은 것에 불과하다. 미래의 육체적 죽음이 현재의 환영으로 나타나는 것은 죽음에 대한 각성

이 아니다. 그 반대로 그것은 인간이 가져야 하지만 가지지 못한 생명에 대한 각성이다. 그것은 인간이 관 속에 들어가 땅에 묻혀서야 생명에 대해 깨닫게 될 그런 것과 유사한 감정이다. 생명이 존재하는데 나는 죽음 속에 있다, 봐라, 저기 죽음이 있지 않은가! 이처럼, 존재하고 존재해야만 하는 것이 죽어가고 있다고 여겨지는 것이다. 그리하여 인간의 머리는 혼란에 빠지고 공포에 떤다. 죽음에 대한 공포 때문에 자살하는 사람들이 많다는 사실은 죽음의 공포가 죽음의 공포 자체가 아니라 그릇된 생명에 대한 공포라는 점을 잘 말해주는 증거이다.

사람들이 죽음을 두려워하는 것은 육체적 죽음과 더불어 생명이 끝난다고 생각하기 때문이 아니라, 육체적 죽음이, 그들이 가지고 있지 않은 진실한 생명의 필요성을 분명하게 보여주기 때문이다. 그렇기 때문에 생명을 이해하지 못하는 사람들은 죽음에 대해 상기하는 것을 그토록 혐오하는 것이다. 죽음에 대해 상기한다는 것은 그들이 이성적 의식이 요구하는 바대로 살고 있지 않다는 것을 인정하는 것과 마찬가지인 것이다.

28.   육체적 죽음은 공간적 육체와 시간적 의식을
파괴하지만, 생명의 토대를 이루는
세계에 대한 각 존재의 특수한 관계를
파괴할 수는 없다

그러나 생명을 알지 못하는 사람들도 그들을 두렵게 만드는
그 환영에 좀 더 가까이 다가가 직접 대면해보면 그 환영은 실
제가 아니라 단지 환영에 불과하다는 것을 알게 될 것이다.

사람들은 육체적 죽음과 함께 생명 자체라고 느끼는 자신의
고유한 '나'가 사라질 것이라고 생각하기 때문에 죽음의 공포
가 발생한다. '나는 죽을 것이고, 육체는 썩어버릴 것이며, 나의
'나'라는 것도 소멸할 것이다. 나의 것인 이 '나' 역시 나의 육
체 속에서 함께 살고 있던 것 아닌가.'

사람들은 자신의 바로 이 '나'를 소중히 여긴다. 이 '나'가 육
체적 생명과 일치하는 것이라고 생각하고 사람들은 그 '나'가
육체적 생명의 소멸과 더불어 소멸될 수밖에 없는 것이라고 결
론을 맺는다.

이런 결론은 아주 평범한 것으로 별다른 의심을 제기하기 힘들다. 하지만 이런 결론은 전적으로 자의적이다. 유물론자로 자처하든 유심론자로 자처하든 사람들은 자신의 '나'가 일정 기간 동안 유지되는 자신의 육체에 깃든 의식이라는 표상에 너무나 익숙한 나머지, 그런 확신이 정당한 것인지 아닌지 검토해보려는 생각조차 하지 않는다.

나는 59년을 살아왔는데, 이 기간 동안 내내 나는 내 육체 속에서 나 자신을 의식해 왔다. 바로 이 의식 자체가 내게는 나의 생명이라고 여겨졌다. 그러나 사실 그것은 내게 그렇게 보일 뿐이다. 정작 내가 산 것은 59년도 아니고, 5만 9,000년도 아니고, 59초도 아니다. 내 자신의 '나'의 생명을 규정하는 것은 나의 육체도, 내 육체의 생존 기간도 결코 아니다. 만약 내가 살아 있는 매 순간, 내 의식 속에서, 나는 도대체 무엇인가라고 자문한다면, 나는 이렇게 답할 것이다. "나는 생각하고 느끼는 그 어떤 것, 즉 아주 독특한 나만의 방식으로 세계와 관계를 맺고 있는 그 어떤 것이다." 나의 '나'라는 것은 다름 아닌 바로 내가 의식하는 것 그 이상 다른 아무것도 아니다. 내가 언제 어디서 태어났는지, 언제 어디서부터 지금 내가 생각하고 느끼는 것처럼 그렇게 생각하고 느끼기 시작했는지, 나는 결코 그 어느 것도 의식하지 못한다. 나의 의식이 내게 말해주는 것은, 오직 내가 존재하고 있으며 나는 지금 내가 서 있는 세계에 대한 관계 속에서 존재하고 있다는 것뿐이다. 내 출생에 대해, 내 어린 시절에 대해, 청년 시절의 여러 시기에 대해, 중년기에 대해,

게다가 아주 최근의 시기에 대해 나는 종종 아무것도 기억하지 못한다. 내가 뭔가를 기억하고 있거나 누군가 내게 나의 과거에 대해 상기시켜 줄 때에도 내게는 그것이 나에 대한 것이 아니라 누군가 다른 사람에 대한 것처럼 여겨진다. 그러니 도대체 무슨 근거로 내가 내 생존 기간 내내 언제나 '하나의 나'였다고 확신할 수 있을 것인가? 나의 육체라는 것도 결코 단 하나의 것이 아니었고 지금도 아니다. 나의 육체는 무언가 비물질적이고 비가시적인 것을 통과해 가는 끊임없이 흐르는 물질이었고 지금도 그러하다. 나는 그렇게 흘러가는 것을 나의 육체라고 인식해 왔던 것이다. 나의 육체는 수십 번도 더 변화했고 오래전 것은 아무것도 남아 있지 않다. 근육도 내장도 뼈도 뇌도 다 변해 왔던 것이다.

내 육체가 단일한 하나라고 여겨지는 것은 항상적 변화 상태의 이 육체를 단일한 하나이자 나 자신의 것이라고 인식하는 비물질적인 무엇인가가 존재하기 때문이다. 이 비물질적인 무엇을 우리는 의식이라고 부른다. 이 의식이 전 육체를 하나로 유지하고 그것을 동일한 나 자신의 육체라고 인식하는 것이다. 자신을 나머지 다른 모든 것과 구별해주는 존재로 의식하는 이런 의식이 없다면, 나는 나의 생명에 대해서도, 다른 그 어떤 생명에 대해서도 전혀 아무것도 알지 못할 것이다. 바로 이런 이유로 언뜻 보기에 모든 것의 토대로서의 의식은 불변의 항상적인 것처럼 여겨진다. 그러나 그것은 옳지 않다. 의식도 항상적인 것이 아니기 때문이다.

우리는 이제까지 살아오면서, 그리고 지금도 매일 잠을 자며 꿈을 꾸기 때문에 꿈이라는 현상을 아주 평범한 것으로 여긴다. 하지만 꿈을 꾸는 동안 우리의 의식이 완전히 멈추는 경우가 있다는 사실을 인정한다면, 꿈이라는 것은 우리에게 결코 쉽게 이해할 수 없는 현상이라는 점을 알 수 있다. 매일 숙면 상태에서 의식은 완전히 끊겼다가 다시 되살아난다. 하지만 이 의식이라는 것은 전 육체를 하나로 유지하고 그것을 자신의 것이라고 인식하게 해주는 유일한 토대가 아니던가. 그렇다면 의식이 끊겨 있을 때 육체는 붕괴되고 그 개별성을 상실해야만 할 것이다. 그러나 그런 일은 자연적인 수면 상태의 꿈에서도, 인위적인 수면 상태의 꿈에서도 일어나지 않는다.

전 육체를 하나로 유지하는 의식은 주기적으로 끊기기도 하지만 육체는 붕괴하지 않는다. 그러나 그 외에도 의식은 마치 육체처럼 변화한다. 10년 전 내 육체의 물질과 지금 내 육체의 물질 사이에 공통적인 것이 아무것도 없듯이, 그리고 단 하나의 동일한 육체가 존재하지 않듯이 내 속에 하나의 의식은 존재하지 않는다. 지금 내 육체의 물질과 30년 전 육체의 물질이 다르듯, 세 살 때 아기로서의 내 의식과 지금의 의식은 완전히 다르다. 하나의 항상적 의식이란 존재하지 않으며, 의식이란 무한히 세분될 수 있는 일련의 연속적 의식이 있을 뿐이다.

이와 같이 전 육체를 하나로 유지하고, 그것을 자기 자신으로 인정하는 의식은 뭔가 동일한 하나가 아니며 단속적이고 변화하는 그 무엇이다. 단 하나의 동일한 육체가 존재할 수 없는

것처럼 우리가 상상하는 자기 자신의 동일한 의식이라는 것은 인간에게 존재하지 않는다. 인간에게 하나의 동일한 육체, 즉 다른 모든 것과 구별해주는 단일한 하나의 육체가 존재하지 않는 것과 마찬가지로 한 인간의 평생의 삶에서 항상적인 단일한 의식은 존재하지 않는다. 있다면 서로 연관된 일련의 연속적인 의식들이 있을 뿐이다. 그럼에도 불구하고 인간은 그것을 자기 자신이라고 느끼는 것이다.

우리의 육체는 불변의 하나가 아니다. 그리고 이 변화하는 육체를 자신의 동일한 육체라고 인정하는 의식은, 시간적으로 연속적인 것이 아니라 일련의 변화하는 의식들 중 하나일 뿐이다. 따라서 우리는 수많은 육체와 의식을 이미 경과해 왔다. 우리는 항상 끊임없이 육체를 상실하고 있고, 매일매일 잠들 때마다 의식을 상실하며, 매일 매 시간 이 의식의 변화를 느끼지만 추호도 그것을 두려워하지 않는다. 따라서 만일 우리가 죽을 때 상실하게 될 것을 두려워하는 자기 자신의 '나'라고 부르는 그 무엇인가가 있다면 그 '나'는 우리가 자신의 것이라고 부르는 그 육체 속에도, 우리가 내내 자신의 것이라고 부르는 그 의식 속에도 존재하지 않는다. 그것은 뭔가 다른 것 속에, 즉 일련의 연속적인 의식들을 하나로 연결해주는 다른 무언가에 존재함이 틀림없다.

그렇다면 시간적으로 연속적인 의식을 하나로 연결해주는 그 무언가는 대체 무엇인가? 가장 근원적이고 특별한 이 나의 '나'는 도대체 무엇이란 말인가? 나의 육체의 실존에 있는 것

도 아니고, 육체 속에서 발생하는 일련의 의식에 있는 것도 아닌, 그러나 시간적으로 연속되는 여러 의식들을 연속적으로 하나로 꿰어주는 축과 같은 이 근본적인 '나'는 대체 무엇인가? 이런 질문은 아주 심오하고 철학적인 것 같지만 누구도 그 답을 모르지 않을 것이다. 어린아이라 해도 하루에 스무 번이라도 대답할 수 있을 것이다. "나는 이걸 좋아해. 그런데 이건 좋아하지 않아." 이런 말은 아주 간단한 것이지만, 거기에는 모든 의식을 하나로 묶어주는 특별한 '나'가 어디에 있는지에 대한 해답이 들어 있다. 그것은 바로 이것은 좋아하지만 저것은 좋아하지 않는 '나'인 것이다. 왜 동일한 한 사람이 이것은 좋아하고 저것은 좋아하지 않는가. 이에 대해 누구도 알지 못한다. 하지만 바로 이 '나'야말로 모든 사람의 생명의 토대를 구성하는 바로 그것이며, 모든 개별적 인간의 시간상의 여러 다양한 의식 상태를 하나로 묶어주는 바로 그것이다. 외부 세계는 모든 사람들에게 똑같이 작용한다. 그러나 아주 동일한 조건 속에서조차 사람들이 외부 세계에 대해 받는 인상은 무한히 다양하고 인상의 강약 역시 무한히 다양하다. 각 개인의 일련의 연속적 의식은 바로 이런 인상들로 구성되어 있다. 어떤 인상들은 현재의 의식에 작용하고, 어떤 인상들은 작용하지 않기 때문에 이 모든 의식들이 일련의 연속된 의식으로 하나로 묶여지는 것이다. 그리고 어떤 인상들이 인간에게 작용하느냐 작용하지 않느냐는 오로지 본인이 어떤 것을 다소라도 좋아하느냐 좋아하지 않느냐에 달려 있다.

다소간의 사랑의 정도에 따라 인간에게 다름 아닌 바로 그 일련의 특정한 의식들이 형성된다. 따라서 무엇을 좋아하고 무엇을 좋아하지 않는 특성만이 특별하고 근본적인 '나'라는 것이며, 이 '나' 속에 다른 모든 단속적이고 분산적인 의식들이 하나로 모이는 것이다. 이런 속성은 우리의 생명 속에서 계속 발전되고 있는 것이기는 하지만, 눈에 보이지 않고 인식되지 않는 과거로부터 현재의 생명으로 우리 자신에 의해 도입된 기득적인 것이다.

어떤 것을 좋아하고 어떤 것을 좋아하지 않는 인간의 이런 특성을 보통 성격이라고 부른다. 이 말은 시공간의 특정한 조건들에 의해 형성되는 인간의 개별적 특성을 의미하는 말로 자주 사용된다. 그러나 이는 옳지 못하다. 어떤 것을 좋아하고 어떤 것을 좋아하지 않는 인간의 근본 특성은 시공간적 조건에서 생겨나는 것이 아니라 그 반대로, 인간이 세계로 들어오면서 어떤 것을 좋아하고 어떤 것을 좋아하지 않는 어떤 속성을 가지고 있기 때문에, 바로 그 때문에 시공간적 조건들이 인간에게 작용하기도 하고 작용하지 않기도 하는 것이다. 완전히 동일한 시공간적 조건에서 태어나 성장한 사람들이 아주 현저히 대립적인 내적인 '나'라는 표상을 지니고 있는 경우가 종종 발생하는 것은 바로 이런 이유 때문이다.

우리의 육체를 하나로 결합해주지만 분산적인 이 모든 의식들을 하나로 묶어주는 것은 아주 특정한 어떤 것인 바, 그것은 시공간적 조건들과 무관하며 초시간적 초공간적 영역으로부

터 우리 자신에 의해 이 세계로 도입된 것이다. 그것은 세계에 대한 나의 특정한 배타적 태도 속에 존재하는 '어떤 것'이며 나의 현재적 '나', 실제 현실의 '나'이다. 나는 나 자신을 이런 근본적 특성으로 이해하고 있다. 만일 내가 다른 사람들을 안다고 말한다면, 그것은 세계에 대한 그들의 특수한 태도를 안다는 것을 의미한다. 진지한 의미에서 다른 사람들과 정신적 소통을 맺고자한다면, 누구나 그들의 외적 특징이 아니라 그 본질로 파고들기 위해, 다시 말해 그들이 세계에 대해 어떤 태도를 취하고 있는지, 그들이 무엇을 얼마나 좋아하고 싫어하는지를 알기 위해 노력하지 않겠는가.

내가 만일 소나 말이나 개라는 동물을 알고 있고 진지한 의미의 정신적 소통을 하고 있다면, 그것은 내가 그들의 외적 특징들을 알고 있다는 의미가 아니라 그 동물들 각각이 취하는 세계에 대한 특수한 태도, 즉 그 동물이 무엇을 좋아하고 싫어하는지를 안다는 것을 의미한다. 내가 동물의 여러 특수한 본성을 알고 있다면, 그것은 내가 그들의 외적 특징들을 안다는 것이라기보다 그들 각각이 세계에 대해 취하고 있는 태도를 안다는 것을 의미한다. 모든 사자는 무엇을 좋아하고, 모든 물고기는 그와 다른 무엇을 좋아하고, 모든 거미는 또 다른 무엇을 좋아한다. 그 동물들은 서로 다른 것을 좋아하기 때문에 내 관념 속에 서로 다른 동물로 구분되는 것이다.

내가 어떤 동물에게서 세계에 대한 그 특수한 태도를 아직 식별하지 않고 있다는 것은 그 동물이 존재하지 않는다는 것을

증명하는 것이 아니다. 그것은 다만 그 동물의 생명을 구성하는, 세계에 대한 그 동물의 특수한 태도가 내가 처해 있는 세계에 대한 태도로부터 멀리 떨어져 있다는 것을 말한다. 즉 내가 거미를 아직 잘 모른다는 것은 실비오 펠리코[18]만큼 거미를 알지 못한다는 것을 의미할 뿐이다.

내가 나 자신과 전 세계에 대해 알고 있는 모든 것의 토대는 내가 존재하는 세계에 대한 나의 특별한 태도이며, 따라서 나는 다른 존재들도 각자 세계에 대한 나름의 태도를 가지고 있다는 것을 알 수 있다. 세계에 대한 나의 특수한 태도라는 것은 현재의 생명 속에서 성립된 것이 아니며, 나의 육체와 더불어 시작된 것도 아니며, 시간상 일련의 연속된 의식들과 함께 시작된 것도 아니다.

시간상 일시적인 나의 의식에 의해 하나로 연결된 나의 육체는 파멸될 수 있고, 시간상 일시적인 나의 의식 자체도 파멸될 수 있지만, 나의 특수한 '나'를 구성하는 것, 즉 세계에 대한 나의 특수한 태도(존재하는 모든 것은 나를 위해 창조되었다는 의식이 여기에서 나온다)는 파멸될 수 없는 것이다. 그러한 태도는 오직 존재할 뿐임으로 파멸될 수 없다. 만일 그것이 존재하지 않는다면, 나는 일련의 연속적 나의 의식들도 알지 못할 것이고, 나 자신의 육체도 알지 못할 것이며, 나 자신의 생명이나

---

18 실비오 펠리코Silvio Pellico(1781~1854): 이탈리아 낭만주의 시인. 《나의 옥중 기록》에서 투옥 중에 거미와 친하게 지내며 거미의 생태를 관찰한 기록을 남겼다.—옮긴이

다른 누구의 생명도 알지 못할 것이다. 즉 세계에 대한 나의 특수한 태도는 현재 이 생명에서 시작되고 발생한 것이 아니기 때문에, 육체와 의식의 파멸이 세계에 대한 나의 이 태도의 파멸이라는 증거가 결코 되지 못한다.

29.   죽음의 공포는 생명에 대한
        그릇된 관념에 의해 만들어진 한 측면을
        전체 생명으로 오인하는 데에서 발생한다

우리는 시간 속에서 나타나는 육체와 일련의 의식들을 결합해주는 자신의 특별한 '나'가 육체적 죽음과 함께 사라져버리지 않을까 두려워한다. 그러나 이 특수한 나의 '나'는 나의 탄생과 더불어 시작된 것이 아니며, 따라서 특정한 시간적 의식이 중단된다고 하여 모든 시간적 의식들을 하나로 연결해주는 것이 파멸되는 것은 아니다.

육체적 죽음은 육체를 함께 하나로 유지해주는 것, 즉 시간적 생명의 의식을 실제로 파멸시킨다. 그러나 알다시피 그런 일은 잠을 잘 때마다 매일 끊임없이 일어나고 있다. 문제는 과연 육체적 죽음이 모든 연속적 의식을 하나로 연결해주는 것, 즉 세계에 대한 나의 특수한 태도를 파멸시키느냐는 것이다. 이를 확인하기 위해서는 무엇보다 먼저 모든 연속적 의식을 하

나로 연결해주는 세계에 대한 이 특수한 태도가 나의 육체적 실존과 함께 태어나고 그와 함께 죽는다는 사실을 증명해야만 한다. 하지만 그런 증거는 어디에도 없다.

내 의식의 토대에 대해 곰곰이 생각해보면, 나는 내 의식들을 하나로 연결해주는 것은 무엇에 대한 호감과 반감이라는 것을 알 수 있다. 그 결과 어떤 것은 내 의식에 남아 있고 어떤 것은 사라져간다. 그것은 선에 대한 사랑과 악에 대한 증오와도 같은 것이다. 결국 나는 나를 구성하는, 특수한 나를 구성하는 세계에 대한 나의 특수한 태도가 어떤 다른 외적 원인에 의해 만들어진 것이 아니라, 그것이 내 생명의 나머지 모든 현상들의 근본 원인이라는 것을 알 수 있다.

이러한 관찰을 토대로 생각해보면, 처음에는 나의 '나'라는 것의 특성이 부모의 특성이나 나와 내 부모에게 영향을 미친 조건들에 그 원인이 있는 것처럼 보인다. 하지만 더 생각해보면, 만약 나의 특수한 '나'가 부모의 특성과 부모에게 영향을 준 조건에서 나온 것이라면, 그것은 다시 나의 모든 선조의 특성과 그들의 존재에 영향을 준 시공간을 초월한 무한한 조건에서 나온 것이라는 결론에 도달하게 된다. 이처럼 나의 특수한 '나'라는 것은 시간과 공간을 넘어 발생한 것이며, 내가 의식하고 있는 바로 그것이다.

나에게 기억되는 모든 의식들과 나에게 기억되는 생명에 선행하는 의식들을 연결하는, 세계에 대한 나의 특수한 태도(플라톤이 말한 것처럼 우리는 모두 자신 속에서 이것을 감지하고 있다)

가 지닌 이 초시간적이고 초공간적인 토대 속에, 바로 이 토대 속에 나의 특수한 '나'가 존재한다. 그리고 우리는 바로 이 '나'가 육체적 죽음과 더불어 파멸해버릴 것이라고 두려워한다.

그러나 모든 의식들을 하나로 연결해주는 것, 즉 인간의 특별한 '나'가 존재하고 시간을 초월하여 언제나 항상 존재한다는 것, 그리고 단절되는 것은 단지 특정한 시간 속의 의식들이라는 것을 이해하면 두려워할 것이 없다. 그것만 이해한다면 우리는 육체적 죽음에 직면하여, 죽음이란 시간상 마지막 의식이 파괴되는 것일 뿐, 매일 잠들 때와 마찬가지로 진정한 인간적 '나'가 파괴되는 것이 아니라는 것을 분명하게 알 수 있을 것이다. 잠을 잘 때 우리의 시간적 의식은 죽을 때와 마찬가지로 중단되지만, 잠자는 것을 두려워하는 사람은 아무도 없다. 죽을 때와 마찬가지로 의식의 파괴가 똑같이 일어나지만, 우리는 그 때문에 잠드는 것을 두려워하지 않는다. 인간이 잠드는 것을 두려워하지 않는 이유가 잠이 들었다가 깨어난 경험이 많기 때문에 이번에도 깨어날 것이라는 판단 때문은 아니다. 그것은 잘못된 판단이다. 그가 1,000번을 잠에서 깨어났다 하더라도 1,001번째에 깨어나지 못할 수도 있지 않은가. 누구도 결코 이런 판단을 하지 않으며, 그런 판단이 그를 편안하게 해주지도 못한다. 그러나 인간은 그의 진실한 '나'가 시간을 초월하여 살고 있다는 것을 알고 있으며, 따라서 시간 속에서 나타나는 의식의 중단이 그의 생명을 파괴할 수 없다는 것을 알고 있다.

만약에 사람이 옛날이야기에 나오듯이 수천 년 동안 잠을 잔다 하더라도 그는 두 시간 동안 잠을 자듯 편안하게 잘 것이다. 시간적 생명이 아니라 진실한 생명의 의식에게 100만 년이라는 시간상의 단절과 여덟 시간이라는 단절은 아무런 차이가 없는 동일한 것이다. 진정한 생명에게 시간이란 존재하지 않기 때문이다.

육체가 소멸하는 것은 오늘 하루의 의식이 소멸하는 것이다. 이제 인간은 육체의 변화에, 그리고 시간상의 의식의 교체에 익숙해져야 할 것이다. 알다시피 이런 변화들은 인간이 자신을 기억할 때부터 시작되었고 끊임없이 일어나고 있다. 인간은 제 몸에 일어나는 이런 변화를 두려워하지 않는다. 아니 두려워하지 않을 뿐만 아니라 더 빨리 변화하기만을 고대하는 경우가 많다. 더 일찍 성장하여 어른이 되고 싶어 하고, 어서 빨리 치료되기를 고대하곤 하는 것이다. 인간은 붉은 고깃덩어리였고, 의식이라고는 오직 식욕뿐이었다. 하지만 이제 성장하여 턱수염이 나고, 분별력이 생기고, 자라난 아이들을 사랑한다. 이런 변화 과정에서 육체에도, 의식에도 변하지 않는 동일한 것은 아무것도 없다. 하지만 인간은 자신을 현재의 상태로 이끈 그런 변화를 결코 두려워하지 않았고 오히려 반가워했다. 그러니 앞으로 다가올 변화에서도 무서울 것이 무엇인가? 소멸? 하지만 이 모든 변화들이 발생하는 토대는 세계에 대한 특수한 태도이고, 진실한 생명의 의식을 구성하는 토대는 육체의 출생에서부터가 아니라 육체와 시간을 넘어 시작된 것이다. 그

러니 대체 그 어떤 시공간적 변화가 그 변화 바깥에 있는 것을 파괴할 수 있다는 말인가? 인간은 자기 생명의 작은 파편 조각 하나에 시선을 집중한 채 생명 전체를 보려 하지 않으며, 특별히 사랑하는 이 한 조각이 시야에서 사라질까봐 두려워하며 떨고 있다. 이는 자신을 유리로 만들어진 존재라고 착각하던 한 미치광이가 한 대 맞더니 '쨍그랑' 소리를 내고 그대로 깨져 죽었다는 일화를 떠올리게 한다. 인간이 생명을 가지기 위해서는 시공간에 드러나는 그 작은 부분이 아니라 전 생명을 취해야만 한다. 전 생명을 취하는 자는 더 많은 것을 얻지만, 그 일부를 취하는 자는 자신이 가진 것도 빼앗기는 법이다.

30.　　　생명은 세계에 대한 태도이다.
　　　　생명의 운동은 새롭고 고귀한 태도의 수립으로
　　　　나아가는 것이다. 따라서 죽음은
　　　　새로운 태도로 나아가는 것이다

　우리는 생명을 세계에 대한 특정한 태도 이외의 것으로 이해할 수 없다. 즉 우리는 자신 속의 생명을 그와 같이 이해하며 동시에 다른 존재들 속의 생명도 바로 그와 같이 이해한다.

　그러나 우리는 자신 속의 생명을 단지 세계에 대해 현재 취하고 있는 태도만이 아니라, 세계에 대한 새로운 태도의 확립으로도 이해해야 한다. 우리는 동물적 개체성을 점점 더 이성에 복종시키고 더 많은 사랑을 발현시킴으로써 그러한 태도를 확립해 갈 수 있다. 우리는 우리 자신 속에서 육체적 실존을 바라보고 그 실존이 소멸해 간다는 것을 보고 있다. 그런 불가피한 사실이 우리에게 가리키는 것은 우리가 현재 취하고 있는 태도가 항상적인 것이 아니며 다른 태도를 수립해 가는 과정이라는 사실이다. 이 새로운 태도의 수립, 즉 생명의 운동 과

정은 죽음이라는 관념을 소멸시킨다. 죽음은 자신의 생명을 세계에 대한 이성적 태도의 수립에, 더 큰 사랑의 발현에 두지 않는 사람에게만 존재할 뿐이다. 그런 사람은 어느 하나를 사랑하고 다른 것은 사랑하지 않는 그런 태도를 유지하며 살아갈 뿐이다.

인간의 생명이란 중단 없는 운동이다. 그러나 처음 생명을 받았을 때의 그런 사랑 수준을 지닌 채 세계에 대한 태도를 바꾸지 않는 사람은 생명이 정지한다고 여기고 거기서 죽음을 떠올린다.

죽음은 바로 그런 사람에게만 보이고 두려운 것이다. 그런 사람에게 생존이란 오직 지속적인 죽음에 불과하다. 그에게 죽음은 미래뿐만 아니라 지금 현재에도 눈앞에 보이는 두려운 것이다. 유년에서 노년에 이르기까지 모든 생명 과정은 그에게 동물적 생명의 감소로 여겨진다. 어려서부터 성년이 될 때까지 존재의 운동은 오로지 힘의 시간적 증대인 것처럼 보이지만, 사실 본질적으로 보면 그것은 신체 기관들의 경화硬化, 즉 유연성과 활력의 감소이며, 그런 감소 과정은 태어나서 죽을 때까지 중단되지 않는다. 따라서 그런 사람은 항상 눈앞에 죽음을 목도하고, 그 무엇으로도 거기에서 벗어날 수 없다. 그런 사람의 그런 처지는 날이 가고 시간이 갈수록 점점 더 악화되기 마련이고, 그 상태를 개선한 방도는 어디에도 없다. 그런 사람에게는 세계에 대한 자신의 특별한 태도, 즉 어떤 것에 대한 사랑과 어떤 것에 대한 증오가 생존의 필수 조건 중 하나로 여겨진

다. 그러니 세계에 대한 새로운 태도의 수립과 사랑의 증대와 같은 생명의 유일한 과제 따위는 전혀 불필요한 일로 여겨지는 것이다. 그런 사람의 전 생애는 생명의 불가피한 감소, 생명의 경화와 약화, 노쇠와 죽음으로부터 벗어나고자 하는 불가능한 몸부림 속에 지나가버린다.

그러나 생명을 이해하는 사람에게는 그렇지 않다. 생명을 이해하는 사람은 세계에 대한 자신의 특별한 태도, 즉 무엇을 사랑하고 무엇을 싫어하는 그런 태도가 그에게 은폐된 과거로부터 온 것이며, 그 자신이 그것을 현재의 생명 속으로 도입한 것임을 알고 있다. 그는 현재의 존재 속으로 자신이 들여온 것, 즉 무엇에 대한 사랑과 증오가 그의 생명의 본질 자체라는 것을 알고 있다. 그는 그것이 생명의 우연적 속성이 아니라, 바로 그것만이 생명 운동이라는 것을 알고 있는 것이다. 그리하여 그 사람은 오직 이 운동에서만, 사랑의 증대에서만 자신의 생명을 의미 있게 여긴다.

생명을 이해하는 사람은 현재의 생명에서 자신의 과거를 보며, 기억나는 일련의 의식들을 통해 세계에 대한 그의 태도가 변화되었다는 것을, 이성의 법칙에의 복종이 더욱 증대되었다는 것을, 사랑의 힘과 사랑의 영역이 중단 없이 증대되었다는 것을 알게 된다. 그 과정에서 그는 더 많은 행복만을 부여받고, 또 때로는 정반대로 비례하여 자신의 개체성의 존재가 축소됨을 알게 된다.

눈에 보이지 않는 자신의 과거로부터 자신의 생명을 수용하

는 이런 사람은 그 생명이 부단히 증대되고 있다는 사실을 의식하면서, 아주 편안하고 기쁜 마음으로 그 생명을 눈에 보이지 않는 미래로 옮겨 간다.

병과 노쇠, 쇠약, 노망 등은 인간의 의식과 생명의 소멸이라고들 말한다. 어떤 사람에게 그렇다는 말인가? 늙어서 다시 어린아이로 돌아간 성 요한의 이야기를 생각해보자. 전설에 의하면 그가 한 말은 단 하나, "형제들이여, 서로 사랑하시오!" 뿐이었다고 한다. 몸도 가누지 못하는 100세 노인이 두 눈에 눈물이 가득한 채, 오직 "서로 사랑하시오"라는 이 한마디만 웅얼거리고 있었던 것이다. 그런 사람에게는 동물적 존재는 거의 사라져버린 것이다. 즉 그의 동물적 존재는 세계에 대한 새로운 태도에 의해, 육체적 인간의 존재에는 자리할 수 없었던 새로운 존재에 의해 모두 흡수되어 버린 것이다.

생명이 실제로 어디에 있는지를 알고 있는 사람은 질병과 노쇠함 속에서 생명이 감소해 간다고 슬퍼하지 않는다. 빛을 향해 나아가는 사람이 빛에 가까이 갈수록 자신의 그림자가 작아진다고 한탄하지 않는 것과 마찬가지다. 육체의 소멸과 함께 생명이 소멸되었다고 믿는 것 역시, 물체가 빛 속으로 완전히 진입하여 그 그림자가 사라진 것을 보고 물체 자체가 소멸되었다고 믿는 것이나 마찬가지다. 그림자만 너무 오랫동안 바라보아서 마지막에 그림자가 사라질 때쯤 그림자를 물체 자체라고 생각하는 사람만이 그런 결론을 내릴 뿐이다.

시공간적 실존에 반영된 정도에 따라서가 아니라, 세계에 대

한 성숙한 사랑의 태도에 따라서 자신을 인지하는 사람에게는 시공간적 조건이라는 그림자의 소멸은 단지 더 밝은 빛을 나타내는 징표일 뿐이다. 인간은 세계에 대한 특별한 태도를 가지고 생존하기 시작하며, 그 태도는 그의 생명 속에서 사랑의 증대에 의해 성장한다. 바로 이렇게 생명을 이해하는 사람은 그 소멸을 믿을 수가 없다. 그것은 세계의 외적 가시적 법칙들을 알고 있는 사람이 양배추 잎 밑에서 그를 발견했다는 어머니의 말을 믿을 수 없고, 그의 육체가 갑자기 어딘가로 휙 날아가서 아무것도 남지 않으리라는 것을 믿을 수 없는 것과 마찬가지다.

31. 죽은 자들의 생명은
현세에서 중단되지 않는다

그러나 다른 측면은 언급하지 않더라도, 죽음에 대한 생각이 미신이라는 것은 우리가 의식하는 생명의 본질 자체를 생각하면 훨씬 더 분명하게 드러난다. 나의 형은 나와 똑같이 살아 있었지만 지금은 나와는 달리 살아 있기를 멈췄다. 형의 생명은 그의 의식이었고 형의 육체적 생존 조건 속에서 존재했었다. 말하자면 이제 그의 의식이 드러날 수 있는 시공간이 없으며, 나에게 그는 존재하지 않는다. 나의 형은 존재했었고 나는 형과 소통하고 있었지만, 이제 그는 존재하지 않고 나는 그가 어디에 있는지 결코 알 수가 없다.

"그 사람과 우리 사이에 모든 관계가 단절되었어. 우리에게 그는 없으며, 우리 역시 우리 뒤에 남은 사람들에게 존재하지 않겠지. 이게 죽음이 아니면 뭐겠어?" 생명을 이해하지 못하는

사람들은 이렇게 말하곤 한다. 즉 그들은 외적 소통의 단절을 의심할 바 없는 죽음의 증거로 보는 것이다. 하지만 그렇다 해도, 죽음이라는 관념이 하나의 환상일 뿐이라는 사실은 다른 어느 것보다 자신과 아주 가까웠던 사람들의 육체적 생존의 단절을 겪을 때 분명하게 확인할 수 있다. 나의 형이 죽었다, 그런데 대체 무슨 일이 일어난 것인가? 내 형이 세계를 대하던 태도는 일정한 시간과 공간 속에서 발현되고 있었는데, 이제 그것이 내 눈에 보이지 않고, 아무것도 남아 있지 않다.

"아무것도 남아 있지 않다." 이것은 아직 나비가 되지 못한 번데기가 고치에서 벗어나와 텅 빈 고치를 바라보며 하는 말과 같다. 생각이 있고 말을 할 수 있다면 고치도 그렇게 말했을 것이다. 제 속에 있던 번데기가 밖으로 나갔을 때, 고치 역시 전혀 아무것도 남아 있지 않다고 느낄 것이기 때문이다. 그러나 인간은 다르다. 나의 형은 죽었고, 그가 머물던 고치는 텅 비어 버렸다는 것은 사실이다. 나는 이제까지 보았던 형식으로는 더 이상 그를 보지 못한다. 그러나 내 눈앞에서 그가 사라졌다는 사실이 그에 대한 나의 태도를 소멸하게 만들지는 못한다. 계속 말해 왔다시피 내게는 그에 대한 기억이 남아 있다.

기억이 남아 있다는 것, 그것은 그의 얼굴과 눈과 팔에 대한 기억이 아니라 그의 정신적 형상에 대한 기억이 남아 있다는 것을 의미한다.

누구나 이해한다고 여기는 너무나 평범한 말, 기억이란 대체 무엇인가? 크리스털이나 동물이 그 형태를 잃어버렸다고 해

서, 크리스털이나 동물들은 그에 대한 기억을 가지고 있지는 않다. 하지만 내게는 친구와 같던 내 형에 대한 기억이 존재한다. 내 형의 인생이 이성의 법칙에 따라 사랑 속에서 존재했다면, 나의 이 기억은 더욱 생생한 것으로 남게 된다. 이 기억은 단순한 관념이 아니라 내게 실제로 작용하며 영향을 주는 그런 무엇이다. 지상에 살아 있을 때 형의 생명이 내게 주던 것과 영향을 여전히 똑같이 내게 주고 있다. 이런 기억은 형이 살아 있을 때, 그를 에워싸고 있던 비가시적이고 비물질적인 분위기와도 같은 어떤 것으로, 나에게도, 또 주변의 다른 사람들에게도 영향을 주던 그런 것이다. 그리고 그것은 그가 죽은 뒤에도 여전히 똑같이 내게 영향을 주고 있다. 이런 기억은 그가 죽은 뒤에도 살아 있을 때와 마찬가지로 내게 여전히 똑같은 응답을 요구한다. 아니 오히려 내게 이런 기억은 형이 살아 있을 때보다 죽은 뒤에 더욱 절실한 것이 된다. 내 형 속에 존재했던 생명의 힘은 형태는 달라졌지만 결코 사라지지 않았고 감소되지 않았을 뿐만 아니라 오히려 전보다 더욱 커지고 더 강하게 내게 작용하고 있는 것이다.

육체적 죽음 이후에도 생명력은 죽음 이전보다 '여전히', 혹은 더욱 강하게 작용한다. 살아 있는 모든 다른 존재와 마찬가지인 것이다. 형이 육체적으로 생존해 있을 때와 똑같이 형의 생명력을 내가 느끼고 있는데, 즉 세계에 대한 나의 태도를 밝혀주었던 형의 세계에 대한 태도를 내가 여전히 느끼고 있는데, 대체 무슨 근거로 나는 나의 죽은 형이 더 이상 생명을 가

지고 있지 않다고 단언할 수 있겠는가? 내가 말할 수 있는 것은, 세계에 대한 저급한 태도를 가지고 있던 상태, 즉 한때 동물적 존재로서 그가 머물러 있었고, 아직도 내가 그대로 머물러 있는 그런 상태로부터 그가 벗어났다는 것뿐이다. 그것이 전부다. 나는 지금 그가 있는 곳, 즉 세계에 대한 새로운 태도의 중심을 알지 못한다고 말할 수 있다. 그러나 내 속에 형의 생명력을 느끼고 있기 때문에, 그의 생명을 부정할 수는 없다. 나는 어떤 사람이 나를 붙잡고 있는 것을 거울처럼 비치는 표면을 통해 바라보고 있었는데, 이제 그 표면이 흐려진 것이다. 나는 더 이상 그 사람이 나를 붙잡고 있는 것을 볼 수 없다. 그러나 그가 여전히 전과 같이 나를 붙잡고 있다는 것, 따라서 여전히 곁에 존재하고 있다는 것을 온몸으로 느끼고 있다.

그러나 그뿐이 아니다. 내 눈에 보이지 않는 죽은 형의 생명은 나에게 영향을 주고 있을 뿐만 아니라 내 속으로 들어와 있다. 내 형의 살아 있는 특수한 '나', 즉 세계에 대한 그의 태도는 나의 것이 되고 있다. 세계에 대한 태도를 수립함에 있어, 그는 마치 자신이 올라갔던 그 수준으로 나를 끌어올리는 것만 같다. 그리고 그는 내 시야에서 사라진 뒤 새로운 다음 단계로 진입하였지만 여전히 나를 이끌고 있다. 나의 살아 있는 특수한 '나'에게 그것은 더욱 명백한 것으로 여겨진다. 나는 내 속에서 이렇게 육체적 죽음으로 잠이 든 형의 생명을 의식하고 있고, 따라서 형의 생명의 존재를 의심할 수 없다. 오히려 나는 나의 시야에서 사라진 이 생명이 세계에 작용하는 것을 목도하

면서, 나의 시야에서 사라진 이 생명의 실재성을 더더욱 확신한다. 한 사람이 죽었지만, 세계에 대한 그의 태도는 살아 있을 때보다 오히려 훨씬 더 크고 강하게 영향력을 미치고 있다. 게다가 이러한 영향력은 이성과 사랑의 크기에 따라 더 성장하고 더 확대되며, 결코 중단이나 단절을 알지 못한다.

그리스도는 육체적으로 짧은 기간 존재했고, 이미 오래전에 죽었으며, 그의 육체적 개체성에 대해 우리는 분명하게 알지 못한다. 그러나 이성과 사랑에 찬 생명, 즉 다른 그 무엇이 아니라, 세계에 대한 그의 태도 자체는 지금까지도 수많은 사람들에게 영향을 미치고 있다. 그 수많은 사람들이 세계에 대한 그의 태도를 자신의 것으로 받아들이고 그로써 살아가고 있다. 대체 무엇이 그렇게 작용하도록 만드는 것인가? 이전에 그리스도의 육체적 생존과 관련되었었고, 바로 그 생명의 지속과 성장을 구성하고 있는 이것은 대체 무엇이란 말인가? 우리는 보통, 그건 그리스도의 생명이 아니고 그 결과라고 말한다. 아무 의미도 없는 그런 말을 하고나서, 우리는 그 생명력이 바로 살아 있는 그리스도 자체라고 말하는 것보다 뭔가 더 분명하고 정확한 것을 말했다고 생각한다. 그것은 마치 도토리 주변을 파헤치던 개미들이 하는 말과 똑같다. 도토리는 싹을 틔우고 자라서 떡갈나무가 된다. 떡갈나무는 흙 속에 뿌리를 내리고, 잔가지와 잎사귀와 새 도토리를 떨어뜨리고, 햇빛을 가리고, 비를 막아주며, 주변의 모든 것을 변화시킨다. 그때 개미들은 이렇게 말하는 것이다. "이건 도토리의 생명이 아니고 그 결

과야. 도토리의 생명은 우리가 끌고 가서 구멍 속에 던져버렸을 때 그때 이미 끝이 났어."

내 형이 어제, 아니면 천 년 전에 죽었다고 해도, 육체적 생존 시에 작동했던 그의 생명력은, 비록 그 일시적 육체적 생존력의 중심이 내 눈 앞에서 사라지긴 했지만, 여전히 내 속에, 그리고 수백, 수천, 수백만의 사람들 속에 더욱더 강하게 작동하고 있다. 이것은 무엇을 의미하는가? 불타고 있는 풀이 있을 때 나는 눈앞에서 그 불빛만을 보게 된다. 풀이 다 타버리는 순간 그 빛은 더욱 강해질 것이다. 나는 그 빛의 원인을 볼 수 없고 무엇이 타고 있는지 알 수 없지만, 풀을 태웠던 그 불이 이제 더 먼 곳의 숲이나 내가 볼 수 없는 그 무언가를 더 태우게 되리라고 결론을 내릴 수 있다. 그 불빛은 이제 내 눈에 보이지 않지만 여전히 나를 지배하고 내게 생명을 부여하는 그런 불빛이다. 나는 오직 이 빛으로 살아가고 있다. 내가 어찌 그것을 부정할 수 있을 것인가? 나는 이 생명의 힘이 내 눈에는 보이지 않는 다른 중심을 지닌 것이라고 생각해야만 한다. 내 눈에 보이지 않지만, 나는 그것을 감지하고 그것으로 움직이며 살아가고 있기 때문에 결코 그것을 부정할 수 없는 것이다. 그 중심이 어떤 것이며 이 생명의 정체가 도대체 무엇인지 나는 알 수 없다. 물론 혼란을 무릅쓰고라도 추측을 좋아하는 사람이라면 이리저리 추측해볼 수는 있을 것이다. 그러나 생명에 대한 이성적 이해를 찾고 있다면 나는 의심의 여지가 없는 분명한 것에 만족하고, 불분명하고 근거도 없는 추측들로 의심의 여지가

없는 분명한 것을 망치고 싶지는 않다. 내가 알아야 할 것은 다음으로 충분하다. 즉 나를 살아가게 해주는 그 모든 것이 내 이전에 살았던 이미 오래전에 죽은 사람들의 생명으로 구성되어 있다는 것, 이 때문에 생명의 법칙을 실행하고, 동물적 개체성을 이성에 복종시키며 사랑의 힘을 발현하는 사람은 누구든지 그 육체적 생존의 소멸 이후에도 다른 사람들 속에서 계속해서 살아갈 수 있다는 것을 아는 것만으로 나는 충분하다. 그것으로 나는 죽음에 대한 어리석고 두려운 미신 따위로 더 이상 괴로워하지 않게 될 것이다.

사후에도 작용하는 힘을 보여주는 사람들을 통해 우리는 개체성을 이성에 복종시키고 자신의 생명을 사랑에 바친 사람들이 왜 생명의 소멸이 불가능함을 결코 의심하지 않았는지 알 수 있다.

그런 사람들의 삶에서 우리는 생명이 중단될 수 없는 것이라는 신념의 근원을 찾을 수 있다. 그리고 나아가 자신의 삶을 깊이 천착하여 바라보면 거기에서도 역시 그러한 신념의 근원을 찾을 수 있다. 그리스도는 생명의 환영이 사라진 뒤에야 그가 살게 될 것이라고 말한다. 그는 자신의 육체가 살아 있을 때 이미 진실한 생명이란 결코 중단되지 않는다는 진실에 도달했기 때문에 그렇게 말할 수 있었던 것이다. 그는 육체가 생존해 있을 때 이미 생명의 다른 중심으로부터 비치는 빛 속에서 살고 있었다. 그는 그 빛을 향하여 나아갔고, 그 빛이 자기 주변의 모든 사람들을 비추고 있다는 것을 살아서 이미 알고 있었던 것

이다. 개체성을 포기하고, 이성과 사랑의 생명으로 살아가는 사람이라면 누구나 그리스도와 같이 그것을 알 수 있다.

활동하며 살아가는 범위가 아무리 좁다 해도(그리스도든, 소크라테스든, 선한 사람이든, 이름 없는 사람이든, 헌신적인 노인이든, 젊은이든, 여성이든), 그 사람이 타인의 행복을 위해 자신의 개체성을 포기하고 살아간다면, 그 사람은 살아 있는 바로 그 자리에서 세계에 대한 새로운 태도로 이미 진입한 것이다. 현생의 생명을 가진 모든 사람들이 해야 할 일은 바로 이런 태도의 확립이며, 이런 태도를 가진 사람에게는 죽음이란 존재하지 않는다.

이성 법칙에의 복종과 사랑의 발현에 자신의 생명의 의미를 두는 사람은 이미 그 생명 속에서, 한편으로는 그가 나아가고 있는 생명의 새로운 중심에서 나오는 빛줄기를, 다른 한편으로는 그를 통과해 가는 이 빛이 주변 사람들에게 미치는 작용을 볼 수 있다. 그리하여 그는 생명의 불멸성과 전일함, 영원한 강화를 확신하게 된다. 불사에 대한 신념을 다른 누구로부터 받을 수 없고, 자신의 불사를 확신해서도 안 된다. 불사의 신념이 있기 위해서는 불사가 존재하도록 해야 하며, 불사가 존재하기 위해서는 자신의 생명이 어디에서 영생하고 있는지를 이해해야만 한다. 미래의 생명을 확신할 수 있는 사람은 생명의 과제를 완수한 사람, 이 세계에서는 아직 그 자리가 없는 새로운 태도를 수립한 사람뿐이다.

32. 죽음에 대한 미신은 인간이 세계에 대한 자신의 다양한 태도를 혼동하는 데에서 발생한다

생명의 진실한 의미를 돌아본다면, 죽음이라는 기이한 미신이 도대체 무엇으로 유지되는지 조금도 이해하기 어렵다. 하지만 어둠 속에서 유령처럼 보이던 것을 자세히 들여다보고 그 정체를 알게 되면 다시는 그 환영에 대한 공포를 느끼지 않는 법이다.

단 하나뿐인 것을 상실할지도 모른다는 두려움, 그것은 어디에서 오는가. 인간은 이성적 의식이 세계에 대해 취하는, 잘 알고는 있지만 눈에 보이지 않는 특수한 하나의 태도로서 생명을 이해한다. 그러나 그뿐만 아니라 인간은 동물적 의식과 육체가 세계에 대해 취하는, 잘 알지 못하지만 눈에는 보이는 두 가지 태도로 이해하기도 한다. 두려움은 생명에 대한 이런 서로 다른 태도로 인해 발생한다.

모든 실존하는 것은 인간에게 (1) 인간의 이성적 의식이 세계에 대해 취하는 태도로서, (2) 인간의 동물적 의식이 세계에 대해 취하는 태도로서, (3) 인간의 육체가 세계에 대해 취하는 태도로서 표상된다. 그런데 인간의 이성적 의식이 세계에 대해 취하는 태도가 제 유일한 생명이라는 것을 알지 못하는 사람은, 제 생명이 동물적 의식과 육체가 세계에 대해 취하는 가시적 태도에 있다고 생각한다. 그런 사람은 개체로서 그의 동물성과 그것을 구성하고 있는 육체성이 파괴될 때, 그것을 이성적 의식이 세계에 대해 취하는 특수한 태도가 소멸한 것이라고 두려워한다.

그런 사람은 자신이 동물적 의식 단계로 전이하는 물질운동에서 발생한다고 여긴다. 이 동물적 의식이 이성적 의식으로 전이하고, 이 이성적 의식이 약화되면서 동물적 의식으로 다시 거꾸로 전이하며, 결국에는 그 동물적 의식이 약화되면서 동물적 의식이 나왔던 죽은 물질로 전이한다고 여기는 것이다. 그의 이성적 의식이 세계에 대해 취하는 태도도 이런 시각에서 보면 우연적이고 불필요하며 파멸적인 그 무엇일 뿐이다. 이런 시각에 따르면 인간의 동물적 의식이 세계에 대해 취하는 태도는 파괴될 수 없는 것이다. 동물은 자신의 종 안에서 자신을 존속하지 않느냐, 그러니 육체가 세계에 대해 취하는 태도는 결코 파멸되지 않고 영원한 것 아니냐, 그런데 가장 고귀하다는 이성적 의식은 영원하지 않을 뿐만 아니라 과잉의, 불필요한 그 무엇인가 잠깐 번쩍인 것에 지나지 않느냐는 것이다.

하지만 사람은 그것이 그렇지 않다는 것을 느끼고 있다. 바로 여기에 죽음의 공포가 존재한다. 이 공포에서 구원받기 위해 어떤 사람들은 동물적 의식이 바로 이성적 의식이라고 확신하고자 한다. 즉 그들은 동물적 인간으로서 자신들이 그의 종족, 즉 후손으로 이어지며 불멸한다고 믿고 싶고, 그럼으로써 그들이 지닌 이성적 의식도 불멸하는 것이라고 확신하고 싶어한다. 또 어떤 사람들은 그 이전에는 결코 존재한 적이 없던 생명이 갑자기 육체의 형태로 나타났다가 사라진 뒤 다시 육체적으로 부활하여 살아날 것이라고 확신하고 싶어 한다. 그러나 이성적 의식이 세계에 대해 취하는 태도에서 생명을 보지 못하는 사람들로서는 이것도 저것도 믿을 수가 없다. 종적으로 인류가 지속된다 해도, 그것이 그들이 끊임없이 요구하는, 자기 자신의 특별한 '나'의 영원성을 충족시키지 못한다는 점이 명백하기 때문이다. 생명이 새로운 시작이라는 이런 개념은 그자체 속에 생명의 중단 개념을 함축하고 있다. 하지만 이전에도 생명이 없었고 언제나 없었던 것이라면, 그 생명은 그 이후에도 있을 수가 없는 것 아니겠는가.

그런 사람들에게, 그리고 다른 많은 사람들에게 지상의 생명은 파도로 여겨진다. 죽은 물질로부터 개체로서의 인간이 나오고, 개체로부터 이성적 의식이 나오며, 이 이성적 의식은 파도의 정점이다. 정상에 오른 파도, 즉 이성적 의식과 개체는 그들이 처음 나왔던 그곳으로 다시 하강하여 소멸한다. 그 어떤 사람에게든 인간의 생명은 가시적인 생명으로 여겨진다. 인간

은 자라서 어른이 되고 죽음에 이르며, 죽음 뒤에 그에게는 아무것도 존재할 수 없다. 죽음 뒤에 그에게서 남는 것, 자손이든 사업이든 그 어느 것도 그를 만족시키지는 못한다. 인간은 그러한 '자신'을 가여워하며, '자신의' 생명의 중단을 두려워하기 마련이다. 그는 여기 지상에서 그의 육체에서 시작된 그의 생명이 바로 여기에서 끝난다는 것을 믿을 수 없고, 이 생명이 다시 부활하리라는 것 또한 믿을 수가 없다.

인간은 자신이 이전에 존재한 바 없고, 무에서 나타나 무로 돌아가 죽는 자라면, 특별한 존재로서 자신은 더 이상 결코 존재하지 않고 존재할 수도 없다는 것을 알고 있다. 인간은 자신이 결코 태어난 존재가 아니며, 언제나 존재했고 존재하고 있으며 앞으로도 존재할 것임을 인식할 때, 그때에만 자신이 죽지 않는다는 것을 인식할 수 있다. 인간은 그의 생명이 파도가 아니라 영원한 운동이라는 것을 이해할 때에만 자신의 불사를 믿을 수 있게 된다. 이 영원한 운동은 이 현생의 생명에서만 파도처럼 보일 뿐이다.

나는 죽을 것이고 내 생명은 끝날 것이라고 생각하면 그 생각으로 괴롭고 두려워진다. 자신이 가엾고 불쌍하기 때문이다. 하지만 무엇이 죽는가? 무엇이 내게 가엾고 불쌍한가? 아주 평범한 관점에서 대체 나는 어떤 존재인가? 무엇보다 나는 육체다. 그래서 어떻다는 말인가? 나는 내가 육체라는 것을 두려워하고 가여워하는 것인가? 그것은 아닐 것이다. 육체나 물질은 언제 어디서도 그 한 조각도 결코 사라지지 않는다. 육체로서

나는 보장되어 있고 사라질 것을 두려워할 이유가 전혀 없다. 모든 것은 그대로 전적으로 존재할 것이다. 그러나 사람들은 아니, 그걸 가여워하는 것은 아니라고들 말한다. 내가 가여워하는 것은 레프 니콜라예비치라든가, 이반 세묘니치라고 하는 그런 '나'라고 말하는 것이다. 하지만 알다시피 누구든 20년 전의 그가 아니며, 매일 또 다른 '내'가 되고 있지 않은가. 가여울 일이 무엇인가? 그럼 또 사람들은 아니, 그걸 가여워하는 것이 아니라고 말한다. 내가 가여워하는 것은 의식, 나의 '나'라는 것이라고 말하는 것이다.

하지만 당신의 그 의식이라는 것도 항상 동일한 하나가 아니라 서로 다른 것이다. 1년 전만 해도 달랐고, 10년 전과 훨씬 그 이전에는 훨씬 더 다른 것이었다. 의식이라는 것은 항상 변화해 왔다는 것을 잘 기억하고 있지 않은가. 그런데 왜 지금 현재의 의식을 특별히 마음에 들어 하고 잃어버릴까봐 안쓰러워하는가? 의식이라는 것이 항상 동일한 것이었다면 이해할 수도 있겠지만, 의식은 항상 변화될 뿐인 그런 것이었을 뿐이다. 그 의식의 시작을 당신은 볼 수 없고 찾을 수도 없다. 그런데 당신은 갑자기 그 의식이 끝이 없는 것이기를 원하고, 지금 당신 속에 있는 의식이 영원한 것이기를 원한다. 자신을 기억하는 순간부터 당신은 계속해서 걸어왔다. 당신은 어떻게 왔는지 알지 못한 채 현생으로 왔지만, 지금 당신이라는 그 특별한 '나'로서 왔다는 사실만은 알고 있다. 그리고 계속 나아가 현생의 절반에 이르러, 무슨 좋은 일이 생긴 것도 아니면서, 두려워 고집을

피우는 것도 아니면서, 당신은 갑자기 그 자리에 멈춰 움직이지 않고 더 나아가려고 하지 않는다. 그 앞에 있는 것이 무엇인지 알지 못하기 때문이다. 그러나 당신은 당신이 출발했던 장소도 역시 알지 못하면서 여기로 왔지 않은가. 당신은 입구로 들어와서는 출구로 나가지 않으려 하고 있는 것이다.

당신의 모든 생명은 육체적 실존을 통한 행진이었다. 당신은 서둘러 그 길을 걸어왔는데, 중단 없이 해 오던 그 일이 갑자기 안쓰럽고 가여워 보인다. 육체적 죽음에 직면하여 당신의 지위에 발생할 커다란 변화가 두려운 것이다. 그러나 그런 커다란 변화는 이미 태어날 때부터 있었던 것이다. 그런 변화에서 당신에게 나쁜 일이라고는 아무것도 일어나지 않았을 뿐만 아니라 오히려 그 반대로, 절대 결별하고 싶지 않은 좋은 일들이 일어나지 않았던가.

무엇이 당신을 위협할 수 있는가? 당신은 현재의 감정, 현재의 생각을 가진 당신을, 세계에 대한 어떤 시각을 가진 당신을, 세계에 대한 현재의 태도를 가진 당신을 가엾고 불쌍해한다고 말한다.

세계에 대한 자신의 태도를 상실할까 두려워한다니, 그 태도란 대체 무엇인가? 그것은 무엇으로 구성되어 있는가?

만일 그 태도라는 것이 당신이 먹고 마시고, 아이를 낳고, 집을 짓고 옷을 입는 것을 의미하고, 다른 사람과 동물에 대해 취하는 이러저러한 태도를 의미하는 것이라면, 당연히 그것은 이성적 동물인 인간 누구나가 취하는 생명에 대한 일체의 태도를

가리킨다. 그렇다면 이런 태도는 결코 소멸되지 않는 것이다. 수백만의 그런 태도들이 언제나 그렇게 존재했고, 존재하고 있으며, 존재할 것이다. 그리고 그들의 종은 물질의 원자처럼 의심의 여지없이 확실하게 유지 보존될 것이다. 종의 강력한 보존력은 모든 동물 속에 견고하게 들어 있는 것으로, 그에 대해서는 걱정할 이유가 아무것도 없다. 당신이 동물이라면 걱정할 것이 아무것도 없고, 당신이 물질이라면 더더욱 그 영원성이 보장되어 있다.

만일 당신이 동물이 아닌 존재라는 특성을 상실할까봐 두려워하고 있다면, 그것은 세계에 대한 자신의 특수한 이성적 태도, 즉 당신이 가지고 이 실존 속으로 들어온 그것을 상실하는 것을 두려워하고 있다는 것을 의미한다. 그러나 사실 당신은 그것이 당신의 탄생과 함께 생겨난 것이 아님을 알고 있다. 그것은 당신의 동물적 탄생과는 무관하게 존재하고 있으며, 따라서 죽음과도 무관한 것이다.

33. 가시적 생명은
생명의 무한한 운동의 일부이다

나의 지상의 생명, 그리고 다른 모든 사람들의 생명은 내게 다음과 같이 보인다.

나와 살아 있는 사람 모두, 즉 우리는 세계에 대한 특정한 태도를 가지고, 일정한 수준의 사랑을 가지고 이 세계 속에 존재한다. 세계에 대한 우리의 이런 태도로부터 우리의 생명도 시작되는 것 같지만, 자신을 관찰하고 다른 사람들을 관찰해보면, 세계에 대한 이런 태도, 우리들 각각이 가진 이 사랑의 수준은 현 생명과 더불어 시작된 것이 아님을 알 수 있다. 그것은 육체적 탄생이라는 현상으로 인해 우리 눈에 가려진 과거로부터 현 생명으로 우리가 가지고 들어온 것이다. 그 외에도 우리는 이곳에서의 우리 생명의 모든 흐름이 우리 사랑의 지속적인 강화와 확대 이외에 다른 그 무엇도 아님을 알 수 있다. 그리고

그 사랑은 결코 중단되지 않고, 오직 육체적 죽음에 의해 우리 눈앞에서 은폐될 뿐이다.

내게 가시적인 생명은 꼭짓점과 밑면 부분이 내 지적 시야에 보이지 않는 원뿔의 한 부분처럼 생각된다. 그 원뿔의 가장 좁은 부분은 세계에 대한 태도인데, 내가 처음으로 나 자신을 의식할 때 취했던 태도이다. 그리고 가장 넓은 부분은 내가 지금 도달해 있는 생명에 대한 최고의 태도이다. 이 원뿔의 시작, 즉 그 꼭짓점은 나의 탄생으로 인해 시간적으로 내게 숨겨져 있고, 원뿔의 연장 부분은 내가 육체적으로 생존해 있을 때에도, 육체적으로 죽음에 이르렀을 때에도 알 수 없는 미래로서 내게 숨겨져 있다. 나는 원뿔의 꼭짓점도, 밑부분도 볼 수 없지만, 나의 '나'가 기억하는 가시적인 생명이 통과하고 있는 일부분을 통해 원뿔의 생김새를 분명히 알 수 있다. 처음에는 원뿔의 이 일부분이 내 생명의 전부인 것처럼 여겨졌다. 그러나 나의 진실한 생명의 운동이 진행되어 가면서, 나는 한편, 내 생명의 토대를 이루고 있는 것이 그 생명의 배후에, 그 경계 너머에 존재한다는 것을 알게 되었다. 즉 나는 생명이 진행되어 감에 따라 보이지 않는 과거와 내가 연관되어 있다는 것을 더욱 생생하고 분명하게 느끼게 되었다. 다른 한편, 나는 생명의 이 토대가 내가 볼 수 없는 미래에 기반하고 있으며, 내가 미래와 연관되어 있다는 것을 더욱 생생하고 분명하게 느끼게 되었다. 그리하여 나는 나의 가시적인 지상의 생명이 내 전 생명의 아주 작은 일부분일 뿐이라고 결론을 내렸다. 내 전 생명은 그 양쪽 끝으로

부터, 즉 태어나기 이전과 죽음 이후에도 여전히 분명하게 존재하고 있지만 내 현재의 인식에는 감추어져 있을 뿐이다. 따라서 탄생 이전의 생명이 비가시적이거나 육체적 죽음 이후 생명의 가시성이 중단된다고 해서 생명의 존재에 대한 명백한 지식을 부정할 수가 없는 것이다. 나는 세계에 대한 사랑이라는 미리 준비된 초월적인 속성을 지니고 현생으로 들어왔다. 길든 짧든 내 육체적 생존은 내가 현생으로 가지고 온 이 사랑을 증대시키는 과정이다. 따라서 나는 내가 태어나기 이전에도 살고 있었고, 내가 생각하며 존재하는 지금 이 순간 이후에도 내 육체적 죽음 이전이나 이후나 그 어떤 순간 이후에도 여전히 살아갈 것이라고 분명히 결론 내릴 수 있다. 나의 외부에서 다른 사람들(심지어 생물체 모두)의 육체적 생존의 시작과 끝을 살펴보면 어떤 생명은 좀 더 긴 듯하고 어떤 생명은 좀 더 짧은 듯하다. 어떤 생명은 보다 이전에 나타나 더 오래 지속되는 것처럼 보이고, 다른 생명은 좀 나중에 나타나 아주 짧게 내 눈앞에 나타났다 사라지는 것처럼 보인다. 그러나 그 모든 생명에서 동일한 하나의 진실한 생명의 법칙이 발현되고 있다는 것, 생명의 빛이 널리 퍼져 나가듯 사랑이 확대되어 간다는 것을 나는 볼 수 있다. 조만간 사람들의 생명의 시간적 흐름을 더 이상 볼 수 없도록 내 눈앞에 장막이 내려쳐질 것이지만, 그러나 그 모든 사람들의 생명은 여전히 그대로일 것이며 다른 모든 생명과 똑같이 시작도 끝도 없이 그대로일 것이다. 어떤 사람이 내 눈에 보이는 이 생존 조건들 속에서 좀 더 오래 살았다거

나 짧게 살았다는 것은 진실한 생명이라는 점에서는 아무런 차이가 있을 수 없다. 내 시야에서 어떤 사람이 좀 더 오래 머무르고 어떤 사람이 좀 더 빠르게 지나가버렸다고 해서 어떤 사람이 더 진정한 생명을 살았고, 어떤 사람이 더 부족한 생명을 살았다고 말할 수는 없다. 만일 내 창가를 어떤 사람이 지나갈 때, 그가 빠르게 지나가는지 천천히 지나가는지 나는 확실하게 알 수 있다. 마찬가지로 나는 이 사람이 내가 보기 이전에도 존재했었고, 내 시야에서 사라진 뒤에도 존재할 것임을 확실하게 알고 있지 않은가.

그런데 도대체 왜 어떤 사람은 빠르게 지나가고 어떤 사람은 느리게 지나가는가? 왜 도덕적으로 경화되고 말라빠진, 우리 시각으로는 사랑의 증대라는 생명의 법칙을 더 이상 수행할 능력이 없어 보이는 늙은이는 살아 있고, 정신의 힘이 가득한 어린이나 젊은이들은 죽어가는 것일까. 정신의 힘이 가득한 이런 사람들은, 우리의 생각에 따르면, 육체적 생명의 조건에서 이제 막 생명에 대한 올바른 태도를 세워가기 시작하고 있는데 왜 벌써 여기서 떠나가야 한다는 말인가?

파스칼[19]이나 고골[20]의 죽음은 그래도 그렇다 할 만 하지만,

---

19 파스칼(1623~1662): 프랑스의 과학자이자 철학자. 기독교의 진리를 설파한《팡세》와《신이 없는 인간의 비참함》등과 같은 철학적 명상록으로 유명하다. ─옮긴이
20 고골(1809~1852): 러시아 소설가. 〈외투〉,《죽은 혼》등이 대표작. 인간의 속물성을 비판하는 현실 풍자적인 세계를 그렸지만 후기에 이르러 광신적으로 종교에 집착하여 비극적으로 사망하였다. ─옮긴이

셰니에[21]나 레르몬토프[22], 그리고 현생에서 훌륭한 정신적 과제를 수행할 수 있을 것 같던 수많은 사람들은 왜 그 일을 막 시작하자마자 떠나야 하는가?

그러나 이 모든 것은 우리에게 그렇게 보일 뿐이다. 우리 중누구도 다른 사람의 생명의 토대에 대해 그 무엇도 알지 못한다. 또 다른 사람 속에서 이루어지고 있는 생명 운동에 대해서도, 다른 사람 속에 있는 생명 운동의 방해물에 대해서도 알 수없다. 그리고 중요한 점은, 다른 한 인간의 생명이 자리잡을 수도 있는 다른 생명 조건들, 즉 우리 눈에 보이지 않지만 있을수 있는 다른 조건들에 대해서 우리가 아는 바 없다는 것이다.

대장장이의 작업을 지켜볼 때, 편자가 거의 다 만들어져 한두 번만 더 내리치면 될 것처럼 보일 때가 있다. 하지만 대장장이는 아직 충분히 담금질되지 않았다는 것을 알고 다시 접어불 속에 넣는다.

진실한 생명의 작업이 인간 속에 완수되었는지 아닌지 우리는 알 수 없다. 우리가 아는 것은 오직 자신에 대한 것뿐이다. 아직 죽어야 할 사람이 아닌데 죽어가고 있다고 우리 눈에 보일 수 있지만, 그런 일은 있을 수 없다. 인간은 오로지 자신의행복을 위해 필요할 때에만 죽는데, 그것은 인간이 자신의 행

---

21 셰니에(1764~1811): 프랑스 시인이며 정치가. 프랑스 혁명에 참여했다.—옮긴이
22 레르몬토프(1814~1841): 러시아 낭만주의 시인이자 작가. 장시 〈악마〉, 장편소설 《우리 시대의 영웅》 등을 통해 천재적인 재능을 선보였으나 이른 나이에 요절하였다.—옮긴이

복을 위해 필요할 때에만 어른으로 성장하는 것과 똑같은 일이다.

실제로 우리가 생명이라는 말을 유사품이 아니라 진정한 생명의 의미로 이해한다면, 그리하여 진정한 생명이 모든 것의 토대가 된다면, 그 토대는 그것이 생산하는 것에 의존하지 않는다. 원인이 결과로부터 나올 수 없는 것과 같이 진정한 생명의 흐름은 그것의 변화무쌍한 발현 양상에 의해 파괴될 수가 없다. 사람에게 종기가 났다거나, 박테리아가 침투했다거나, 총알이 박혔다거나 해서 이 세상에서 막 시작되었고, 아직 끝나지 않은 생명 운동이 중단될 수는 없는 것이다.

폐에 병이 들었다거나 암에 걸렸다거나 총에 맞았다거나 폭탄이 터졌다 해서 인간이 죽는 것은 아니다. 인간이 죽는 것은 이 세상에서 그의 진정한 생명의 행복이 더 이상 증대될 수 없을 때뿐이다. 우리는 보통 육체적 생명으로 살아가는 것이 자연스럽다고 여기고 있다. 따라서 불이나 물, 추위, 번개, 질병, 총알, 폭탄 따위로 죽는 것은 자연스럽지 않다고 여긴다. 그러나 사람들의 생명을 냉정하게 잘 관찰하고 진지하게 생각해본다면 모든 것이 정반대임을 알게 될 것이다. 어디에나 무수히 퍼져 있는 살인적인 세균들 속에서, 그 치명적인 조건들 속에서 인간이 육체적 생명으로 살아간다는 것이야말로 전적으로 자연스럽지 못한 일이다. 이런 조건에서라면 죽는 것이 자연스럽다. 따라서 반대로 이런 파멸적인 조건들 속에서 육체적 생명이 유지된다는 것은 물질적 의미에서 보면 전혀 자연스럽지

못한 것이다. 만일 우리가 살아가고 있다면, 그것은 우리가 제 몸을 잘 간수해서가 아니라 이 모든 조건들을 복종시키는 생명의 어떤 과업이 우리 속에서 이루어지고 있기 때문이다. 우리가 제 몸을 잘 돌보아서가 아니라 생명의 과업을 수행하고 있기 때문에 우리가 살아 있는 것이다. 생명의 과업이 끝나면 이제 그 무엇도 인간의 동물적 생명의 죽음을 멈출 수 없게 된다. 그리하여 이 죽음이 이루어지면 아주 가까이 인간을 항상 둘러싸고 있던 죽음의 원인들 중 하나가 유일한 원인으로 지목될 뿐이다.

우리의 진정한 생명은 존재하며 우리는 오직 그것만을 알고 있다. 동물적 생명은 거기에서 나온 하나에 불과하다. 그런데 진정한 생명에서 파생된 유사품이 불변의 법칙을 따르고 있다면, 그 유사품을 만든 진정한 생명이 어찌 그 법칙에 속하지 않는다고 말할 수 있겠는가?

그러나 우리를 당혹스럽게 만드는 것은, 우리가 외적인 현상에서 원인과 작용을 보듯이 그렇게 우리의 진정한 생명의 원인과 작용을 볼 수 없다는 것이다. 우리는 왜 어떤 사람이 자기 나름의 '나'라는 특성을 가지고 다른 사람은 또 다른 '나'라는 특성을 가지고 생명을 시작하는지 알지 못한다. 또한 우리는 왜 어떤 사람의 생명은 단절되고 어떤 사람의 생명은 지속되는지 알지 못한다. 내가 현존재로 태어날 수 있었던 어떤 원인들이 내가 존재하기 이전에도 존재했던 걸까? 내가 어떻게 살아가느냐에 따라 죽음 뒤의 일이 결정되는 것일까? 우리는 이

렇게 자문하곤 하지만 안타깝게도 그에 대한 답을 얻지는 못한다.

그러나 내 생명 이전에 무엇이 있었고 내 죽음 이후에 무엇이 있을 것인지 내가 지금 알 수 없다고 아쉬워하는 것은 내 시야 너머에 있는 것을 볼 수 없다고 아쉬워하는 것과 마찬가지다. 만일 내가 내 시야 너머에 있는 것을 바라본다면 대신 그 안의 것은 보지 못할 것이다. 하지만 내게는 나의 동물적 행복을 위해서라면 무엇보다 먼저 내 주변의 것을 보는 것이 더 필요하지 않겠는가.

나의 인식의 수단인 이성에 대해서도 마찬가지로 말할 수 있다. 만일 내가 내 이성의 범주 너머의 것을 바라본다면, 나는 그 안의 것을 보지 못할 것이다. 하지만 내 진정한 생명의 행복을 위해 내가 무엇보다 먼저 알아야 할 것은, 생명의 행복에 도달하기 위해 내 동물적 개체를 '지금', '여기에서' 무엇에 복종시켜야만 하는지에 대한 것이다. 바로 이성이 그것을 내게 가르쳐주고 있다. 이성은 내게 현 생명에서 내가 행복의 중단을 목도하지 않을 수 있는 유일한 길을 가르쳐주고 있는 것이다.

이성은 나의 이 생명이 탄생에서 시작된 것이 아니라 언제나 존재했고 존재하고 있다는 것을, 이 생명의 행복이 현생에서 자라고 증대되어 더 이상 담을 수 없는 한계에 이르면 행복의 증대를 제어하는 현생의 모든 조건들을 벗어나 다른 존재로 이전되는 것일 뿐임을 명백하게 보여주고 있다. 이성은 인간을

생명의 그 유일한 길에 세워 놓는다. 점점 넓어지고 있는 원추형의 터널처럼 생긴 그 길은 사방이 벽으로 둘러쳐진 가운데 저 멀리 생명의 무한함과 그 행복이 있음을 분명하게 열어 보여주고 있다.

34.　　　지상의 존재의 고통을 설명할 수 없다는 것은,
　　　　인간의 생명이 출생으로 시작되고
　　　　죽음으로 끝나는 개체로서의 생명이 아니라는 것을
　　　　무엇보다 확실하게 증명해주고 있다

　　죽음을 두려워하지 않고 죽음에 대해 생각조차 하지 않을 수도 있을 것이다. 그러나 인간이 처하게 되는 어떤 무섭고 맹목적인 고통들만은 그 무엇으로도 정당화될 수 없고 절대 피하지 못할 것이며, 그것만으로도 생명에 부가되어 있는 합리적 의미를 파괴해버리기에 충분할 것이다.

　　나는 다른 사람들을 위해 분명 선하고 유익한 일을 하고 있는데 갑자기 병이 들어 내 일을 방해받고, 아무런 이유도 의미도 없이 나는 괴로움과 고통에 빠지게 된다. 철로의 나사가 녹이 슬어 빠져나간 바로 그날, 한 선량한 어머니가 열차를 타고 가다가 눈앞에서 아이들이 열차에 치는 장면을 목격한다. 리스본이나 베르니에서 지진이 발생해 아무 죄도 없는 사람들이 생매장당하고 무서운 고통 속에 죽어간다. 도대체 이런 일은 무

슨 의미를 가지는 것인가? 왜 무엇 때문에 사람들을 고통에 빠뜨리는 이와 같은 수많은 사건들이, 무의미하고 끔찍한 우연한 사건들이 발생하는 것인가?

이런 일들에 대해 이성적으로는 그 어떤 설명도 할 수 없다. 이런 현상들에 대한 어떤 이성적 설명도 항상 문제의 본질을 비켜갈 뿐이며, 그 문제가 해결 불가능하다는 것을 더욱 확실하게 보여줄 뿐이다. 내가 병에 걸린 것은 어떤 세균이 내 몸에 침투해 들어왔기 때문이다. 어머니의 눈앞에서 아이들이 열차에 치인 것은 습기가 철에 영향을 미쳤기 때문이다. 베르니가 무너진 것은 지질학적 법칙 때문이다. 이성적으로 내릴 수 있는 설명은 이것뿐이다. 그러나 문제는 왜 바로 그 사람들이 바로 그런 끔찍한 고통을 받는가, 그리고 나는 어떻게 그 고통으로부터 벗어나 있느냐는 것이다.

이에 대한 답은 없다. 반대로 이성적 사고가 내게 명백히 보여주는 것은, 어떤 사람이 우연한 사건에 처하고, 어떤 사람은 그로부터 벗어나는 그런 법칙이란 없으며, 있을 수도 없다는 것이다. 그런 우연한 사건들은 수도 없이 많고, 내가 어떻게 무엇을 하더라도 결국 그 무수한 우연성들로 인해 나의 생명은 매 순간 끔찍한 고통을 당하게 될 뿐이다.

만일 사람들이 자기의 생명을 개체의 생존으로만 이해하는 그런 세계관으로부터 도출되는 불가피한 결론만을 가지고 있다면, 그들은 한순간도 살아남을 수가 없을 것이다. 만일 주인과 일꾼이 있는데, 주인이 일꾼을 고용하면서 언제든, 생각나

는 대로, 일꾼을 산 채로 타는 불 위에 올려놓는다거나 껍질을
벗겨버린다거나 핏줄을 뽑아버리는 권리를, 즉 아무런 이유도
설명도 없이 일꾼들이 보는 앞에서 그렇게 끔찍한 짓을 저지를
권리를 주장한다면, 어떤 일꾼도 그 주인 밑에 남고 싶지 않을
것이다. 사람들은 흔히 생명을 이해하고 있다고 말하는데 만일
말 그대로 생명을 그렇게 완전하게 이해하고 있다면, 자기 주
변에서 목격되고 자신도 매 순간 처할 수밖에 없는 그 괴롭고
불가해한 고통들로 인해 누구도 세상에 남아 살아남으려 하지
않을 것이다.

하지만 사람들은 이 잔혹하고 무의미한 고통으로 가득 찬 생
명으로부터 벗어날 수 있는 아주 손쉬운 자살 방법들을 수없이
알고 있지만 여전히 살아가고 있다. 고통으로 울고 불행을 호
소하며 그대로 살아가고 있는 것이다.

그 이유가 현재의 삶에 고통보다는 쾌락이 더 많기 때문이라
고 말할 수는 없을 것이다. 첫째, 현재의 지상의 삶이, 쾌락으
로는 결코 보상되지 아니하는 일련의 고통이라는 것은, 평범한
이성적 판단뿐만 아니라 철학적 고찰에서도 명백한 것이기 때
문이다. 둘째, 죽을 때까지 조금도 줄지 않고 강화되기만 하는
고통 외에 아무것도 없는 그런 처지에서 사람들이 여전히 자살
하지 않고 살아가고 있다는 것을 우리는 자신을 통해서, 그리
고 주위 다른 사람들을 통해 잘 알고 있기 때문이다.

이런 기이한 모순을 설명할 수 있는 것은 하나뿐이다. 모든
사람들은 온갖 고통이 생명의 행복을 위해 언제나 필요하고 불

가피한 것임을 저 영혼 깊은 곳에서부터 알고 있으며, 따라서 그 고통을 예감하거나 견디면서 삶을 지속하고 있다. 그럼에도 사람들이 고통에 대해 당혹하고 분노하는 이유는, 생명에 대한 그릇된 시각, 즉 자신의 개체를 위한 행복만을 요구하는 시각에서는, 이런 행복의 파괴란 명백한 행복으로의 길을 파괴하는 것으로, 뭔가 이해할 수 없고 따라서 당혹스럽고 분노를 자아내는 것으로밖에 여겨지지 않기 때문이다.

그리하여 사람들은 고통 앞에서 몸서리를 치며 마치 전혀 예기치 않았다는 듯이, 전혀 이해할 수 없다는 듯이 놀라워하곤 한다. 하지만 모든 인간은 고통을 겪으며 자라고, 모든 삶은 누구나 겪는 일련의 고통의 연속이며, 그것을 피할 수 있는 존재는 어디에도 없다. 그렇다면 이제 이 고통에 적응해야 하고, 두려워하지 말아야 하고, 왜 무엇 때문에 이 고통이 존재하는지 되물을 필요가 없는 것 아닐까? 누구나 잠시 생각해보면, 자신의 모든 쾌락이 다른 존재의 고통을 통해 얻어진다는 것을, 자신의 모든 고통이 자신의 쾌락을 위해 필요하다는 것을, 고통 없이는 쾌락도 없다는 것을, 따라서 고통과 쾌락은 서로 호응하고 서로 불가결하게 결합되어 있는 모순적이라는 것을 알 것이다. 그렇다면 이성적 인간이 자신에 던지는 질문, 왜 무엇 때문에 이런 고통이 존재하느냐는 질문은 무슨 의미가 있는 것인가? 고통이 쾌락과 결합되어 있다는 것을 아는 인간이, 왜 무엇 때문에 이런 고통이 존재하느냐고 물으면서, 반대로 이런 쾌락이 왜 무엇 때문에 존재하는지는 왜 묻지 않는 것일까?

동물이든 동물로서의 인간이든 모든 생명은 끊임없는 고통의 연속이다. 동물이든 동물로서의 인간이든 모든 활동은 오직 고통을 불러일으킨다. 고통이란 병적 감각이고, 이 병적 감각은 그것을 제거하고 쾌락의 상태를 불러내기 위한 활동을 불러내는 것이다. 그리하여 동물이든 동물로서의 인간이든 모든 생명은 고통에 의해 파괴되지 않을 뿐만 아니라 고통 덕분에 완성되어 간다. 결과적으로 고통은 생명을 움직이는 것이며 반드시 존재해야만 하는 그런 것이다. 그러니 고통이 왜 무엇 때문에 존재하느냐는 질문이 대체 무슨 의미가 있다는 말인가.

동물은 그런 질문을 하지 않는다.

굶주린 농어가 피라미를 괴롭히고 거미가 파리를 괴롭히고 늑대가 양을 괴롭힐 때, 그들은 해야만 하는 것을 하고 있다는 것을 알고 있으며, 해야만 하는 바로 그 일이 이루어지고 있다는 것을 알고 있다. 그와 마찬가지로 농어나 거미, 늑대가 더 강한 약탈자로부터 그런 괴롭힘을 당하게 될 때, 그들은 도망치고 덤비고 몸부림을 치면서 해야만 하는 일을 하고 있다고 알고 있고, 따라서 그들 속에는 마땅히 일어나야 할 일이 일어나고 있다는 점에 대해 추호의 의심도 발생하지 않는다. 그러나 인간은 전쟁터에서 남의 다리를 잘라내고서도 정작 제 다리가 다치면 제 다리 치료에만 매달린다. 혹은 다른 사람들을 감옥에 투옥하는 데 직간접적으로 가담하고서도 정작 자기가 투옥되면 저만 홀로 독방에서 어떻게 하면 최고 대우로 지낼 것인지 몰두하는 것이 인간이다. 혹은 수천 마리의 동물의 머리

를 베어 잡아먹고서도 자신을 노리는 늑대들을 피해 달아나려고 골몰하는 것이 인간이다. 그런 인간은 자신에게 일어나는 그 모든 일들이 마땅히 일어나야 하는 일임을 알지 못한다. 그는 이런 고통에 처해 해야만 하는 모든 일을 다 하지 못했기 때문에 자신에게 일어난 일을 일어나 마땅한 일로 인정할 수가 없다. 해야만 했던 모든 일을 다 하지 못한 그에게는 일어나서는 안 될 일이 일어난 것으로밖에 보이지 않는 것이다.

그러나 늑대에게 잡아먹히게 된 사람이 몸부림치고 도망치는 것 외에 달리 무엇을 할 수 있을 것인가? 이성적 존재로서 인간이 할 수 있는 일은 무엇인가? 그것은 고통을 야기한 죄를 인정하고 참회하며 진실을 인식하는 것이다.

동물은 눈앞의 현재에 대해서만 괴로워하므로, 고통에 의해 유발되는 동물의 활동은 현재의 자기 자신만을 향해 있고 그것으로 만족한다. 하지만 인간은 현재에 대해서만이 아니라 과거와 미래에 대해서도 괴로워한다. 따라서 고통에 의해 유발되는 인간의 활동이 동물적 인간으로서의 현재의 자신만을 향한다면, 그것은 인간을 만족시키지 못한다. 고통의 원인과 작용, 과거와 미래까지도 고려한 활동만이 고통받는 인간의 욕구를 충족시킬 수 있는 것이다.

동물은 우리에 갇히면 뛰쳐나오려 하고, 다리가 부러지면 아픈 곳을 핥고 다른 동물에게 잡아먹힐 것 같으면 덤벼들기 마련이다. 자신의 생명 법칙이 외적인 원인으로 무너지면 동물은 그 법칙의 재건에 모든 활동을 집중하고, 그 결과 마땅히 해

야만 하는 일이 온전히 이루어지게 된다. 그러나 인간이, 나 자신이든 나와 가까운 사람이든 감옥에 투옥되거나 전쟁에서 다리를 잃거나 혹은 늑대에게 잡아먹히게 된 경우, 인간은 감옥에서 탈출하거나 다리를 치료하거나 늑대에게서 도망치는 것과 같은 활동만으로는 만족하지 못한다. 투옥이나 다리 통증, 늑대의 습격 따위는 인간이 당하는 고통의 지극히 작은 일부에 불과하기 때문이다. 나는 나의 고통의 원인이 과거 속에, 나와 타인의 잘못 속에 있음을 안다. 따라서 만약 나의 활동이 고통의 원인, 즉 나의 잘못을 향한 것이 아니라면, 나는 진정으로 고통에서 벗어나고자 노력하는 것도 아니고 마땅히 해야만 하는 일을 하고 있는 것도 아니게 된다. 그렇게 되면 내게 고통은 있어서는 안 될 것으로 생각되고, 현실에서뿐만 아니라 상상속에서도 고통은 생명을 유지하기조차 힘들 정도로 끔찍한 수준으로 커질 뿐이다.

동물이 고통을 받는 원인은 그 생명 법칙이 침해받았기 때문이다. 생명 법칙의 침해는 통증이라는 의식으로 나타나고, 법칙의 침해로 유발된 활동은 통증의 제거로 향해진다. 그런데 이성적 의식을 가진 인간에게 고통의 원인은 이성적 의식이 생명 법칙을 위반하는 데 있다. 그리하여 이 위반은 잘못에 대한 의식, 죄의식으로 나타나고, 생명 법칙의 위반으로 인해 유발된 활동은 그 잘못된 죄를 제거하는 것을 지향한다. 즉 동물의 고통이 통증을 향한 활동을 유발하고 이 활동이 고통으로 인한 괴로움을 벗어나게 해주듯이, 이성적 존재로서 인간의 고통은

잘못을 향한 활동을 유발하고 이 활동을 통해 인간은 괴로움으로부터 벗어나게 되는 것이다.

고통을 겪거나 상상할 때 인간의 마음에 '왜', '무엇 때문에'라는 의문이 생기는 것은 그가 고통을 받으며 마땅히 유발되어야만 하는 활동, 고통으로 인한 괴로움을 벗어나고자 하는 활동을 아직 인식하지 못했다는 것을 보여줄 뿐이다. 실제로 동물적 생존에서만 자기 생명을 보는 사람에게는 고통으로부터 해방되고자 하는 이 활동이 있을 수 없다. 생명을 보다 협소하게 이해하는 사람일수록 그런 활동을 더 적게 수행하는 것이다.

개체적 생존을 자신의 삶으로 생각하는 사람은 자기 개체의 고통의 원인을 자기 개체의 잘못에서 찾는다. 즉 자기가 뭔가 해로운 것을 먹었기 때문에 병에 걸렸다든지, 자신이 먼저 싸움을 걸었기 때문에 매를 맞게 되었다든지, 일을 하지 않으려 했기 때문에 굶주리게 되었다고 생각하는 것이다. 그는 자신이 '해서는 안 되는 짓을 했기 때문에' 고통을 받는다고 인식하고, 고통에 대해 분개하지 않고 종종 기꺼이 그 고통을 짊어진다. 그리고 '그다음에' 앞으로는 그러한 짓을 하지 않기 위해 잘못을 제거하는 방향으로 활동한다. 그러나 고통과 잘못 사이에서 파악할 수 있는 관련 범주를 벗어난 고통이 덮치는 경우, 개체적 활동 밖에 존재하던 그런 원인들로 인해 고통을 받거나 그 고통의 결과가 그 자신에게든 다른 누구에게든 아무런 쓸모가 없는 것이라고 여겨지는 경우, 그는 있어서는 안 될 일이 자신에게 닥쳤다고 생각하며 왜, 무엇 때문에, 라고 자문한다. 그는

자신의 활동을 바칠 대상을 찾지 못한 채 고통에 분개한다. 그런 그에게 고통은 끔찍한 괴로움일 뿐이다. 인간의 고통의 대부분은 언제나 바로 이와 같다. 그 원인과 작용은, 때로는 그중 어느 것이든 그것들은 그를 피해 시간과 공간 속에 숨어 있다. 즉 죽음으로 종결되는 유전적 질병이라든지, 불행한 사고, 흉년, 난파, 화재, 지진 등으로 은폐되어 있는 것이다.

후손에게 질병을 전염시키는 그런 욕정에 몸을 맡겨서는 안 된다는 것을 깨우치도록, 기차를 조금 더 잘 만들도록, 불을 좀 더 조심스럽게 다루도록, 즉 미래 세대에게 교훈을 주도록 이런 고통이 필요하다는 식의 설명은 내게 전혀 답이 되지 못한다. 나는 나의 삶이 다른 사람들에게 반면교사로서 의미를 가지는 것이라고 인정할 수 없다.

나의 인생은 나의 인생이다. 나의 인생은 나의 행복을 지향하는 나의 인생이지, 결코 다른 사람들을 위한 사례집이 아니다. 따라서 이런 설명은 그저 해볼 수 있는 이야깃거리는 될 수 있을지언정, 나의 생명을 위협할 정도로 끔찍한 이 고통의 무의미성에 직면한 나의 공포를 조금도 경감시키지 못한다.

그러나 가령 내 잘못으로 인해 다른 사람들을 고통받게 만들었기 때문에 다른 사람들의 잘못에 대해 내가 고통을 견딜 수 있다고 어떻게든 이해해 본다 하더라도, 혹은 가령 모든 고통이라는 것은 현생에서 교정되어야만 하는 잘못을 가리키고 있는 것이라고 이해해 본다 하더라도(이 역시 본질을 아주 멀리 벗어난 것이지만), 여전히 그 무엇으로도 설명되지 못하는 거대한

행렬의 고통이 남아 있다. 어떤 사람은 숲 속에서 홀로 늑대에 물려 뜯겨 죽고, 어떤 사람은 물에 빠져 죽거나 얼어 죽고, 또 어떤 사람은 불에 타 죽거나 아니면 그저 병에 걸려 죽을 수도 있다. 그와 같은 경우는 수도 없이 많지만 그 누구도 결코 그 고통을 알지 못한다. 이런 일이 대체 누구에게 무슨 도움이 된다는 말인가?

자신의 생명을 오로지 동물적 생존으로만 이해하는 사람에게는 고통에 대한 어떤 설명도 존재하지 않으며 있을 수도 없다. 그에게는 고통과 잘못 사이의 연관이 가시적 현상들 속에 존재하는 것으로 여겨지지만, 죽음에 직면한 고통 속에서는 그런 연관은 그의 지적 시야에서 완전히 사라져버리기 때문이다.

인간에게는 두 가지 선택이 있을 수 있다. 자신이 겪고 있는 고통과 자신의 생명 사이의 연관을 인정하지 않고, 수많은 고통을 아무 의미 없는 괴로움이라고 견디며 살아가는 것이 하나이다. 다른 하나는, 나의 잘못된 행위들로 인한 결과들, 즉 나의 죄가 내 모든 고통의 원인이라는 것을 인정하고, 나의 모든 고통은 나와 다른 사람들의 죄에 대한 속죄이자 구원이라는 것을 인정하는 것이다.

고통에 대해 인간이 취할 수 있는 태도는 이 두 가지뿐이다. 하나는 고통의 외적 의미를 알지 못하기 때문에 그것은 있을 수 없는 것이라는 태도이고, 다른 하나는 고통의 내적 의미란 내 진정한 생명을 위한 것임을 인정하고 그것을 마땅히 있어야 할 것으로 바라보는 태도이다. 전자는 나의 개별적이고 개체적

인 생명의 행복을 행복으로 인정하는 태도에서 나온다. 후자는 과거와 미래의 모든 내 생명의 행복이 다른 사람들과 다른 생명들과 불가분한 연관 속에 있다는 것을 인정하는 태도에서 나온다. 전자의 견해에 입각하면, 인간은 고통에 대해 그 어떤 설명도 어떤 활동도 하지 않고, 그 무엇으로도 해결될 수 없는 점증하는 절망과 분노에 빠져 있을 수밖에 없다. 하지만 후자에 입각하면, 고통은 진정한 생명 운동을 구성하는 인간 활동, 즉 죄의식과 잘못으로부터의 해방, 이성의 법칙에의 복종 등과 같은 활동을 유발한다.

인간의 생명이 개체 속에 있지 않다는 것을 이성으로 인식하지 못한다면 고통으로 인한 괴로움이 그것을 깨우치게 만든다. 또한 고통으로 인한 괴로움은 인간의 개체성이 그의 전 생명의 가시적 일부일 뿐이라는 점, 그리고 또한 개체성에 입각하여 판단되는 원인과 작용에 대한 외적 가시적 연관이, 이성적 의식에 입각한 인간에게 늘 잘 알려져 있는 바의 원인과 작용에 대한 내적 연관과 일치하지 않는다는 점을 인정하지 않을 수 없게 한다.

동물에게는 잘못과 고통의 연관이 오직 시공간의 조건 속에 있는 것으로 여겨지지만, 인간의 의식에서 그것은 그런 조건 밖에서도 항상 분명하게 존재한다. 그 어떤 고통이든 인간은 항상 자신의 그 어떤 죄의 결과로 의식하여, 자신의 죄를 참회하며, 그것을 고통으로부터 벗어나 행복을 달성하는 길이라고 생각한다.

모든 인생은 아주 어렸을 때부터, 고통을 통해 죄를 의식하고 잘못으로부터 벗어나는 것으로 구성된다. 나는 내가 진리에 대한 명백한 지식을 가지고 이 생명으로 들어왔다는 것을 알고 있으며, 내게 잘못이 많으면 많을수록 나와 타인의 고통은 더 커지고, 내가 잘못으로부터 더 많이 해방될수록 나와 타인의 고통은 더욱 줄어들고 행복은 그만큼 더 많아진다는 것을 알고 있다. 그리하여 내가 이 세상에서 가지고 떠날 진리에 대한 지식이, 즉 죽음에 직면한 나의 고통이(비록 마지막의 것이라 할지라도) 내게 가져다주는 진리에 대한 지식이 더 클수록, 더 많은 행복을 얻으리라는 것을 나는 알고 있다.

세계의 생명과 자신을 분리하여 생각하고, 자신이 이 세계에 고통을 가져온 죄는 보지 못하고 자신을 무죄라고 여기는 자만이 고통의 괴로움을 벗어나지 못한다. 그런 사람은 세계의 죄악에 대해 자신이 지고 있는 그 고통에 대해 분개할 따름이다.

생각을 통해 이성에게 명료한 것, 바로 그것이 생명의 유일하고 진실한 활동인 사랑 속에서 바로 확인된다는 점은 놀라운 일이 아닐 수 없다. 자신의 죄를 인정하고 세계의 죄와 고통을 떠안은 고통을 받아들이는 자만이 고통의 괴로움으로 벗어날 수 있다고 이성은 말한다. 사랑은 바로 이와 같은 사실을 확증하고 있는 것이다.

모든 인간의 삶의 절반은 고통 속에서 지나간다. 하지만 그는 그것을 괴로운 것이라고 인정하거나 불평하지도 않는다. 그는 그 고통이 자신의 잘못의 결과이며 사랑하는 다른 사람들의

고통을 경감하는 수단이라고 여기고 오히려 일종의 축복이라고 생각한다. 그리하여 사랑이 적은 사람일수록 고통의 괴로움을 더 많이 겪게 되고, 사랑이 많은 사람일수록 고통의 괴로움을 더 적게 느끼는 것이다. 이렇게 생명은 완전히 이성적인 것으로, 그 생명 활동은 오직 사랑 속에서 발현되고 그 어떤 고통의 가능성도 배제한다. 고통의 괴로움이라는 것은 인간이 조상과 후손, 동시대인과 결합된 연쇄의 사슬을, 인간의 생명과 세계의 생명을 이어주는 사슬을 끊으려 할 때 겪는 아픔에 불과한 것이다.

35. 육체적 고통은 인간의 생명과 행복의 불가피한 조건이다

"그러나 그럼에도 불구하고, 아픕니다, 육체적으로 아픕니다. 왜 이런 아픔이 존재합니까?" 사람들은 이렇게 묻는다. "그것은 우리에게 필요할 뿐 아니라, 우리가 아프지 않고 살아서는 안 되기 때문입니다." 우리를 아프게 만든 분, 하지만 가능한 적게 아프고 그 아픔으로 인한 행복은 가능한 더 많게 만든 분은 이렇게 대답할 것이다. 통증에 대한 최초의 감각이 우리 몸을 유지하고 동물적 생명을 지속하는 가장 중요한 일차적 수단이라는 것을 모르는 사람이 누가 있겠는가? 만일 그런 통증이 없었다면, 우리는 어렸을 때 재미 삼아 제 몸을 불태우거나 칼로 자르거나 하지 않았겠는가. 육체적 통증은 동물적 개체를 보호하는 수단이다. 통증이 개체 보전의 기능을 수행하는 동안에는 통증은 끔찍한 괴로움일 수 없다. 아기에게서 그

렇지 않은가. 우리가 고통을 끔찍한 괴로움으로 아는 것은 완전히 이성적 의식을 가지게 되었을 때부터다. 그때부터 우리는 그것을 있어서는 안 되는 것으로 생각하며 맞서 싸우려 드는 것이다. 동물이나 아기에게서 통증은 아주 한정된 크기의 작은 것으로, 이성적 의식을 선사받은 존재에게 나타나는 바와 같은 그런 괴로움에는 결코 이르지 않는다. 우리는 벼룩에 물린 아기가 어디 내장이라도 찢어진 사람처럼 아파하며 울부짖는 모습을 볼 수 있다. 하지만 비이성적 존재의 통증은 기억 속에 아무런 흔적을 남기지 않는다. 누구나 자신의 어린 시절의 통증에 대해 기억을 돌이켜보면, 사실 그런 기억이란 없고 상상으로도 떠올리기 힘들다는 것을 알 것이다. 아이들과 동물들의 고통에서 우리가 느끼는 것은, 사실 그들 자신의 고통이라기보다 우리들 자신의 것일 때가 많다. 비이성적 존재들의 고통에 대한 외적 표현은 고통 자체보다 비할 수 없이 더 크기 때문에, 더할 수 없이 크게 우리의 동정을 불러일으킨다. 뇌질환이나 열병, 티푸스에 걸렸을 때라든지, 온갖 임종 시의 표현도 마찬가지다.

아직 이성적 의식이 깨어나지 않았을 때 통증은 오직 개체 보호의 기능만을 수행하는 것일 뿐 어떤 괴로운 것은 아니다. 인간에게 이성적 의식이 존재하게 되면 그때 통증은 동물적 개체를 이성에 복종시키는 수단이 되며, 이런 의식의 각성 정도에 따라 통증의 괴로움은 점점 줄어든다.

본질적으로 이성적 의식을 완전히 갖추게 되었을 때 우리는

비로소 고통에 대해 말할 수 있게 된다. 오직 이런 상태로부터 우리의 진정한 생명이 시작되고, 우리가 고통이라 부르는 그런 상태들도 시작되기 때문이다. 이런 상태에서 통증에 대한 감각 의식은 가장 커다란 규모로 확대될 수도 있고 가장 작은 규모로 축소될 수도 있다. 사실 생리학을 연구하지 않더라도 감각 기능에 한계가 있다는 사실을 모르는 사람은 없을 것이다. 즉 통증이 극단적으로 커지면 감각 기능이 마비되고 기절하거나 혼수상태에 빠지게 되고, 아니면 죽음에 이르게 된다. 통증의 크기는 아주 정확하게 한계를 가지고 있어 그 한계를 벗어날 수 없는 것이다. 하지만 통증에 대한 감각 의식은 그에 대한 우리의 태도에 따라 무한히 커질 수도 있고 무한히 최소한으로 줄어들 수도 있다.

우리는 인간이 고통에 순응하며 그것을 마땅히 있어야 할 것으로 인정하고, 고통에 대한 무감각 상태에까지 이를 수 있을 뿐만 아니라 그걸 견디는 인내 속에서 기쁨을 맛볼 수도 있다는 것을 안다. 순교자들이나 장작불 위에서 노래를 부른 후스[23]에 대해서는 말할 것도 없고, 평범한 사람들도 단지 자신의 용기를 과시하기 위해 비명 한 번 지르지 않고 몸 한 번 뒤틀지 않고 가장 괴롭고 아프다는 수술을 견뎌내는 경우가 있지 않은가. 고통의 크기에는 한도가 있지만 고통에 대한 감지를 축소

---

23 얀 후스(1369~1415): 체코의 종교개혁가. 종교개혁을 주장하다 화형 당했다.—옮긴이

시키는 것에는 한도가 없다.

통증에 의한 괴로움은 자신의 생명을 육체적 생존에 두고 있는 사람에게는 정말로 끔찍한 것이다. 고통의 괴로움을 없애도록 인간에게 주어진 이성의 힘을 그 괴로움을 증대시키는 방향에만 쏟아붓는 사람에게 그것이 어찌 괴로운 것이 아닐 수 있겠는가? 플라톤의 신화에 따르면 원래 신은 인간을 70세까지 살도록 정해 놓았지만, 그것이 인간들에게 더 좋지 않다는 것을 보고는 지금처럼 제 죽을 날을 알지 못하도록 바꾸었다고 한다. 인간은 처음에 통각 없이 창조되었지만 행복을 위해 후에 지금처럼 다시 만들어졌다는 신화도 있다. 모두 현재 존재하는 바의 합리성을 잘 설명해주는 것이라고 말할 수 있다.

만약 신들이 인간을 통증에 대한 감각 없이 창조했다면, 인간들이 즉시 그것을 청원했을지도 모른다. 출산의 아픔이 없다면, 여성들은 아이들이 별로 살아남지 못하는 조건에서도 마구 아이들을 낳았을 것이다. 아픔에 대한 감각이 없다면 아이들과 젊은이들은 제 몸을 함부로 망가뜨리고, 어른들은 이전에 살았거나 지금 살고 있는 다른 사람들의 잘못을, 더구나 제 자신의 잘못을 결코 알지 못했을 것이다. 그리고 그들은 현생에서 무엇을 해야 하는지도 몰랐을 것이고, 활동의 이성적 목적도 가지지 못했을 것이며, 다가오는 육체적 죽음과 화해한다는 것은 생각도 못했을 것이고, 사랑이라는 것도 결코 가져보지 못했을 것이다.

자기 개체를 이성의 법칙에 복종시키는 것을 생명이라고 이

해하는 사람에게 통증은 악이 아닐 뿐만 아니라, 동물적 생명이나 이성적 생명에게 필수불가결한 조건이다. 통증이 아니라면 동물적 개체에게 자기 생명 법칙을 벗어났다는 사실을 알려주는 다른 아무런 지표도 없었을 것이다. 이성적 의식이 통증을 체험하지 못한다면 인간은 진실을 인식하지 못했을 것이고 자신의 법칙도 알지 못했을 것이다.

사람들은 이렇게 말할 것이다. "그러나 당신은 자기 개인의 고통에 대해 그렇게 말할 수 있겠지만 어떻게 다른 사람들의 고통을 부정할 수 있습니까?" 그리고 사람들은 "그런 고통의 모습을 지켜보는 것이야말로 가장 괴로운 고통이지요"라고 전혀 진실함이 없는 말을 할 것이다. 다른 사람들의 고통이라고? 그러나 다른 사람들의 고통은 중단된 적이 없고 지금도 계속되고 있다. 사람과 동물의 모든 세계가 고통을 받고 있고 그 고통은 중단되는 법이 없다. 하지만 그 사실을 우리가 이제야 알게 되었단 말인가? 상처, 불구, 기아, 추위, 질병, 수많은 불행한 사건들, 그리고 더욱 중요한 것은, 우리가 세상에 나올 수 있었던 출산 행위 등등 이 모든 고통은 생존의 필수불가결한 조건들이다. 바로 이것이야말로 그 경감과 그 도움으로 이성적 생명이 존재할 수 있는 바로 그것이다. 바로 이것이야말로 생명의 진실한 활동이 지향해야 하는 바로 그것이다. 개체들의 고통을 이해하고 사람들의 잘못의 원인을 이해하고 그것을 감소시키기 위해 하는 활동이야말로 인간적 생명이 해야 하는 모든 일이다. 내가 한 개체이자 인간인 것은 다른 개체들의 고통을

이해하기 위해서이고, 내가 이성적 의식을 가진 존재인 것은 모든 개별적 개체의 고통 속에서 고통과 잘못의 일반적 원인을 찾아 그것을 내 자신 속에서, 그리고 다른 사람들 속에서 없애버리기 위해서이다. 어떻게 일거리가 일꾼에게 고통이 될 수 있겠는가? 그것은 농부가 경작하지 않은 땅을 자기의 고통이라고 말하는 것과 같다. 경작하지 않은 땅이 고통이 되는 것은, 수확을 거두고 싶지만 그 일을 자기 생명이 해야 할 일로 여기지 않는 사람에게 뿐이다.

고통받는 사람들에게 직접 사랑의 봉사를 하는 활동, 고통의 보편적 원인인 잘못을 바로잡는 활동, 바로 이것이야말로 인간에게 예정된 유일한 기쁨의 일이다. 인간에게 생명의 의미를 주는 결코 빼앗을 수 없는 행복을 주는 것도 바로 그것이다.

인간에게 고통은 오직 단 하나뿐이다. 인간에게 오직 하나의 행복인 생명에 모든 것을 바쳐 헌신하도록 만드는 것이 바로 이 고통이다.

나와 전 세계가 유죄라는 의식, 그리고 나와 전 세계 생명에서 다른 누가 아니라 바로 나 자신이 전 진리를 실현할 수 있고 해야만 한다는 의식 사이에는 모순이 존재하는데, 이 모순에 대한 의식이 고통이다. 세상의 죄에 빠져 자신의 죄를 보지 못한다면 이 고통을 해소할 수 없다. 나의 생명과 세계의 생명 속에서 전 진리를 실현하는 것을 다른 누가 아니라 바로 나의 할 일이자 마땅히 해야 할 일로 믿지 않고서는 이 고통을 줄여갈 수 없다. 전자는 나의 고통을 증대시킬 뿐이며, 후자는 내

게서 생명의 힘을 앗아 간다. 이러한 고통을 해소하는 것은 인간에 의해 의식되는 목적과 개체의 생명 사이의 불균형을 제거하는 것인데, 그것은 오직 진실한 생명 의식과 활동에 의해 가능하다. 원하든 원치 않든, 인간은 제 생명이, 태어나 죽음에 이르는 개체성으로 한정되지 않는다는 것을 인정해야만 한다. 그리고 인간에 의해 의식된 목적은 달성 가능한 목적이라는 것, 그리하여 전 세계의 생명과 불가분의 관계에 있는 그의 생명의 과업은 언제나 그 목적의 지향 속에, 다시 말해 더욱더 자신의 유죄성을 의식하고 자신의 생명과 세계의 생명 속에서 전 진리를 더욱더 실현하고자 하는 지향 속에 있었고, 그것은 지금도 그러하고 앞으로도 그럴 것임을 인정해야만 한다. 이성적 의식이 아니라면 고통이, 자기 생명의 의미에 대한 잘못된 판단으로부터 발생하는 고통이 인간을 생명의 유일한 길로 불가피하게 내몰아 갈 것이다. 그 길에는 아무런 방해물도 없고 악도 없으며, 있다면 오직 하나, 무엇으로도 파괴되지 않고, 결코 시작된 적 없고 결코 끝날 수도 없는, 오직 계속 증대하는 행복뿐이다.

결론   인간의 삶은 행복을 향한 지향

인간의 삶은 행복을 향한 지향이며, 지향하는 그것은 반드시 얻어질 것이다.

죽음과 고통이라는 악은 인간이 자신의 육체적 동물적 실존 법칙을 자기의 생명 법칙이라고 생각할 때에만 나타난다. 인간이 동물적 수준으로까지 내려갈 때에만, 바로 그때에만 그는 죽음과 고통을 보게 된다. 죽음과 고통은 허수아비들처럼 사방에서 휘이휘이 소리치며 인간을 위협하여, 인간으로 하여금 그가 갈 수 있는 인간적 생명의 단 하나의 길로, 즉 이성의 법칙에 복종하고 사랑으로 표현되는 그 길로 나아가도록 만든다. 죽음과 고통은 인간이 자기의 생명 법칙을 위반하는 것일 뿐이다. 자기의 법칙에 따라 살아가는 사람에게는 죽음도 없고 고통도 있을 수 없다.

"수고하고 짐진 자들아, 모두 내게로 오라. 내가 너희를 편안케 하리라."

"나의 멍에를 메고 나에게 배우라. 나는 마음이 온유하고 겸손하나니, 그러면 너희의 마음이 안식을 얻으리라."

"내 멍에는 복이고, 내 짐은 가벼움이니라"(〈마태복음〉 11장에서).[24]

인간의 생명은 행복을 위한 지향이고 지향하는 그것은 반드시 얻어질 것이다. 생명은 죽음이 될 수 없고 행복은 결코 악이 될 수 없다.

---

24 톨스토이는 〈마태복음〉 11장 중 일부를 인용하면서 순서와 표현을 약간 바꾸고 있다. 그러나 그 의미는 다르지 않다.—옮긴이

생명을 연구할 때 자기 생명을 의식하는 것이 아니라 자기 바깥의 생명을 의식해야 한다고 보통 말한다. 하지만 이런 말은 우리가 어떤 사물을 바라볼 때, 자기 눈이 아니라 자기 바깥에 있는 어떤 것으로 바라본다는 말과 똑같다.

우리는 사물을 우리 자신의 눈으로 보고 있기 때문에 그 사물들이 우리 바깥에 있는 것으로 볼 수 있다. 마찬가지로 생명이 우리 바깥에 있다는 것을 우리가 알 수 있는 것도 우리가 그것을 자신 속에서 알고 있기 때문에 가능하다. 즉 우리는 자신의 눈으로 사물을 볼 때에만 제대로 사물을 볼 수 있고, 생명을 자신 속에서 알 수 있을 때에만 자기 바깥의 생명을 제대로 정의할 수 있는 것이다. 우리가 자신 속에서 알 수 있는 바, 생명은 행복을 향한 지향이다. 바로 그렇기 때문에 행복에 대한 지향으로 생명을 정의하지 않고는 우리는 생명이라는 것을 관찰할 수도 없을 뿐만 아니라 볼 수조차 없다.

살아 있는 존재, 즉 생물을 인식하는 중요한 첫걸음은 서로 다른 수많은 대상들을 하나의 생물 개념으로 포함하고 이 생물 개념을 다른 모든 것으로부터 구별 짓는 것이다. 우리 모두가

똑같이 의식하는 생명에 대한 정의, 즉 모든 세계와 구별되는 존재로서 자기 자신의 행복을 향한 지향이라는 생명에 대한 정의에 입각해서만 우리는 그와 같은 인식을 수행할 수 있다.

'말을 타고 있는 사람'이 있다고 할 때 우리는 그것을 수많은 생물들이라고도, 하나의 생물이라고도 인지하지 않는다. 우리가 사람과 말을 구성하고 있는 모든 부분들을 관찰하고 있다고 해서 그것을 수많은 생물들이라고 말할 수는 없다. 사람과 말의 머리나 다리, 그 밖의 다른 부분들에서 우리가 우리 자신 속에서 알고 있는 바와 같은 행복에 대한 지향이 각각 존재한다고 볼 수 없기 때문에, 우리는 그것을 수많은 생물들이라고 말할 수 없는 것이다.

우리는 '말을 타고 있는 사람'을 하나로도 보지 않는다. '말을 타고 있는 사람' 속에 행복에 대한 두 개의, 즉 말의 지향과 사람의 지향이 개별적으로 존재한다는 것을 인지하고 있기 때문에, 우리는 '말을 타고 있는 사람'을 두 생물로 인지하게 된다. 즉 거기에는 우리 자신 속에서 우리가 알고 있는 바와 같은 행복에 대한 지향이 개별적으로 두 개가 존재하고 있는 것이다.

바로 이런 이유로 우리는 기수와 말의 결합 속에 생명이 있다는 것, 말 떼 속에 생명이 있다는 것, 새 떼와 곤충 떼와 나무들과 풀 속에 생명이 있다는 것을 인지할 수 있다. 만일 우리가 말과 사람이 각각 자신의 행복을 원하지 않고, 말 떼 속의 개별적 말들이 자신의 행복을 원하지 않으며, 개별적으로 새와 딱

정벌레와 나무와 풀 한 포기가 자신의 행복을 원하지 않는다면, 우리는 생물의 개별성을 인정하지 않을 것이다. 아니 개별성을 인정하지 않을 뿐만 아니라, 결코 살아 있는 그 무엇으로도 이해할 수 없을 것이다. 그렇게 되면 기병연대나 말 떼, 새 떼, 곤충과 식물의 군집, 이 모든 것이 바다의 파도와도 같은 것이 되고, 온 세상이 아무런 구별이 없는 하나의 운동으로 혼합되어 우리는 그 속에서 결코 생명이란 것을 찾을 수 없게 될 것이다.

만일 내가 말이나 개, 그리고 거기에 붙어 있는 진드기가 생물이라는 것을 알고 있고 그것을 눈으로 관찰할 수 있다면, 그것은 말과 개와 진드기가 각자 자신의 개별적 목적, 각자를 위한 행복이라는 목적을 가지고 있기 때문에 가능하다. 내가 이를 아는 것은 내가 내 자신을 행복을 지향하는 그런 존재로 알기 때문인 것이다.

행복을 향한 바로 이 지향 속에 생명에 대한 모든 인식의 토대가 놓여 있다. 인간이 자기 자신 속에서 느끼는 행복에 대한 지향이 생명이며 모든 생명의 징표라는 사실을 인정하지 않고서는 생명에 대한 그 어떤 연구도 불가능하고, 생명에 대한 그 어떤 관찰도 불가능하다. 따라서 관찰은 생명이 어떠한 것인지 이미 알려져 있을 때에만 시작되는 것이며, 생명의 발현 현상에 대한 관찰(그릇된 과학이 상정하는 바와 같이)로는 생명 자체를 정의할 수 없는 것이다.

사람들은 자신의 의식 속에서 발견할 수 있는 행복에 대한

지향을 생명으로 정의하는 것을 인정하지 않으려 하고 차라리 진드기 속에서 찾을 수 있는 바의 그런 지향을 알 수 있는 지식이라고 인정하려 한다. 진드기가 지향하는 행복에 대한 아무 근거도 없는 이런 가정에 근거하여 사람들은 생명의 본질 자체를 관찰하고 결론을 내리는 것이다.

외부 생명에 대한 나의 개념은 어떤 것이든 행복에 대한 나의 지향에 대한 의식에 근거한다. 따라서 나의 행복과 나의 생명이 어디에 있는지를 인식한 후에만 나는 다른 생물의 행복과 생명이 존재한다는 사실을 인식할 수 있는 상태에 있을 수 있다. 내가 자신의 생명을 인식하지 못한다면 나는 결코 다른 생물의 행복과 생명을 알 수 없다.

다른 생명들은 나로서는 알 수 없는 자기 나름의 목적을 지향하고, 그것은 내가 내 자신 속에서 알고 있는 행복에 대한 지향과 비슷한 어떤 것이다. 다른 생물들에 대한 관찰만으로 내가 분명히 알 수 있는 것은 아무것도 없으며, 오히려 생명에 대한 진실한 나의 인식은 더욱 은폐되어 버릴 것이다.

자기 생명에 대한 정의 없이 다른 생물들 속에서 생명을 연구한다는 것은 중심점이 없이 원을 그린다는 것과 똑같다. 중심으로서의 한 점을 확실하게 설정한 다음에야 제대로 원을 그릴 수 있는 법이다. 어떻게 그린다 해도 중심점이 없다면 그것은 결코 원이 될 수가 없다.

생명에 수반되는 현상들을 연구하면서 생명 자체를 연구한다고 생각하는 그릇된 과학은 그로 인해 생명 개념을 왜곡하기 마련이다. 그런 과학은 자신이 생명이라고 부르는 현상을 연구하면 할수록, 연구하고자 하는 생명 개념으로부터 더욱 멀어질 뿐이다.

그런 과학에 따라 처음에는 포유동물이 연구되고, 그다음에는 여타 척추동물과 물고기, 식물, 산호충, 세포, 미생물이 연구되다가, 급기야는 생물과 무생물 간의 구분이 사라지고, 유기물과 무기물의 경계 구분이 없어지며, 유기체와 유기체 간의 경계 구분도 없어지기에 이른다. 이제 관찰될 수 없는 것이 연구와 관찰의 가장 중요한 대상이 되기에 이르는 것이다. 생명의 비밀과 만물에 대한 해명은 극미한 세균이나 미생물 속에 있다고 상정된다. 하지만 그것은 눈에 보이지도 않고 그저 있다고 가정되는 것일 뿐이고, 오늘 발견된 것 같지만 내일이면 잊고 마는 그런 것일 뿐이다. 그런 논리는, 모든 것을 해명할 수 있는 단초가 미생물 속의 생물에 있다, 아니 그 생물 속에 들어 있는 더 작은 생물 속에 있다는 식으로 무한히 이어진다.

작은 것의 무한성은 커다란 것의 무한성과는 달리 무한히 나누어질 수 있다는 듯이 말이다. 그렇다면 비밀은 극소를 끝까지 무한히 분석하여 연구할 때에야 밝혀질 터인데, 그때란 결코 오지 않을 것이다. 그럼에도 불구하고 사람들은 무한 극소에서 문제를 해명할 수 있다는 생각이 그릇된 문제 설정의 명백한 증거임을 알지 못한다. 이러한 미망의 최종 단계가 바로 과학의 승리로 여겨지는 단계인데, 사실 그것은 그 연구의 의미가 완전히 상실되어 버렸다는 것을 명백히 보여줄 뿐이다. 시력을 완전히 상실한 상태가 마치 최고 시력의 단계인 것인 양 여겨지는 것이다. 사람들이 막다른 골목에 다다르면 이제까지 걸어온 길이 잘못된 길이라는 점을 아는 법인데, 여기서도 그들은 탄성을 멈추지 않고 현미경의 배율을 더 높인다면 무기물에서 유기물로, 유기물에서 심리적인 것으로 넘어가는 과정을 포착할 수 있다, 그러면 생명의 모든 비밀이 밝혀질 것이라고 더욱더 목소리를 높일 뿐이다.

물체의 그림자를 연구하던 사람이 물체 자체에 대해서는 완전히 망각하고 더욱더 깊이 그림자에만 매몰되어, 완전한 암흑에 도달하자 이제 그림자가 완전해졌다고 기뻐하는 꼴이다.

생명의 의미는 행복에 대한 지향이라는 것은 인간 의식 속에 분명하게 밝혀져 있다. 이 행복을 해명하는 것, 즉 더욱더 정확하게 정의하는 것이야말로 전 인류의 주요 목적이며 생명의 과업이다. 이 과업은 결코 쉽지 않은, 그저 한번 해보는 장난이 아니라 중대한 노력이 요구되는 과업이다 보니, 사람들은 행복

에 대한 정의를 그것이 주어져 있는 자리, 즉 인간의 이성적 의식 속에서 발견할 수 없다고 생각하려고 한다. 그리하여 사람들은 다른 곳에서, 가리키고 있는 곳이 아닌 전혀 다른 곳에서 그것을 찾으려고 한다.

이는 마치 자신에게 필요한 것이 정확히 적혀 있는 쪽지를 손에 들고 있던 사람이 그것을 읽지 못하고 내버린 후, 만나는 사람마다 붙잡고 자기에게 필요한 것이 무엇이냐고 묻고 다니는 꼴과 같다. 생명은 행복을 향한 지향이라고 인간의 영혼에 지울 수 없는 글자로 새겨져 있음에도 불구하고, 사람들은 인간의 의식을 벗어난 곳에서 그것을 찾아 온갖 곳을 헤매고 다니는 것이다. "너 자신을 알라"는 고대 그리스의 격언으로부터 시작해서 가장 지혜로운 선조들의 말씀에도 불구하고, 전 인류가 계속해서 정반대의 말을 해왔다는 점은 참으로 기이한 일이 아닐 수 없다. 생명이란 인간이 얻을 수 있는 실제적이고 거짓 없는 행복을 향한 지향이라고 모든 종교가 정의하고 가르치고 있음에도 불구하고 말이다.

이성의 목소리가 점점 더 분명하게 들려오고 사람들은 더욱 더 이 목소리에 귀를 기울인다. 이제 이 목소리가 개체의 행복과 기만적인 행복을 호소하는 목소리보다 더 크게 들리는 때가 온 것이다. 한편으로, 온갖 유혹을 수반하는 개체로서의 삶이 행복일 수 없다는 점이, 다른 한편으로, 사람들이 설정한 온갖 의무의 수행이 일종의 기만일 뿐이라는 점이, 그것은 인간의 유일한 의무, 즉 그가 발생한 근원인 이성과 행복의 근원에 충실할 가능성을 빼앗는 기만일 뿐이라는 점이 점점 더 분명해지고 있다. 이성적 근거를 지니지 못한 것에 대한 믿음만을 요구하는 이런 오래된 기만은 이미 너무 낡아서 다시 돌아갈 수 없는 것이 되어버렸다.

전에는 이렇게 가르쳤다. "가타부타 따지지 말고, 우리가 정한 의무를 믿어라. 이성은 그대를 속일 것이다. 믿음만이 생명의 진실한 행복을 가져다줄 것이다." 그리하여 사람들은 믿으려고 노력했고 열심히 믿었다. 하지만 다른 사람들과 만나보면 다른 사람들은 전혀 다른 믿음을 가지고 있고, 그 다른 믿음이 더 큰 행복을 가져다주기도 한다는 점을 알게 되었다. 여기서

불가피하게 수많은 신앙 중에서 어떤 신앙이 더 올바른 신앙인지 의문이 발생했고, 그 의문을 풀기 위해서는 오직 이성이 필요했다.

인간은 언제나 모든 것을 신앙이 아니라 이성을 통해 인식한다. 인간이 이성이 아니라 신앙을 통해 인식한다고 확신하면서 속일 수는 있지만, 인간이 두 개의 신앙을 만나고 다른 신앙을 고백하는 사람들을 만나게 되면 그는 이성으로 문제를 해결해야 하는 불가피한 상황에 처하게 된다. 이슬람교를 알게 된 불교도가 여전히 불교도로 남아 있다면, 그것은 이제 그가 신앙이 아니라 이성으로 불교를 알고 있다는 것을 뜻한다. 다른 신앙을 접하면 곧바로 자신의 신앙을 버릴 것인가, 아니면 제시된 다른 신앙을 버릴 것인가 하는 문제가 제기될 수밖에 없는데, 이 문제는 불가피하게 이성에 의해 해결될 수밖에 없다. 즉 이슬람교를 알게 된 불교도가 여전히 불교도로 남아 있기 위해서는, 부처에 대한 이전의 맹목적 신앙이 이성적 토대 위에 구축되어야만 하는 것은 불가피한 일이다.

오늘날 정신적인 것을 이성이 아니라 신앙을 통해 인간에게 주입하려는 시도는 마치 입을 통하지 않고 음식을 먹이려는 시도와 다를 바 없다.

사람들 간의 교류는 그들 모두에게 공통적인 인식 기반을 가르쳐 주었기 때문에 이제 그들은 이전의 잘못된 망상으로 되돌아갈 수 없다. 죽은 자들이 신의 아들의 목소리를 듣고 깨어나는 때가 도래하고 있는 것이다. 아니, 이미 도래해 있다.

이 목소리를 잠재우는 것은 불가능하다. 이 목소리는 어느 한 사람의 목소리가 아니라 전 인류의 이성적 의식에서 나오는 목소리로서, 모든 개별적인 인간 속에서, 그리고 인류의 가장 훌륭한 사람들 속에서, 나아가 오늘날에는 이미 수많은 다수의 사람들 속에서 울려 나오는 목소리이기 때문이다.

삶에 대한 가장 심오하고 명확한 통찰

톨스토이의 《인생에 대하여》는 삶에 대한 가장 심오하고도 명확한 통찰이다. 삶과 죽음, 타자와 세계에 대한 사랑을 이보다 쉽고 강한 설득력으로 설파하는 책은 다시 보기 힘들다.

톨스토이는 인간이 하나의 생명으로 태어나 이성적 존재로 성장하는 것은 자연법칙이며, 그 이성적 존재의 행복은 오직 세계와 타인에 대한 사랑에 근거한다는 것을 누구도 부정할 수 없는 명확하고 쉬운 논리로 해명한다. 조금도 주저하지 않고, 에두르지 않고, 비틀거리지 않고 인간의 생명과 삶의 본질로 육박해 들어가는 톨스토이의 명징한 논리는 우리의 가슴을 베어낼 듯 서늘하다. 기독교 《성경》을 비롯하여 부처와 공자, 노자 등 인류의 고전들에 대한 풍부한 지식과 그에 대한 명쾌한 해석, 그리고 쉽고 풍부한 문학적 비유 등은 《인생에 대하여》를 읽는 또 다른 재미다.

하지만 《인생에 대하여》가 세계의 고전으로 사랑을 받는 것은 무엇보다 톨스토이가 말하는 모든 것이 우리 자신이 마음속에 평소에 늘 느끼고 있던 것과 다르지 않다는 이유 때문일 것이다. 우리가 마음에 느끼고 있던 것, 그러나 분명하게 의식

의 전면으로 길어내지 못하던 것, 흐릿하게 우리를 괴롭히고 있던 것, 바로 그것을 톨스토이는 우리 앞에 선명하게 내보인다. 톨스토이는 어떤 새로운 경지를 설파하는 것이 아니라 일상의 우리의 의식에 선명한 빛을 비추고 있는 것이다.

또한 《인생에 대하여》가 세계 독자에게 깊은 감명과 실천의 영감을 주는 것은 그 명징한 논리와 글 때문만은 아니다. 톨스토이가 《인생에 대하여》에서 말하고 있는 모든 것은 그의 삶에 그대로 반영되어 있다. 《인생에 대하여》는 도덕군자의 고고한 설교가 아니라 그가 살아낸 인생의 생생한 증언이자 투쟁 강령과도 같다. 그는 인생이란 무엇인가를 이해하고자 평생을 매달렸고, 얻어진 결과에 따라 평생을 그렇게 살고자 했다. 19세기 말과 20세기 초 홀로 경건하게 인생을 생각하고 회의하며 살아냈던 톨스토이, 악에 대한 비폭력적 저항과 그 의의를 설파하고 위선적 종교와 전제정권에 대해 가차 없는 비판을 쏟아내며 진실한 삶을 실천하고자 했던 톨스토이, 그의 삶은 바로 《인생에 대하여》로부터 출발한다고 해도 과언이 아니다. 그래서 톨스토이의 《인생에 대하여》는 더더욱 독자의 가슴을 저리게 하며 커다란 기쁨과 각성의 감동으로 다가온다.

레프 니콜라예비치 톨스토이Лев Николаевич Толстой (1828~1910)는 1886년에서 1887년 사이, 오십 후반에 《인생에 대하여》를 집필하였다. 이때 톨스토이는 이미 대하 역사소설 《전쟁과 평화》(1865~1869), 그리고 최고의 예술작품으로 꼽히

는 《안나 카레니나》(1873~1877)를 통해 세계적인 명성을 얻고 있던 상태였다. 그는 기울어 가는 귀족 가문에서 태어나 열 살이 채 되기 전에 어머니와 아버지를 잃고 형제들과 함께 친척 후견인의 손에서 양육되었다. 고뇌와 방황의 시기를 거쳐 자전적 삼부작을 발표하면서 작가로 변신한 톨스토이는 많은 중단편을 통해 당대 농촌 사회의 모순을 직시하고, 그 속에서 지주인 자신이 어떻게 살아야 할 것인지 끊임없이 모색하고 괴로워했다. 그리고는 마침내 《전쟁과 평화》와 《안나 카레니나》로 인간과 역사, 사회에 대한 종합적인 통찰과 예술적 형상화에 이른다. 그러나 이러한 작가적 성공에도 불구하고 진정한 인간의 삶에 대한 문제는 확연한 신념으로 해결되지 못했다.

문학적 명성의 정점에서 톨스토이는 문득 삶과 죽음이라는 인생의 본질적 문제에 부닥쳤다. 50대 초반이었다. 그는 예의 그답게, 세계의 모든 고전을 독파하기 시작했다. 《성경》을 다시 읽고, 고대 인도의 경전과 공자와 노자를 비롯하여 동서양의 고전을 정밀하게 탐독해 나갔다. 이런 과정에서 그는 그때까지 얻은 문학적 성취가 진리와 선을 향한 길이 아니라고 판단하고 다시는 예술 작품을 쓰지 않겠다고 선언한다. 그리고 《고백》(1880)을 통해 자신의 인생을 돌아보며 당대 러시아 정교의 위선과 자신의 삶의 방식을 비판하고 새로운 삶을 향한 갈망을 토로한다. 그리고 새로운 삶을 살아가기 위해 인간의 생명과 삶이란 무엇인가에 대해 분명하게 대답해야 했다.

1886년부터 《인생에 대하여》를 집필하기 시작한 톨스토이는

1887년 초 모스크바대학교 심리학협회에서 평소 알고 지내던 젊은 N. 그로트 교수의 사회로 '인생'에 대해 발표를 하고 당대 학자들과 다양한 의견을 주고받았다. 그런 과정을 통해 잡지에 실을 간단한 논문으로 구성된 《인생에 대하여》는 점차 더욱 본격적인 저술로 발전해 간다. 그는 여러 편지에서 이 책에 대해 이렇게 언급한다.

"삶이란 우리가 보통 상상하듯 혼란과 고통이 전혀 아니며 몹시 간단하고 분명하며 쉽고 기쁜 그 무엇이라는 것을 간결하고 명확하게 해명하고 싶습니다."

"인간은 행복해야만 합니다. 행복하지 않다면 그것은 죄악입니다. 무언가 마음에 걸려 불편하고 이해되지 않는 것이 사라질 때까지 사람은 자신에 대해 열심히 돌아보아야 합니다. 살면서 마음에 걸리는 것이 있다면 그 가장 중요한 이유는 무엇일까요? 사람이 불행하다면 그것은 내가 이 세상에 존재하는 이유는 무엇인가, 이 세계는 왜 존재하는가 등과 같은 해결되지 못한 문제들을 짊어지고 있기 때문이지요."

톨스토이는 삶과 죽음의 문제를 분명하게 해명함으로써 모든 사람이 쉽게 읽고 이해하여 행복해질 수 있도록 《인생에 대하여》를 집필한다고 말한다. 그가 보기에 행복하게 사는 것은 인간의 의무이며, 행복하지 않은 것은 죄악이다.

"모든 인간은 오직 자신이 잘 되고 행복하기 위해 살고 있다. 행복에의 소망을 느끼지 못한다면 인간은 살아 있다고 느끼지 못한다. 인간은 행복에의 소망이 없이는 생명을 상상할 수조차 없다. 모든 인간에게 산다는 것은 행복을 원하고 성취하는 것이고, 행복을 원하고 성취하는 것은 산다는 것과 같다"《인생에 대하여》 제1장).

그러나 육체적 생명을 유지하기 위해 충족시켜야 하는 각종 욕망은 결국 자신을 파괴하고 세계를 파멸할 뿐이다. 인간의 육체적 생명은 이성적 존재로 성장해 가는데 그것은 새싹이 자라나 나무가 되는 것과 같은 자연스러운 이치다. 그리고 이성적 존재는 내가 행복하기 위해서는 타인의 도움이 필요하다는 것을 인식하고, 타인의 도움을 얻기 위해서는 내가 타인을 사랑하는 수밖에 없다는 것을 인정하지 않을 수 없다. 톨스토이는 세상에 존재하는 수많은 주장들과 과학적 경향들을 비판하고 거듭 새로운 관점으로 인간의 삶과 타인에 대한 사랑의 필연적 관계를 논증해낸다.

하지만 톨스토이의 《인생에 대하여》는 정교일치 국가였던 러시아의 최고 종교회의의 검열을 통과하지 못한다. 인간을 신의 아들이 아니라 스스로 이성을 가진 존재로 이해하고 있었고 그런 관점에서 《성경》을 재해석한다는 이유에서였다. 하지만 《인생에 대하여》는 곧바로 미국과 프랑스, 영국, 독일 등 유럽 여러 나라에서 출판되어 널리 퍼져 나갔다. 러시아에서 《인

생에 대하여》가 완전하게 출판된 것은 톨스토이 사후인 1913
년에 이르러서였다. 인간은 이성적인 존재이며 서로 사랑하는
존재로 거듭나는 것만이 생명의 최고 행복이라는 말이 무엇이
두려워 그리 오랫동안 금서가 되어야 했는지 우습기까지 하다.
그러나 현대의 눈으로 보더라도 톨스토이의 논리와 논지 전개
는 너무나 강렬한 인간 선언이고, 다양한 인생관들에 대한 비
판 역시 무서울 정도로 여전히 쟁쟁하게 울린다.

《인생에 대하여》는 모든 문장마다 독특한 감동을 주지만, 특
히, 삶의 새싹을 발견한 순간에 대한 톨스토이의 경고가 나의
마음에 깊은 울림을 주었다. 본문에서 읽을 수 있겠지만 그 대
목을 다시 적어 본다고 해서 역자의 권한을 남용하는 일은 아
닐 것이다.

> 사랑은 개체로서의 인간의 일시적 행복을 증대하기 위한 집
> 착이 아니다. 진정한 사랑은 특정한 사람이나 대상에 대한 사
> 랑이 아니고, 동물적 개체의 행복을 포기한 후 인간에게 남아
> 있는, 즉 인간의 외부에 존재하는 행복에 대한 지향인 것이다.
> 살아 있는 사람이라면 이 축복받은 감정을 모르는 사람이
> 누가 있을 것인가. 모두를 사랑하고 싶은 감정, 이웃들과 부모
> 형제, 악한 사람이나 원수들, 개와 말과 풀 한 포기까지 사랑
> 하고 싶은 감정, 영혼이 생명을 질식시키는 거짓으로 물들지
> 않은 아주 어린 시절, 오직 모두가 잘되고 모두가 행복하기만

을 바라는 감정, 그리하여 모두가 잘되도록 할 수 있는 모든 것을 다하고 싶은 감정, 모두가 잘되고 기뻐하도록 자신을 헌신하고 생명이라도 바치고 싶은 감정, 이 축복받은 온유한 감정을 한 번이라도 느껴보지 않은 사람이 어디 있겠는가. 생명을 질식시키는 거짓으로 미처 오염되지 않은 아주 어린 시절에 우리는 이런 감정을 얼마나 자주 느끼곤 했던가. 바로 이런 감정이 사랑이며, 인간의 생명은 오직 이 사랑 속에만 깃들어 있는 것이다.

생명이 깃들어 있는 이 사랑은 인간의 영혼 속에 희미한 여린 싹으로 현현된다. 하지만 이 여린 싹은 우리가 사랑이라 부르곤 하는 수많은 욕정들, 즉 잡초의 거친 싹들과 비슷한 모양이다. 이 싹은 더욱 자라나 새들이 둥지를 트는 나무가 될 것이지만, 처음에는 사람들 눈에 다른 싹들과 똑같아 보인다. 잡초의 싹들이 처음에 더 무럭무럭 자라는 것을 보고 사람들은 그것을 더 좋아하기조차 한다. 반면 생명의 유일한 싹은 시들시들하고 말라 죽어가는 것처럼 보인다. 그러나 그보다 더 자주 발생하는 더 나쁜 상황은, 사람들이 잡초의 싹들 속에 진정한 생명, 진정한 사랑이 존재한다는 말을 듣고, 진정한 사랑의 여린 싹을 짓밟아버리고, 그 대신 다른 잡초의 싹을 사랑이라 부르며 키워 간다는 것이다. 아니 그보다 더 나쁜 상황은, 사람들이 거친 손으로 사랑의 싹을 움켜쥐고, "바로 이거야. 찾았어! 우리는 이제 이걸 알아. 우리가 이걸 키울 거야. 사랑이야! 사랑! 이게 바로 지고의 감정이야!"라고 외

치면서, 그것을 옮겨 심고, 바로 세우고, 움켜잡고 하다가 결국에는 짓뭉개버려 제대로 자라지 못하고 죽여버리는 것이다. 그러면 그 사람들이나 또 다른 사람들은 "이 모든 게 어리석고 쓸데없는 짓이야, 감상에 불과해"라고 말한다. 처음 나타날 때 사랑의 싹은 너무나 여린 것이어서 손이 닿는 것을 견디지 못한다. 사랑은 완전히 성숙했을 때만 비로소 그 힘이 강력한 것이 된다. 사람들이 이 사랑의 싹에 가하는 어떤 짓도 그것을 상하게 할 뿐이다. 사람이 할 수 있는 것은 오직 하나, 이 싹을 키우는 이성의 태양을 아무것도 가리지 못하게 하는 것이다(《인생에 대하여》 제25장에서).

인간 속에 갓 태어난 선의 싹, 이성의 싹의 소중함을 강조하면서 톨스토이는 우리가 이 싹을 발견했을 때 오히려 위험할 수 있다고 말한다. 이성의 새싹을 알아보지 못하는 것보다, 잡초의 싹과 혼동하여 잡초를 이성의 싹으로 오해하고 키우는 것보다, 그것보다 더 위험한 것, 그것은 그 싹을 발견하고 "그것을 옮겨 심고, 바로 세우고, 움켜잡고 하다가 결국에는 짓뭉개버려 제대로 자라지 못하고 죽여버리는" 것이다. 아, 톨스토이는 정말 어떤 경지까지 인생의 모든 것을 꿰뚫어 보고 있는 것인지 경탄을 금할 수 없다. 바로 그런 어리석음이 20세기 역사에서 얼마나 자주 반복되었던가. 그리고 그 잘못된 행동에 대한 반성이 아니라 오히려 "이 모든 게 어리석고 쓸데없는 짓"이라고 절망에 빠진 척 감상에 젖은 경우는 또 얼마나 많았던가.

정의, 선과 같은 가장 가치 있는 것을 손에 넣었다고 생각할 때 오히려 위험할 수 있다는 톨스토이의 엄중한 경고는 왜 더 일찍부터 사람들에게 지혜로 널리 받아들여지지 못했던가. 이것은 오늘날에서야 비로소 귀에 들어오는, 톨스토이의 가장 빼어난 통찰 중 하나일 것이다, 적어도 나에게는.

이 책의 원본은 《톨스토이 전집》(모스크바, 1928~1958) 중 제26권(모스크바, 국립예술문학출판사, 1936)에 실린 《인생에 대하여 О жизни》이다.

《인생에 대하여》는 오래전부터 국내에 번역되기 시작했고 다양한 번역서들이 존재한다. 나는 이번에 원문과 여러 번역본을 두루 참조해가며 톨스토이의 생각이 가장 적절하게 드러나고, 특히 가능한 쉽게 읽히는 책을 만들고자 애를 썼다. 나름대로 노력을 했지만 그 평가는 독자들의 몫이다.

부디 독자들이 각자의 인생 여정에서 《인생에 대하여》의 어느 지점에선가 자신만의 감동을 느낄 수 있다면 좋겠다. 그리하여 톨스토이의 열정 어린 인생론이 우리들의 인생론으로 되살아났으면 좋겠다.

1828년(출생)   8월 28일(신력 9월 9일), 야스나야 폴랴나에서 니콜라이 일리치 백작과 마리야 니콜라예브나 사이의 4남 1녀 중 넷째로 태어나다.

1830년(2세)   8월 4일 어머니 마리야 니콜라예브나가 여동생을 낳다 사망하다.

1837년(9세)   1월 모스크바로 이사. 7월 21일 아버지 니콜라이 일리치 백작 사망. 숙모가 다섯 남매의 후견인이 되다.

1844년(16세)   형제들과 함께 카잔으로 이사. 카잔대학교 동양어학과에 입학하다.

1845년(17세)   법학과로 전과하다.

1847년(19세)   카잔대학교를 중퇴하고 야스나야 폴랴나로 귀향하다. 농민들의 가난한 삶을 목격하고 그들을 돕기 위해 노력했으나 좌절하다.

1848~1849년   모스크바와 페테르부르크를 오가며 법학 공부를 계속하
(20~21세)   지만 졸업 시험에서 탈락하다. 사교계 생활과 도박, 사냥 등에 빠져 방황하며 경제적 어려움에 직면. 바흐, 쇼팽 등의 음악에 심취하여 피아노 연주에 탐닉하다. 야스나야 폴랴나에 돌아와 농민학교를 열지만 만족할 만한 성공을 거두지 못하다.

1851년(23세)   큰형 니콜라이를 따라 캅카스로 떠남. 지원병으로 참전. 〈어린 시절〉 집필.

1852년(24세)   포병 부사관으로 포병대 입대. 문예지 《동시대인》에 〈어

린 시절〉이 게재되고 극찬을 받다.

1853년(25세) 퇴역한 큰형을 따라 톨스토이도 퇴역하려 했으나 터키와의 전쟁으로 군 복무가 연장되다.

1854년(26세) 1월 장교로 승진. 몇몇 장교들과 함께 〈군사 신문〉 발행 계획을 세웠으나 당국에 의해 금지됨. 11월 세바스토폴에서 크림전쟁에 참전하다. 〈소년 시절〉 발표.

1855년(27세) 6월 《동시대인》에 〈세바스토폴 이야기〉 발표. 크림전쟁 패배 후 군에서 제대하다. 12월 페테르부르크에서 투르게네프 등 작가들과 만나다.

1856년(28세) 〈세바스토폴 이야기〉 연재 계속. 12월 소설 〈지주의 아침〉 발표.

1857년(29세) 《동시대인》에 〈청년 시절〉 발표. 유럽여행을 다녀와 야스나야 폴랴나에 정착. 농사일을 하다.

1858년(31세) 〈세 죽음〉 발표.

1859년(32세) 〈가정의 행복〉 발표. 농민 자녀를 위한 학교 개설.

1860년(32세) 교육 문제에 관심을 두고 〈국민 보통 교육 초안〉을 기초함. 7월 두 번째 유럽 여행을 떠나다. 9월 큰형 니콜라이 사망.

1862년(34세) 교육 잡지 《야스나야 폴랴나》 간행. 소피야 안드레예브나와 결혼하다.

1863년(35세) 〈카자흐 사람들〉 발표. 맏아들 세르게이가 태어나다.

1864년(36세) 작품집 1, 2권 간행. 딸 타티야나가 태어나다.

1865년(37세) 《러시아 통보》에 《1805년》《전쟁과 평화》1, 2권) 발표.

1866년(38세) 둘째 아들 일리야가 태어나다.

1867년(39세) 《전쟁과 평화》3, 4권 집필.

1868년(40세) 《전쟁과 평화》5권 집필.

1869년(41세) 《전쟁과 평화》6권 집필. 셋째 아들 레프가 태어나다.

1871년(43세) 둘째 딸 마리야가 태어나다. 《철자법 교과서》 집필.

1873년(45세) 《안나 카레니나》 집필 시작. 러시아 과학 아카데미 언어·문화 분과 준회원으로 선출됨. 사마라 지방에 온 가족과

	함께 가 기근 구제사업을 하다.
1875년(47세)	《러시아 통보》에 《안나 카레니나》 연재를 시작하다.
1877년(49세)	《안나 카레니나》 탈고. 넷째 아들 안드레이가 태어나다.
1878년(50세)	《안나 카레니나》 단행본 출간.
1879년(51세)	다섯째 아들 미하일이 태어나다.
1880년(52세)	《고백》을 탈고했으나 출판이 금지되다. 성서번역에 착수.
1881년(53세)	단편소설 〈사람은 무엇으로 사는가〉 집필. 알렉산드르 2세 황제 암살에 가담한 혁명가들의 사형집행을 반대하는 청원을 황제에게 제출하다. 가족과 함께 모스크바로 이주. 톨스토이 자신은 모스크바와 야스나야 폴랴나를 오가며 생활하다.
1882년(54세)	모스크바 인구 조사에 참가하다. 이 조사를 통해 노동자들의 비참한 현실을 깨닫게 된다. 〈모스크바에서의 민세 조사에 대하여〉, 〈교회와 국가〉 발표.
1883년(55세)	《나의 신앙은 어디에 있는가》 탈고.
1884년(56세)	야스나야 폴랴나에서 첫 번째 가출 시도. 셋째 딸 알렉산드라가 태어나다.
1885년(57세)	〈바보 이반〉, 〈두 노인〉, 〈촛불〉, 〈사랑이 있는 곳에 하나님이 계시다〉, 〈홀스토메르〉 등을 집필하다.
1886년(58세)	단편소설 〈세 수도승〉, 중편소설 〈이반 일리치의 죽음〉, 희곡 〈어둠의 힘〉 등을 집필.
1887년(59세)	《인생에 대하여》, 중편소설 〈크로이체르 소나타〉 집필.
1888년(60세)	모스크바에서 야스나야 폴랴나까지 도보로 여행하다. 여섯째 아들 이반이 태어나다.
1889년(61세)	희곡 〈계몽의 열매〉, 중편소설 〈악마〉 집필.
1890년(62세)	중편소설 〈세르게이 신부〉 집필.
1891년(63세)	저작권을 거부하고 1881년 이전까지 발표한 모든 작품의 저작권 포기 각서에 서명하다. 중앙 러시아, 동남 러시아 등 기근이 발생한 지역의 농민 구제를 위해 활동. 〈기근 보고〉, 〈법원에 관해서〉 등을 집필하다.

1892년(64세)	〈신의 나라는 네 안에 있다〉 탈고.
1895년(67세)	단편 우화 〈주인과 일꾼〉 탈고. 여섯째 아들 이반 사망. 《부활》 집필 시작.
1896년(68세)	희곡 〈그리고 빛은 어둠 속에서 빛난다〉 탈고. 《부활》 집필 중단. 중편 〈하지 무라트〉 초판본 완성.
1897년(69세)	〈예술이란 무엇인가〉 집필.
1898년(70세)	두호보르 교도의 캐나다 이주 지원 자금 마련을 위해 《부활》 집필을 다시 시작하다. 지속적으로 기근 구제사업을 전개하다.
1899년(71세)	잡지 《니바》에 《부활》 연재 시작. 《부활》 탈고.
1900년(72세)	〈우리 시대의 노예제〉, 〈애국심과 정부〉 발표.
1901년(73세)	종무원이 톨스토이의 파문을 결정. 〈종무원 결정에 대한 답변〉 집필, 3월 페테르부르크 학생 시위에서 폭력 진압이 발생하자, 이에 항의하는 호소문을 작성. 크림반도로 요양을 떠나다.
1902년(74세)	〈신앙이란 무엇이며, 그 본질은 무엇인가〉, 〈노동하는 민중들에게〉 등을 발표. 폐렴과 장티푸스로 병의 상태가 악화되다. 6월 야스나야 폴랴나로 돌아옴.
1903년(75세)	회고록과 셰익스피어에 대한 논문 집필.
1904년(76세)	러일 전쟁에 대하여 전쟁 반대론을 펼친 〈재고하라〉 발표. 〈하지 무라트〉 개작 완료. 8월 형 세르게이 사망.
1905년(77세)	논설 〈세기말〉, 〈러시아의 사회 운동에 대하여〉, 단편소설 〈항아리 알료샤〉, 〈코르네이 바실리예프〉, 중편소설 〈표도르 쿠지미치 신부의 유서〉 집필.
1906년(78세)	둘째 딸 마리야 사망.
1907년(79세)	농민 자녀 교육을 재개하다. 어린이를 위한 《독서계》 창간. 톨스토이 비서 구세프가 체포되다.
1908년(80세)	탄생 80주년 축하회가 열리다. 사형 제도에 반대해 〈나는 침묵할 수 없다〉, 〈폭력의 법칙과 사랑의 법칙〉 발표.
1909년(81세)	중편소설 〈누가 살인자들인가〉 집필. 마하트마 간디로부

터 서한을 받고, 무력으로 악에 맞서서는 안 된다는 내용을 담은 답신을 보냄. 유언장을 작성하다.

1910년(82세) 톨스토이의 유언장으로 인해 가족들 사이에 불화가 일어나자 10월 28일 가출하다. 11월 3일 평생을 써 온 일기에 마지막 감상을 쓰고, 11월 7일 아스타포보 역에서 폐렴으로 사망하다. 11월 9일 태어나서 평생을 보낸 야스나야 폴랴나 숲의 세상에서 가장 작고 소박한 한 평 무덤에 안장되다.

옮긴이 이강은

경북대학교 노문학과 교수. 고려대학교 노문학과를 졸업하고 동 대학원에서 막심 고리끼 연구로 박사학위를 받았다. 저서로 《혁명의 문학 문학의 혁명 막심 고리끼》《변혁기 러시아 문학의 윤리와 미학》《러시아 소설의 형식적 불안정과 화자》《반성과 지향의 러시아 소설론》《미하일 바흐친과 폴리포니야》 등이 있고, 《레프 톨스토이》《이반 일리치의 죽음》《은둔자》 등을 우리말로 옮겼다.

톨스토이 사상 선집

인생에 대하여

초판 1쇄 발행 · 2020년 10월 12일
초판 2쇄 발행 · 2021년 2월 26일

지은이 · 레프 니콜라예비치 톨스토이
옮긴이 · 이강은
책임편집 · 장동석
편집 · 진승우 박하영
디자인 · 주수현

펴낸곳 · (주)바다출판사
발행인 · 김인호
주소 · 서울시 마포구 어울마당로5길 17 5층
전화 · 02-322-3885(편집) 02-322-3575(마케팅)
팩스 · 02-322-3858
이메일 · badabooks@daum.net
홈페이지 · www.badabooks.co.kr

ISBN 979-11-89932-76-3 04800
ISBN 979-11-89932-75-6 04800(세트)